Chères lectrices,

Quand Marianne, Chloe et Audra retrouvent leurs époux, après de longues années de guerre, elle savent qu'une nouvelle période difficile les attend. Car il faut reconstruire un foyer, recréer des liens émoussés par l'attente et la distance… Mais le temps des épreuves est révolu et l'espoir renaît grâce au courage et à la force de ces femmes d'exception. Des femmes dont l'amour est plus fort que toutes les batailles, et qui leur permet de franchir tous les obstacles… Si, comme elles, vous croyez au destin et à la force de l'amour, découvrez vite leur histoire, leur témoignage, leur confession, dont la voix, surgie de l'histoire trouble du XIXe siècle, nous parle avec une émouvante modernité.

La responsable de collection

Une passion à toute épreuve

*

Un combat pour l'amour

*

La voie du cœur

MERLINE LOVELACE

Une passion
à toute épreuve

HARLEQUIN
COUP DE CŒUR

Cet ouvrage a été publié en langue anglaise
sous le titre :
THE MAJOR'S WIFE

Traduction française de
VÉRONIQUE MINDER

HARLEQUIN®

est une marque déposée du Groupe Harlequin
et Coup de Cœur ® est une marque déposée d'Harlequin S.A.

83-85, boulevard Vincent-Auriol, 75013 PARIS — Tél. : 01 42 16 63 63
Service Lectrices — Tél.: 01 45 82 47 47
ISBN 2-280-15156-1 — ISSN 1159-4837

1.

Londres, mai 1856

Le soleil de ce bel après-midi de juin auréolait lady Marianne Trent de sa chaude lumière dorée.

N'importe quelle autre femme aurait tiré parti de cette parure naturelle, mais Marianne ne s'en souciait pas. Non qu'elle ne fût pas coquette, mais pour l'instant, seule la lecture du *Times* l'intéressait. Elle dévorait les articles de la première page comme si sa vie en dépendait.

Le célèbre quotidien relatait les cérémonies qui venaient de marquer la fin de la guerre de Crimée et l'enthousiasme du journaliste était communicatif. A la lecture de l'article, l'exaltation et l'émotion de Marianne furent telles qu'elle déchira le fin papier journal de ses mains tremblantes.

Dans sa joie, elle eut une pensée émue pour les milliers de victimes des batailles de Sébastopol, de Balaklava et d'Inkermann…

Pour elle, la guerre de Crimée resterait plus liée à ses morts qu'à la liesse du traité de Paris…

Pendant ces trois années de guerre, lady Marianne Trent, comme tous les autres sujets de la reine Victoria, avait lu avec passion les bulletins de guerre imprimés dans les journaux.

C'était la première fois que des reporters et des photographes suivaient l'armée sur des champs de bataille. Les comptes rendus commentaient le courage des Français et des Britanniques pour contrer les visées russes sur l'Empire ottoman. Les clichés noir et blanc possédaient quant à eux une incroyable puissance d'évocation. De plus, les correspondants de guerre ne rapportaient pas seulement les hauts faits d'armes des alliés, mais aussi leur vie quotidienne, rythmée par les étés brûlants et les hivers glacés de cette partie de l'Europe. Ils avaient surtout stigmatisé l'incompétence des généraux, les difficultés de ravitaillement, la vétusté des installations sanitaires et l'inadéquation des équipements infirmiers qui avaient causé plus de morts que les canons des Russes…

Ce dernier reportage avait soulevé une vive émotion partout en Grande-Bretagne. Peu après, la célèbre infirmière et réformatrice du milieu hospitalier, Florence Nightingale, était partie en Crimée avec des gardes-malades recrutées par ses soins pour porter secours aux blessés et aux malades.

Marianne Trent en avait conçu une telle admiration qu'elle avait décidé de s'investir dans une cause. Ayant lu un article sur les enfants des quartiers pauvres de Londres, elle avait décidé de les aider. Cette décision avait reçu la réprobation de sa belle-sœur mais l'enthousiasme d'Edmond Saint-Just, intellectuel idéaliste et ardent réformateur, passionné par la cause des plus défavorisés.

Cet après-midi-là, son confident et ami lui tenait compagnie dans le petit boudoir.

Quand Marianne eut fini sa lecture du *Times*, elle leva un regard chargé d'espoir et d'anxiété sur Edmond.

— Selon le *Times*, maintenant que le traité de paix est signé, les troupes britanniques devraient revenir très vite en Angleterre…

— Je parie même que certains contingents sont déjà en route !

Edmond Saint-Just retira ses lunettes et les essuya soigneusement avec son mouchoir.

— Les premières troupes devraient accoster à Portsmouth d'un jour à l'autre, si ce n'est déjà fait…, continua-t-il.

Marianne était sceptique.

— J'en doute, sinon la presse nous en aurait informés.

— Vous devriez vous renseigner auprès de lady Beatrix, répliqua Edmond d'un ton soudain empreint de respect. Il me semble qu'elle a de nombreuses relations, au ministère de la Guerre ?

Marianne préféra ne pas répondre. Elle se mordit la lèvre et baissa les yeux.

Même après trois ans de mariage, il suffisait d'une seule allusion à sa belle-sœur pour que son humeur s'assombrisse.

Lady Beatrix lui avait inspiré une véritable terreur dès leur première rencontre. Elle avait pourtant changé le cours de son destin en l'arrachant à la sinistre demeure de sa grand-tante, dans le Shropshire, pour lui faire goûter aux délices de la vie londonienne.

Lady Beatrix l'avait habillée de pied en cap, l'initiant par la même occasion aux subtilités de la mode, à la soie et la dentelle. Mais cette forte femme n'avait pas agi par altruisme, elle poursuivait en fait un but bien précis : la marier à son frère cadet, le major Trent.

Pour cela, elle avait mené campagne auprès du bel officier et remporté une victoire que n'eussent point désavouée les plus brillants généraux de l'armée britannique.

Marianne avait en effet épousé Charles Trent, quelques mois plus tard à peine.

Toujours craintive mais éperdue de reconnaissance envers cette femme qui avait bouleversé sa vie, Marianne avait tenté de lui plaire. Sans y réussir…

Par un étrange paradoxe, lady Beatrix l'avait choisie pour devenir la femme d'un frère qu'elle adorait, mais elle ne la portait pas dans son cœur et ne cessait de la critiquer.

Ainsi, Marianne tremblait chaque fois que sa belle-sœur lui rendait visite, ce qui hélas arrivait souvent. Lady Beatrix considérait encore la magnifique maison ancestrale comme la sienne, bien que n'y habitant plus depuis fort longtemps. Si par malheur les domestiques déplaçaient un guéridon ou un vase, elle en tenait Marianne pour personnellement responsable. Elle l'écrasait alors d'un regard que lui eût envié un basilic et lui ordonnait d'un ton poli mais sans réplique que l'objet ou le meuble soit aussitôt remis à sa place.

Mais malgré cette ombre au tableau de son bonheur tout neuf, Marianne était heureuse. Elle aimait sa nouvelle vie, elle aimait Charles Trent. La forte personnalité et l'énergie de son mari remplissaient toute la maisonnée et égayaient ses journées.

Quant aux nuits…

Le rose monta aux joues de Marianne au souvenir de leur intimité conjugale.

Certes, son mari ne l'aimait pas d'amour. Charles n'avait laissé planer aucun doute quant aux raisons qui l'avaient poussé à l'épouser : il voulait qu'elle lui donne un héritier avant de partir pour le front.

Quarante ans après la défaite des Français à Waterloo, l'Europe était en effet menacée par de nouveaux conflits…

Charles ne doutait pas d'être parmi les premiers à partir à la guerre. Au cas où il mourrait au champ d'honneur, il voulait que sa descendance soit assurée et le nom des Trent perpétué… En échange du consentement de Marianne, il lui offrait son nom, une vie sans commune mesure avec celle qu'elle avait menée dans sa prison du Shropshire et un avenir sûr, quoi qu'il lui arrive en Crimée.

Peu avant le mariage, lady Beatrix avait elle aussi été d'une cruelle franchise à l'égard de Marianne. Elle lui avait expliqué que son frère avait autrefois aimé la belle miss Warrington, mais qu'il avait enterré son cœur le jour de sa mort. Il désirait seulement se marier avec une jeune femme de bonne naissance pour qu'elle lui donne de nombreux enfants.

Marianne avait accepté de se marier avec Charles Trent en toute connaissance de cause. Mais l'admiration fervente qu'elle lui avait vouée tout le temps de leurs fiançailles s'était muée en un véritable amour dès leur première nuit. Sevrée trop longtemps d'affection, la jeune femme avait succombé à ses sourires charmeurs, à ses baisers experts et au plaisir qu'il avait su lui donner. Il avait éveillé en elle sensualité et passion. Il était l'homme idéal auquel toute jeune fille romantique rêvait…

Peu après, Charles était parti en Crimée. Quatre mois plus tard, Marianne avait découvert qu'elle était enceinte. Le monde lui appartenait, elle était la plus heureuse des femmes, mais le destin en avait décidé autrement. Elle avait perdu son bébé, et maintenant…

Maintenant, elle secourait les orphelins de Londres. Cette activité qui occupait tout son temps avait donné un sens à son existence. Elle ne craignait plus sa belle-sœur et supportait ses incessantes critiques avec une calme abnégation. L'indéfectible amitié d'Edmond la soutenait durant les heures noires.

Telle était sa vie. Elle lui convenait. Avait-elle le choix ?

Elle soupira et reprit le *Times*.

L'idée que Charles fût peut-être déjà de retour fit soudain battre son cœur. Mais à cet élan de tendresse succéda aussitôt une immense tristesse. Quelle aurait été leur vie, à tous les deux, si tout s'était déroulé comme prévu ?

La voix d'Edmond l'arracha à ses pensées.

— Avez-vous lu l'article sur la nouvelle distinction créée par le ministère de la Guerre ?

Délogeant la douleur qui obstruait sa gorge, Marianne hocha la tête.

— Non… Où se trouve-t-il ?

— Regardez page quatre.

Le jeune homme remit ses lunettes et fourra son mouchoir dans sa poche avant de poser le bras sur le dossier du canapé. Puis, il se pencha par-dessus l'épaule de la jeune femme pour lui montrer l'article en question.

— Une nouvelle décoration va être créée en l'honneur de la reine Victoria. Elle s'appellera la Victoria Cross. Ce sera la plus haute distinction militaire anglaise !

Un sourire fier éclaira le visage de Marianne.

— Le régiment de Charles sera sans doute l'un des premiers à la recevoir. Les dragons de Dunbar se sont distingués par leur bravoure à Balaklava. D'ailleurs, ils ont perdu tellement d'hommes…

Aujourd'hui encore, elle ne pouvait se souvenir sans un frisson de la bataille de Balaklava.

Selon les dépêches, la brigade légère avait donné la charge sur les positions russes, situées sur les hauteurs de la ville. Six cent cinquante cavaliers avaient été pris sous le feu des canons. La plupart avaient péri… En l'absence de renforts, les survivants, dont Charles faisait partie, avaient dû battre en retraite. Estropiés, blessés, les visages noircis par la poudre à canon et les yeux brûlés par la fumée, les vaillants soldats s'étaient remis en selle et ils avaient réussi à regagner les lignes des alliés à la force de leur sabre.

La brigade légère avait été citée pour sa charge héroïque, mais cette gloire n'effaçait pas les lourdes pertes humaines et l'échec de son intervention.

Comme Charles l'avait fait ironiquement remarquer dans l'une de ses lettres, quelques mois auparavant, la médaille décernée en cette occasion était bien la seule que le gouvernement britannique ait jamais décernée en l'honneur d'une défaite.

— Ce jour-là, les dragons de Dunbar ont été fidèles à leur devise, « Vérité et bravoure », fit remarquer Edmond.

— C'est vrai, murmura Marianne.

Son perspicace ami remarqua aussitôt l'altération de sa voix.

— Parler du major Trent vous peine… Je suis désolé…

Impuissante, elle leva les yeux sur Edmond qui la dévisageait, plein de compassion.

Ses cheveux cendrés, bouclés et coiffés selon la mode, retombaient sur ses épaules. Le soleil faisait courir une moire sur sa robe d'après-midi en taffetas.

— Je…

— Ne dites rien…

Edmond prit sa main qu'il serra avec force et sympathie.

La jeune femme cherchait encore ses mots pour décrire l'émotion qui la saisissait lorsqu'elle parlait de son mari, quand un claquement de bottes résonna dans le couloir.

— Laissez, Dunston, je vais m'annoncer moi-même à lady Trent ! lança une voix forte.

— Oui, monsieur, répondit le majordome dont l'habituelle impassibilité était pour une fois nuancée par la surprise et la joie. C'est si bon de vous revoir à la maison, monsieur !

— Et c'est bon d'être à la maison, Dunston !

Mon Dieu, c'était... Charles ?

Marianne crut que son cœur allait cesser de battre. Elle resta immobile, puis serra nerveusement la main d'Edmond, alors que la porte du boudoir s'ouvrait. Pétrifiée, elle vit son mari entrer. Elle le contempla, sous le coup d'une violente émotion. Il était resplendissant dans son uniforme de dragon pourpre et vert...

— Charles !

Son cri venait du fond du cœur. Elle ressentait une joie pure et profonde.

— Bonjour, Marianne.

Le major s'avançait nonchalamment dans le boudoir ensoleillé. C'était ici même qu'il avait fait ses adieux à son épouse, trois ans plus tôt... Comme le temps avait passé... Comme ils avaient changé, tous les deux...

Il cessa de sourire. Son regard bleu perçant ombré par des cils blonds passait maintenant de son épouse à Edmond.

— J'espère que je ne vous dérange pas ? dit-il de cette voix chaude et profonde qui avait conquis Marianne.

— Vous me déranger ! Voyons Charles ! s'exclama la jeune femme incrédule.

Détachant ses doigts de ceux d'Edmond, elle se leva avec vivacité. Les journaux empilés sur ses genoux s'écroulèrent aussitôt sur le tapis. Mais indifférente, elle se jeta au cou de son mari dans un froufroutement de taffetas.

— Je n'arrive pas à y croire ! Nous parlions justement de vous !

Le major mit son shako sous son bras, puis prit la main de sa femme et la baisa avec respect.

Lorsqu'il se redressa, son regard bleu brillait de joie.

— Vraiment ?

— Oui ! Nous parlions de la dépêche du *Times* qui relate la signature du traité de paix et…

Sa voix faiblit. Des larmes mouillèrent ses yeux, brouillant le visage de son mari, ce visage qui hantait ses nuits…

Il était plus mince que dans ses souvenirs, mais toujours aussi séduisant… Même plus encore.

Son visage aux traits fermes était tanné, ses cheveux fauves étaient blondis par le soleil. Un pli amer marquait les commissures de ses lèvres. Une imperceptible douleur sourdait son regard étincelant. Les épreuves l'avaient marqué, il était maintenant un officier aguerri.

Il avait changé. Comme elle…, songea Marianne.

Ramenée au passé, elle se laissa gagner par la tristesse.

Elle revoyait la jeune fille qu'elle avait été, trois ans plus tôt. Naïve, enthousiaste et confiante… Lors de sa première rencontre avec Charles Trent, elle avait été éblouie par le bel officier, si élégant dans son uniforme… Il avait daigné poser le regard sur elle, il l'avait demandée en mariage, elle, une petite oie blanche, une insignifiante campagnarde. Son émotion avait été telle qu'elle en était restée sans voix.

Comme aujourd'hui, d'ailleurs…

— Après avoir lu le compte rendu des cérémonies, je savais… j'espérais… je pensais que tu reviendrais très vite. Et maintenant, tu es là…, bredouilla-t-elle enfin.

— Maintenant, je suis là, répondit-il en écho, avec ce sourire charmeur qui avait toujours fait battre son cœur. Tu sembles étonnée de mon retour ? Tu n'as donc pas reçu mon billet ? Je t'y prévenais de mon arrivée imminente. Je l'ai confié à une estafette, peu après que nous ayons accosté à Portsmouth.

Marianne hocha la tête en signe de dénégation.

— La surprise est donc totale…, dit-il d'un ton léger.

Il baisa de nouveau sa main, puis s'adressa au jeune homme qui les observait en silence.

— J'imagine que vous êtes monsieur Saint-Just ?

— Oui, major Trent.

— Ma femme parlait beaucoup de vous dans ses lettres. Ma sœur aussi, d'ailleurs, laissa tomber le major d'un ton léger qui ne masquait pas une soudaine hostilité.

La joie de Marianne tomba d'un coup.

Elle imaginait sans peine les propos utilisés par Beatrix pour décrire le jeune intellectuel qui, selon ses propres mots, l'avait entraînée sur les voies de la débauche et de la révolte…

— J'ai moi aussi beaucoup entendu parler de vous, major Trent.

En homme du monde, Edmond lui tendit la main.

— C'est un honneur pour moi de faire la connaissance du héros de Balaklava, ajouta-t-il sobrement.

— Ce sont mes hommes les héros, pas moi, riposta Charles de sa voix grave en lui serrant la main.

— Ce n'est pas l'avis des dépêches.

— Sachez que les faits sont souvent déformés par les journalistes, monsieur, alors il ne faut pas croire tout ce que les dépêches racontent.

— Il ne faut pas croire non plus ce que certaines lettres racontent, monsieur, répondit Edmond du tac au tac.

Charles lança un regard dur au jeune homme. Mais ce dernier ne cilla pas et resta impassible.

Témoin de cet échange muet, Marianne ne disait mot. Elle était reconnaissante à son ami qui avait voulu atténuer les propos sans aucun doute virulents que lady Beatrix avait tenus sur son compte, mais elle était triste que son mari doute d'elle et accorde du crédit à des ragots malveillants.

Trois ans de séparation avaient créé bien des malentendus…

Il fallait maintenant rattraper le temps perdu et s'expliquer.

Edmond le savait, Charles aussi, songea Marianne éperdue et soudain affolée à l'idée de la conversation à venir entre elle et son mari.

— Si vous voulez bien nous excuser, monsieur, mais ma femme et moi, nous avons beaucoup de choses à régler, déclara son mari au même instant.

Il congédia le jeune homme avec désinvolture, comme s'il se fût agi de l'une de ses ordonnances.

— Je suis votre serviteur, monsieur. Lady Trent, mes hommages…

Edmond effleura Marianne du regard. Elle acquiesça imperceptiblement. Le jeune homme s'inclina devant elle et se retira.

La porte du boudoir se referma derrière lui avec un grincement.

Le silence tomba, à peine rompu par les cris d'un vendeur ambulant, le piaillement des pinsons et des bouvreuils dans le mûrier du jardin.

Nerveuse, Marianne essuya ses mains moites sur ses jupes. Elle avait peine à maîtriser sa respiration. Sa poitrine se soulevait sous son corset par à-coup.

Le moment qu'elle redoutait tant était arrivé…

Il était temps de révéler à son mari le secret qui pesait sur son cœur depuis presque trois ans.

Fixant le bel uniforme, elle réunissait tout son courage, quand la voix de Charles rompit l'épais silence.

— Je suis désolé pour le bébé, Marianne…

— Moi aussi, exhala-t-elle, priant pour ne pas pleurer.

— Beatrix m'a écrit que tu avais beaucoup souffert.

La vue de la jeune femme se brouilla.

L'uniforme pourpre devint soudain une immense tache de sang. Il y avait eu du sang partout, ce jour-là… Elle n'aurait jamais pensé perdre tant de sang et survivre.

Si elle en avait eu le choix, Marianne aurait sacrifié sa vie pour celle de son bébé. Mais le destin en avait décidé autrement…

Le temps avait pansé sa blessure, mais il restait en elle un profond regret, parfois un sentiment de révolte…

Elle avait tant désiré cet enfant… Elle lui aurait donné l'amour et la chaleur dont elle avait été privée, après la mort de ses parents. Sa grand-tante avait été si avare de sa tendresse et de son affection… Et surtout, Marianne aurait été fière de présenter à Charles leur enfant, le digne héritier des Trent.

Elle sursauta quand son mari effleura sa joue du doigt. A cet instant, elle lut un tel regret dans ses yeux bleus qu'elle fut touchée au plus profond de son être.

— Je ne me pardonnerai jamais d'avoir précipité notre mariage, sachant que mon régiment devait partir… Je suis désolé. Je t'ai laissée seule si longtemps.

Seule la fierté empêcha Marianne de fondre en larmes.

— Tu ne savais pas que la guerre durerait…

— Personne ne le savait.

Cette réponse morne la conforta dans sa décision de lui parler maintenant.

— J'ai moins souffert de la solitude que tu ne le penses, Charles, commença-t-elle prudemment. Je me suis fait des amis à Londres et…

Elle s'interrompit et prit une grande inspiration.

— Surtout, j'ai mes œuvres…

— Ah oui, au fait…

Il caressait son menton du pouce.

— Tu en as parlé dans tes lettres, mais sans t'étendre sur le sujet. Si la moitié de ce que Beatrix m'a écrit à ce propos est vrai, tu passes ton temps à t'occuper des orphelins qui ont perdu leur père à la guerre ?

— Pas seulement…

Avec Edmond, elle se dépensait sans compter pour tous les enfants des rues. La plupart d'entre eux avaient été confiés à des proches quand leur père était parti à la guerre, mais très vite, ils avaient été négligés ou abandonnés. D'autres avaient été enlevés et vendus à des maisons de prostitution.

La majorité d'entre eux, comme les gamins qui occupaient la chambre aménagée au grenier, étaient très jeunes. Ils étaient formés pour devenir de bons pickpockets, ou des ramoneurs.

Marianne essayait de les tirer des bas-fonds de Londres pour leur trouver un foyer. Après des mois d'abattement, suite à sa fausse couche, elle avait adopté un raisonnement qui l'avait sauvée de la dépression.

Elle avait perdu son propre enfant, mais des enfants perdus avaient besoin d'elle…

Et si son zèle et ses audaces déplaisaient à la Société royale pour la protection des enfants trouvés et lui attirait la réprobation de lady Beatrix, tant pis…

Penser à la dureté de sa belle-sœur assombrit un instant Marianne. Mais cet accès de tristesse fut bref et céda la place à la passion que lui inspirait sa cause.

— Si tu savais à quoi sont réduits ces malheureux… Prostitution, vol, mendicité, délinquance…

Charles vit son visage soudain se transfigurer, et il la contempla, surpris et fasciné, sans cesser de caresser sa joue.

Marianne se tut, troublée par l'intensité de son regard. Elle se figea quand son mari s'enhardit et l'attira brusquement à lui.

— Marianne, pardonne-moi, mais c'est plus fort que moi... Je ne peux pas m'en empêcher. Je ne voulais pas, je ne pensais pas que je serais si impatient de..., balbutia-t-il.

De l'embrasser ? se dit-elle, paniquée par ses gestes. Mon Dieu, il ne fallait pas... Il ne devait pas. Quand il saurait...

Mais elle ne put résister à son mari, homme ardent, sevré d'amour pendant trois ans de guerre.

Dès que leurs lèvres s'effleurèrent, la vie rejaillit en Marianne, coula dans ses veines et fit taire la petite voix qui criait à l'imprudence et à la folie. Soupirant, gémissant, elle se leva sur la pointe des pieds pour mieux ajuster sa bouche à celle de son mari.

Dès le moment où ses lèvres avaient touché celles de Marianne, Charles avait pris conscience de son erreur. Il s'était pourtant promis d'agir tout en douceur pour ces retrouvailles. Durant son voyage de Portsmouth à Londres, il avait décidé de réparer le gâchis qu'il avait fait en précipitant leur mariage, trois ans plus tôt, en se montrant affectueux, tendre et attentionné.

Marianne était si jeune et si naïve, quand il était parti pour le front. Elle ne savait rien de la vie, après avoir passé son enfance et son adolescence dans la sinistre demeure de sa grand-tante. Mais elle était si vive, si confiante…

Il avait été attiré par ses yeux verts, couleur de lierre, et ses cheveux bruns si abondants qu'il avait envie d'y enfouir le visage. Il avait aussi aimé sa bouche, douce, généreuse et tentatrice…

A peine rentré, il succombait à la beauté de sa femme comme un adolescent amoureux pour la première fois.…

En dépit des promesses qu'il s'était faites de Portsmouth à Londres, et en dépit du bon sens, Charles enlaça la taille souple de Marianne. Il la serra dans ses bras après avoir jeté son shako sur le sofa.

Les sens en éveil, il se rendit compte que Marianne n'était plus la jeune fille gracile qu'il avait épousée, mais une femme aux formes épanouies. Les épaisseurs de ses jupons ne pouvaient masquer ses courbes généreuses à la caresse experte de ses mains.

Ce n'était plus la demoiselle rougissante, pudique et naïve d'autrefois qu'il tenait maintenant dans ses bras. Ce n'était plus non plus la sage épouse qui, assise au coin du feu, avait écouté en silence et les yeux écarquillés, les instructions qu'il lui avait données avant son départ en Crimée.

Marianne était maintenant une femme avec des désirs qu'elle ne cherchait pas à lui dissimuler. Une passion que Charles n'aurait jamais cru ressentir après la mort d'Abigail Warrington l'assaillit.

Mais il n'avait pas passé seize ans dans l'armée et trois ans en Crimée sans avoir appris à maîtriser ses instincts.

Lentement et à contrecœur, il recula. Puis chancela. Il avait l'impression d'être ivre…

Sa femme le fixait, les yeux élargis et brillants d'une telle émotion qu'il craignit de ne pouvoir résister.

— Marianne, chérie, tout va bien… Nous…

— Nous devons parler, Charles, coupa-t-elle d'une voix rauque.

Il tressaillit, étonné.

— Bien sûr, Marianne. Viens t'asseoir à côté de moi…

— Non.

Elle recula.

— Je suis heureuse que tu sois revenu à la maison sain et sauf, Charles. J'ai tant prié pour cela… Je t'attendais… Parce que je dois…

Elle se tut.

— Tu dois quoi ? la pressa-t-il.

Ses yeux verts pleins d'anxiété se rivèrent aux siens.

— Je dois te demander le divorce…

2.

Le major dévisagea sa femme, stupéfait.

Dans ses lettres, Beatrix l'avait prévenu que Marianne avait changé. Mais il avait remarqué par lui-même le ton embarrassé, parfois contraint des missives de son épouse. Il avait pensé qu'elle ne se remettait pas de sa fausse couche, et qu'elle souffrait d'une dépression temporaire. Il avait été inquiet, néanmoins, il avait espéré qu'elle finirait par surmonter ce deuil. Mais jamais, au grand jamais, il n'aurait cru que la situation ait atteint de telles extrémités.

Marianne demandait le divorce.

Savait-elle au moins ce qui l'attendait s'il acceptait ?

Une femme divorcée devenait une paria, mise au ban de la société. La reine Victoria et le prince Albert illustraient à eux deux l'éclatante réussite du mariage et exaltaient les vertus d'une famille nombreuse. Pour une femme, hors le mariage, point de salut…

C'était là l'une des valeurs d'un siècle puritain, corseté de principes mais plein d'hypocrisie. En réalité, les maris volages pouvaient faire des écarts et rechercher les plaisirs dispensés par les courtisanes dans les maisons closes qui fleurissaient partout à Londres.

Les épouses insatisfaites, quant à elles, pouvaient prendre un amant, mais à condition que leur liaison reste discrète et ne donne jamais lieu à un scandale.

Ainsi, si les aventures extraconjugales étaient tolérées dans une moindre mesure, les divorces ne l'étaient pas. Pire, une femme ne pouvait demander le divorce. Selon la loi, en effet, seuls les hommes avaient le droit de répudier leur épouse…

— Tu l'aimes donc tant, lui ? demanda-t-il brusquement, tout en scrutant le joli visage de Marianne.

La plus totale confusion se peignit aussitôt sur les traits de la jeune femme.

— Lui ? Qui, lui ?

Puis elle comprit et rougit.

— Je constate que Beatrix t'a tenu informé des moindres faits et gestes de mon existence… Je présume que tu fais allusion à Edmond Saint-Just ?

— C'est exact.

— Je l'aime beaucoup, mais c'est seulement un ami.

Le major fronça les sourcils et réfléchit. Les lettres de sa femme comme celles de sa sœur n'avaient jamais mentionné qu'Edmond Saint-Just, mais Marianne pouvait aussi avoir une liaison secrète.

— Alors qui est-ce ?

Un éclair de colère passa aussitôt dans les yeux verts de son épouse. Charles ne lui avait jamais vu une telle expression, aussi en fut-il étonné.

— Tu me connais bien mal pour me poser une telle question ! jeta la jeune femme d'un ton altier.

— J'ai plutôt l'impression de ne pas te connaître du tout !

Elle releva le menton.

— Je n'ai jamais trompé ta confiance, Charles. Je n'ai jamais rompu les vœux de notre mariage.

Il garda le silence, le souffle coupé par la fierté contenue dans sa voix. Il était également sidéré de découvrir sa femme si fougueuse. Son instinct, aguerri par des années de commandement, lui soufflait qu'elle lui disait la vérité.

Il savait que Marianne était intègre, intelligente et honnête. C'est pour ces raisons qu'il avait décidé de l'épouser. Ayant renoncé à l'amour, après la mort d'Abigail, il avait décidé de faire un mariage de raison avec une femme sensible et intelligente, dans le seul but d'avoir des enfants et de perpétuer la lignée des Trent.

Même après trois ans d'absence, il reconnaissait l'inaltérable pureté du regard de Marianne et la sincérité de sa voix.

Il la croyait, même si les faits parlaient contre elle.

— Alors pourquoi désires-tu divorcer si tu ne veux pas te remarier avec Saint-Just ? demanda-t-il, intrigué.

Le regard de Marianne perdit soudain tout son éclat.

Elle se détourna et alla se poster à la fenêtre. Les rayons du soleil allumèrent des lueurs fauves dans ses cheveux et firent chatoyer le châle en taffetas qui enveloppait ses épaules.

— C'est parce que je ne pourrai plus jamais avoir d'enfants..., avoua-t-elle enfin d'une voix presque sans timbre.

Charles eut l'impression qu'une lance de Bengale lui avait été fichée en plein cœur.

Pétrifié, il fixa son dos.

— Quand j'ai perdu le bébé, les médecins m'ont d'abord assuré que je pourrais en avoir d'autres, confia-t-elle sans se retourner. Sauf un médecin. C'est le seul qui ne m'a pas épargné la vérité...

Une immense douleur transparaissait dans ces paroles pourtant prononcées d'une voix morne.

Malgré l'affreuse souffrance qui étreignait son cœur, Charles maîtrisa son émotion et s'approcha de sa femme pour la réconforter.

Doucement, il la força à lui faire face.

— Pourquoi as-tu cru ce médecin plus que les autres ?

— Parce que je sais au fond de moi qu'il a raison.

— Mais pourquoi ?

Le feu monta aux joues de la jeune femme, mais elle ne détourna pas le regard.

— Le corps d'une femme fonctionne selon un cycle naturel qui suit celui de la lune..., commença-t-elle d'une voix très douce. Quand ce cycle cesse pendant des mois...

Elle leva son poing fermé, puis le laissa retomber avec désespoir.

— Je sais dans ma chair que je n'aurai plus jamais d'enfant, Charles... C'est tout.

Il resta silencieux, effondré.

Depuis plusieurs mois, il se reprochait son égoïsme à l'égard de Marianne. Il l'avait épousée à la va-vite, sans prendre la peine de lui faire la cour, puis l'avait quittée pour partir sur le front. Elle avait vécu les premiers mois de sa grossesse seule. Elle avait dû affronter sa fausse couche et la dépression qui s'était ensuivie également seule…

Il éprouvait maintenant un profond sentiment de culpabilité quand il songeait à sa solitude et à sa souffrance.

— Tu aurais dû m'écrire, ou laisser Beatrix m'en parler si c'était trop difficile pour toi… J'aurais été mieux préparé pour te consoler, j'aurais trouvé les mots…

— Beatrix ne sait rien, coupa Marianne. Ce sujet ne concerne que toi et moi… Comme notre divorce, d'ailleurs.

— Ne parlons plus de divorce. Nous avons échangé des vœux, Marianne. Nous ne devons pas les rompre.

— Si, Charles… Tu as été très clair avec moi quand tu m'as demandée en mariage, ce dont je te suis d'ailleurs reconnaissante. Il n'a jamais été question d'amour entre nous, seulement de respect et d'affection.

— Ce qui est déjà beaucoup… Et cet accord te convenait, il y a trois ans ?

— En effet, mais laisse-moi continuer… Tu désirais aussi m'épouser parce que tu voulais que je te donne des enfants. Et moi, je…

Le regard de Marianne vacilla.

— Je voulais la sécurité et…

Elle hésita, mais changea de sujet avant qu'il ne puisse l'interroger plus précisément.

— Je ne peux plus respecter cet accord, Charles. J'insiste pour que nous divorcions.

— Mais moi, je n'ai pas l'intention de divorcer, alors le sujet est clos !

— Mais as-tu pensé que…

— Ne pouvons-nous pas changer de conversation ?

Quand il parlait sur ce ton, ses hommes comprenaient qu'il valait mieux obtempérer. Mais à l'évidence, Marianne avait plus de courage que ses troupes.

— Si tu le prends ainsi, nous procéderons différemment ! riposta-t-elle. Consulte un avocat. Il m'expliquera ensuite la procédure pour mettre légalement fin à notre mariage. Et maintenant, si tu veux bien m'excuser, je vais te laisser. Je dois donner des instructions aux domestiques pour qu'ils te préparent un bain. Tu dois avoir envie de te délasser avant le dîner.

La tête haute et la démarche souple, elle sortit du boudoir, le laissant partagé entre l'exaspération et la stupéfaction. Il n'avait pas l'habitude que ses ordres soient discutés et encore moins de ne pas avoir le dernier mot.

L'attitude de sa femme, décidément, le stupéfiait !

Il passa la main dans ses cheveux blondis par le soleil de Crimée, désemparé.

Seigneur, il était loin de s'attendre à de telles retrouvailles…

Déjà, il ne s'attendait pas à trouver Saint-Just chez lui, tranquillement assis au côté de sa femme. Il ne s'était pas non plus attendu à éprouver un désir aussi violent qu'inattendu à la vue de Marianne. Quant à leur baiser...

Durant tous ces mois d'éloignement, il avait souvent pensé à sa jeune épouse timide et pudique qu'il avait initiée à l'amour avec tendresse. Après trois ans de séparation, ils se seraient retrouvés avec simplicité et beaucoup de joie...

Mais Marianne avait changé.

C'était maintenant une femme magnifique. Elle lui tenait tête et lui imposait ses décisions avec une passion qu'il ne lui avait jamais vue.

Il s'interrogeait sur le tour inattendu qu'avaient pris les événements quand il entendit le bruit d'un attelage.

Ce devait être son ordonnance qui arrivait avec ses bagages..., se dit-il.

Il descendait l'escalier au moment où le majordome ouvrait la porte. Au lieu de son ordonnance, il vit une femme robuste et aux gestes décidés, toute vêtue dc noir.

— Charles !

— Beatrix !

Il sourit et hâta le pas pour saluer sa sœur.

Beatrix était son aînée de douze ans.

Selon ses propres paroles, elle était confortablement veuve. Elle était très autoritaire, à tel point que même ses amis les plus proches la redoutaient. Mais personne, surtout Charles, ne pouvait nier l'immense affection qu'elle lui vouait.

— J'étais dans le Somerset. Dès que j'ai su, je suis rentrée aussi vite que possible...

Elle joignit les mains, béate.

— Mon Dieu, Charles… Comme je suis heureuse de te revoir !

— Je le suis aussi, Bea.

Il écarta les plumes de son chapeau et l'embrassa sur la joue. Puis, bras dessus, bras dessous, ils montèrent dans le boudoir.

Mais Beatrix s'immobilisa sur le pas de la porte et regarda tout autour d'elle, l'air réprobateur.

— Comment ? Marianne n'est pas à la maison pour t'accueillir ! Si cette petite sotte est encore partie ramasser ces gamins dans les rues de Londres, je vais vraiment me mettre en colère !

Charles leva un sourcil.

— Petite sotte ? Parlerais-tu de ma femme, Bea ?

Son ton froid fit aussitôt rougir sa sœur.

— Tu n'imagines pas combien Marianne a changé durant ton absence…, commença-t-elle d'un ton pompeux.

— Sans doute… Mais je suis certain qu'elle m'expliquera tout en temps voulu.

Beatrix comprit qu'il ne voulait pas évoquer ce brûlant sujet avec elle. Vexée, elle se renfrogna.

Charles soupira. Il aimait profondément sa sœur, mais il détestait qu'elle s'immisce dans sa vie et ses affaires. Il n'était pas homme à se laisser faire, surtout par sa sœur bien-aimée.

Pourtant, après un instant de silence, Beatrix parut se ressaisir et hésita avant de reprendre la parole. Elle était manifestement très émue et incapable de se contenir.

— Je suis désolée, Charles, je sais que c'est pénible, mais j'insiste… Il faut que je te parle de Marianne et d'Edmond Saint-Just.

— C'est inutile. De toute façon, je viens de voir Saint-Just. Il était avec Marianne, lorsque je suis arrivée.

— Je lui avais pourtant dit de ne plus remettre les pieds ici ! L'insolent !

— C'est aussi ce que j'ai pensé, déclara Charles, qui se souvint de la scène qu'il avait interrompue.

Il avait compris au premier regard que Marianne n'était pas indifférente à Saint-Just. Quelle que soit l'intensité des sentiments du jeune homme, en tout cas, Marianne y demeurait insensible. Elle avait été sans ambiguïté à ce propos.

— Saint-Just est un freluquet, mais il ne m'inquiète pas. Alors cesse de te faire du mauvais sang et parlons d'autre chose.

Beatrix fut réduite au silence par la dureté métallique de sa voix et ravala sa réponse. Mais elle était contrariée. Ses lèvres ne formèrent bientôt plus qu'une mince ligne.

Il aurait aimé réduire sa jeune et fougueuse épouse au silence aussi facilement, pensa soudain Charles avec un soupir.

— Marianne nous rejoindra plus tard. Elle est dans le cabinet de toilette, reprit-il.

Il sourit à sa sœur pour la dérider.

— Retire ton chapeau et ton châle, et installe-toi pendant que je sonne Dunston afin qu'il t'apporte du cherry. Tu dois absolument me raconter les derniers potins de Londres avant que je n'aille prendre un bain et me changer. Tu restes avec nous pour dîner, bien sûr ?

Quelques heures plus tard, Charles se rendit compte qu'il avait commis deux erreurs.

La première, c'était d'avoir embrassé Marianne comme un adolescent fougueux.

La seconde, c'était d'avoir invité Beatrix à dîner en famille le premier soir de son retour. Mais le premier instant de remords passé, il se réjouit d'avoir autour de lui sa femme et sa sœur.

Après s'être changé et avoir enfilé un pantalon noir, une chemise en soie immaculée et une redingote, il apprécia leur dîner. Il raconta de nombreuses anecdotes qu'il avait emmagasinées durant son long séjour en Crimée. En dépit de la tension évidente qui opposait les deux femmes, le dîner se passa bien.

Mais pendant toute la soirée, Charles fut tourmenté par le souvenir de son baiser avec Marianne.

Son désir ressurgissait chaque fois qu'il portait les yeux sur la jeune femme assise en face de lui.

Elle irradiait de beauté, ce soir. Elle s'était changée pour le dîner et portait une élégante robe vert émeraude qui dénudait ses épaules et sa gorge jusqu'à la naissance des seins. A la lumière des lampes, sa peau délicate avait des reflets de perle...

Marianne arborait aussi une coiffure compliquée faite de petites nattes et de longues boucles qui coulaient sur ses épaules. Chacun de ses mouvements était gracieux, ce qui ajoutait à son incroyable séduction. Il l'aurait contemplée toute la soirée, s'il l'avait pu...

Charles lutta contre des pulsions et des pensées déliquescentes qui n'avaient certes pas place dans un élégant salon victorien damassé de rouge et orné des portraits de ses ancêtres…

Et ce fut avec un sentiment de soulagement qu'il prit le frais, quand il raccompagna Beatrix devant le perron, en fin de soirée.

— Bonne nuit, Charles, dit-elle en montant dans son attelage.

— Bonne nuit, Bea.

— Je pense que tu as besoin de te reposer…, lui dit-elle alors qu'elle posait une couverture sur ses genoux. Tu dois être épuisé après ton long voyage…

Mais il n'avait pas du tout envie de se reposer ! se dit-il alors qu'il remontait dans la bibliothèque où était restée Marianne. Il désirait tant lui faire l'amour que tout son corps lui faisait mal.

Et dire qu'il était rentré chez lui, pensant renouer avec les joies conjugales tout en douceur, mais il était plus excité qu'il ne l'avait jamais été, et il mourait d'envie de faire l'amour avec sa jolie femme.

Elle voulait le divorce, mais à qui la faute, sinon à lui ?

C'est bien lui qui avait imposé les conditions de leur mariage. Marianne les lui avait rappelées sans détour. Il voulait un héritier pour perpétuer la lignée des Trent, s'il ne rentrait pas de Crimée.

Mais il était revenu… Il avait survécu à trois ans de guerre, d'horreurs et de maladie, sans compter la charge suicidaire de Balaklava. Mais il avait changé.

Avoir un héritier n'était plus l'unique préoccupation de son existence.

Trois années sur le front lui avaient fait prendre conscience des vanités de ce monde, songea Charles, sombre soudain. Il avait vu tant de ses camarades mourir sous ses yeux, il s'était si souvent interrogé sur le sens de la vie… Pourquoi un homme était-il déchiqueté par un boulet de canon alors qu'un autre restait vivant ? Les voies du destin étaient impénétrables…

Il était devenu plus sage, moins fat… La postérité lui semblait vaine, les honneurs aussi. Il voulait maintenant vivre chaque jour, et surtout chaque nuit, pleinement et sans souci du lendemain.

Ses muscles se crispèrent douloureusement à la pensée des heures à venir. D'abord, il convaincrait Marianne d'oublier cet absurde divorce. Ensuite, il lui expliquerait qu'il voyait la vie autrement. Enfin, il lui ferait follement l'amour…

Impatient et tout émoustillé, il accéléra le pas et ouvrit la porte de la bibliothèque d'un geste vif.

Il n'y vit pas Marianne, mais une petite fille aux cheveux d'or âgée de quatre ou cinq ans. Elle suçait son pouce et le fixait de ses grands yeux bleus et limpides.

— Bonjour, dit-il. Qui es-tu ?

Elle retira son pouce de sa bouche.

— Je m'appelle Annie, répondit-elle d'un air solennel. Et toi, tu es qui ?

— Je suis le major Trent. J'habite ici.

— Non. Le major est parti.

— J'étais parti, mais je suis revenu, expliqua-t-il, retenant un sourire. Pourquoi es-tu encore réveillée, si tard ?

— Je ne peux pas dormir.

A l'évidence, cette enfant était la fille d'une des domestiques. Elle avait dû s'échapper des quartiers qui leur étaient réservés pour venir se réfugier à la bibliothèque où brûlait toujours un bon feu de cheminée.

— Je vais sonner Dunston, il va te ramener dans ta chambre, déclara Charles, certain que le majordome le renseignerait sur l'identité de l'enfant.

Elle lui tendit les bras.

— Moi je veux que tu me portes.

Charmé, il se pencha et la prit contre lui.

— Nous allons chercher ton papa et ta maman, d'accord ? Ils sont sans doute inquiets et doivent se demander où tu es.

Un bruit de pas précipités dans l'escalier l'interrompit. Un garçon de huit ou neuf ans s'engouffra dans la bibliothèque aussitôt après. Lorsqu'il aperçut Charles et la petite fille blottie contre lui, il se figea. Son visage afficha aussitôt une expression belliqueuse.

— Qu'est-ce que vous faites ?

— Pardon ?

— Lâchez-la !

— Du calme. Je n'ai pas l'intention de lui faire de mal.

— C'est vous qui le dites !

— Je suis un homme de parole.

— C'est aussi vous qui le dites, répéta le gamin avec insolence. Qui êtes-vous ? Répondez !

— Je suis le major Trent…, expliqua Charles pour la seconde fois en l'espace de quelques minutes.

— Vous êtes le major de lady Trent ?

— C'est bien moi, répondit-il sèchement. Et toi ? Qui es-tu ?

— Henry Hackett.

— Eh bien, Henry Hackett, tu vas peut-être me donner des explications. Pourquoi toi et Annie êtes-vous encore debout si tard ? Que faites-vous dans ma bibliothèque ?

Soudain, la voix de Marianne, un peu tendue, s'éleva derrière lui.

— Je crois que c'est moi qui te dois des explications, Charles…

Il tourna les yeux vers elle.

Un peu nerveuse, la jeune femme s'approchait dans un bruissement de taffetas. Elle lui prit la petite fille des bras.

— Annie, ma chérie, tu avais promis de rester au lit…

— Je ne peux pas dormir !

— Je vais te donner du lait chaud. Henry, ramène Annie dans sa chambre, s'il te plaît. Je vais demander à ma femme de chambre de vous apporter un verre de lait.

— Ce serait pas possible d'avoir plutôt de la bière ? demanda le jeune garçon d'une voix chargée d'espoir.

— Il n'en est pas question !

— C'est bien ce que je pensais.

Il haussa les épaules, résigné.

— Viens, Annie.

Il prit la petite fille par la main et se dirigea vers la porte. Mais il s'arrêta soudain et baissa les yeux sur le visage angélique de l'enfant.

— Annie ! Rends ce que tu as pris au major ! s'écria-t-il tout à coup.

La petite fille se remit à sucer son pouce.

— Allez, dépêche-toi ! lui ordonna Henry, sévère.

Annie revint sur ses pas à regret, puis s'arrêta devant Charles. Elle leva sur lui un regard plein d'innocence. Quand elle ouvrit le poing, il vit, logé dans sa menotte, son épingle à cravate en diamant.

Incrédule, il porta la main à son col, puis dévisagea Marianne.

Elle poussa un gros soupir.

— Je suis désolé, Charles… Annie fait pourtant de gros efforts pour se débarrasser de cette mauvaise habitude… Mais ses doigts sont si petits et si agiles qu'elle ne peut résister à la tentation de pratiquer ses talents de pickpocket…

— C'est elle la meilleure ! confirma Henry avec un sourire. Je ne pourrais pas faire mieux, enfin si je le voulais, mais je n'en ai pas l'intention… Moi, je suis le roi de l'étalage !

Le jeune garçon sortit avec la petite fille sur ce commentaire obscur. Charles les regarda jusqu'à ce qu'ils aient disparu, puis il se retourna vers sa femme.

— Le roi de l'étalage ? demanda-t-il poliment.

— Je ne suis pas certaine de comprendre ce qu'il a voulu dire… Je crois qu'il s'agit de vol à l'arrachée…

— Ah, je vois…

Pensif, Charles remit son épingle à cravate.

— Maintenant, veux-tu bien m'expliquer pourquoi une pickpocket et un voleur habitent sous mon toit ?

Sa femme s'empourpra, mais masqua son embarras en lissant sa jupe.

— Ils devaient partir dans la ferme du domaine des Trent pour rejoindre les autres enfants. Edmond, enfin, je veux dire M. Saint-Just, s'en occupe…

— Je vois, répéta-t-il.

Il se demanda si ces gamins des rues appréciaient la vie à la campagne, mais il ravala sa question.

— Par curiosité, combien d'autres enfants as-tu envoyés à la ferme ?

Elle plissa le front et réfléchit.

— Environ soixante-dix-sept.

— Autant !

— A moins que ce ne soit soixante-deux ? corrigea-t-elle rapidement. En fait, Henry a fait le voyage à plusieurs reprises. Il a tendance à fuguer… Il dit que l'air de Londres lui manque…

— Je vois ! déclara Charles, ravi d'avoir la réponse à la question qu'il venait de se poser.

La rougeur de Marianne s'accrut à son ton sardonique. Mais elle releva le menton et continua d'une voix plus assurée :

— Ne crois pas que les enfants font ce qu'ils veulent, à la campagne. Ne pense pas non plus qu'ils fourmillent sur les terres des Trent, comme Beatrix aime à le dire… Je leur trouve un foyer et je paie leur entretien avec la somme que tu m'as si généreusement allouée, avant de partir.

— Ni les fermiers ni les arrangements financiers ne me concernent.

— Quelque chose doit bien pourtant te concerner… J'aimerais savoir quoi.

— Toi, Marianne.

Il s'approcha d'elle, posa un doigt sous son menton et inclina son visage vers le sien. Seigneur, comme elle avait changé… C'était une inconnue qui le regardait. Mature, décidée et incroyablement séduisante…, songea-t-il, secoué par un nouveau frisson de désir.

— Je t'admire… Tu as souffert après avoir perdu notre enfant, mais tu as quand même trouvé la force de t'occuper de ceux des autres…

— C'est ce qui m'a sauvée… Je ne suis plus la jeune fille que tu as quittée, il y a trois ans, répondit-elle avec calme. Je ne suis plus non plus la femme désespérée et brisée qui a sangloté pendant des semaines, après sa fausse couche… J'ai un but maintenant. Il me donnera la force de supporter notre divorce.

Charles serra les dents.

— Il n'y aura pas de divorce ! lâcha-t-il d'un ton sans réplique, exaspéré par son obstination.

3.

— Merci, Hardwick, je finirai de me déshabiller seul.

Charles congédia le valet de chambre qui le servait depuis sa jeunesse avec un sourire.

Le vénérable Hardwick serra les lèvres pour exprimer sa désapprobation et quitta la chambre. A cet instant, l'ordonnance de Charles se jeta sur lui et le retint par la manche de sa livrée avec brutalité.

— Eh, vous ! Où allez-vous avec les bottes du major ?

Le sergent O'Donnelly observait son rival avec animosité. Il n'était pas arrivé depuis dix minutes avec les bagages du major qu'il avait ouvert les hostilités et déclaré la guerre à Hardwick.

C'en fut trop pour le valet de chambre, habitué aux manières discrètes et à un parler moins agressif.

— J'ai l'intention de cirer les bottes du major Trent, comme je le fais tous les soirs, répliqua-t-il avec un froid mépris.

Le sergent O'Donnelly n'apprécia pas cette insolence et se hérissa comme un coq en colère.

— Plutôt, comme vous le faisiez avant la guerre de Crimée ! Car moi, monsieur, je cire les bottes du major Trent depuis trois ans. Je ne vais pas vous laisser abîmer leur cuir avec votre mixture à base de champagne et de suie.

— Voyons, le champagne est destiné à ceux qui ne connaissent rien au cirage ! répliqua Hardwick avec un reniflement dédaigneux. En ce qui me concerne, j'utilise un cirage de ma composition…

— Et quelle est votre recette miracle ? persifla le sergent d'un ton rude en emboîtant le pas à son rival.

— Permettez-moi de vous dire que cela ne vous concerne pas, mon ami.

Les deux hommes s'éloignèrent sans cesser de se chamailler.

Charles n'avait guère accordé d'attention à leur échange un peu vif. Quand enfin le silence revint dans sa chambre, il défit son col et le posa sur la commode.

Puis, pensif, il regarda la porte de communication qui donnait dans la chambre de sa femme…

Le battant en chêne était orné de sculptures compliquées, patinées par l'âge. Ce battant était en tout cas si épais qu'il étouffait les moindres bruits provenant de la chambre de Marianne. Mais trois années de guerre et de qui-vive permanent avaient aiguisé l'ouïe de Charles. Ainsi, en dépit de l'épaisseur de la porte, il percevait le murmure de la femme de chambre de son épouse. Elle la coiffait et comptait les coups de brosse à mi-voix.

Il ferma les yeux et imagina les longs cheveux bruns de sa femme retombant sur ses épaules rondes, sa chemise de nuit en dentelle… Il n'en fallut pas plus pour accroître son désir, déjà vif.

Bientôt, le souvenir des nuits qu'ils avaient partagées naguère ressurgit à sa mémoire.

Quand il faisait l'amour à Marianne, il se montrait tendre et attentionné, veillant à ne pas l'effaroucher. Il était si soucieux de l'initier au plaisir.

Par chance, elle aimait les jeux de l'amour, alors leurs ébats amoureux étaient devenus très vite passionnés et d'une rare sensualité.

Cette harmonie physique aurait dû faire évoluer l'affection qu'il lui vouait vers un profond amour, mais non. Si son corps vibrait sous les caresses de son épouse, son cœur demeurait glacé, comme mort… Il ne ressentait que tendresse envers Marianne. Lorsqu'il était en Crimée, le seul fait de penser à elle lui procurait un profond apaisement.

Mais ce soir, il ne savait plus très bien quel nom donner à ses sentiments… La femme qu'elle était devenue durant son absence faisait courir un feu brûlant dans ses veines et attisait sa sensualité comme jamais.

Soudain, d'autres murmures à peine perceptibles lui parvinrent à travers la porte. La femme de chambre prenait enfin congé !

C'était le moment de franchir cette porte et d'aller parler à Marianne, lui dire qu'il n'était plus le même ! songea-t-il alors que son pouls s'accélérait. Il lui expliquerait que son vaniteux désir d'avoir un héritier pour perpétuer le nom des Trent lui semblait vain, après trois ans de guerre et de souffrances humaines.

Puis il lui dirait de nouveau qu'ils resteraient mariés, qu'ils partageraient le même toit et les mêmes préoccupations. Et le même lit…, acheva Charles en pensée.

Il soupira alors qu'il évoquait leur baiser passionné de cet après-midi. Seigneur, qu'il aurait voulu reprendre là où ils s'étaient arrêtés, se dit-il, saisi par ce souvenir incandescent. Impatient déjà, il posa la main sur le bouton de cuivre de la porte de communication.

Mais il se rendit compte, avec un temps de retard, que quelqu'un venait d'entrer dans la chambre de Marianne.

Au même instant, des pleurs d'enfant s'élevèrent.

— J'ai fait un cauchemar ! entendit-il ensuite.

C'était Annie.

Il sourit et songea qu'il devrait être attentif au contenu de ses poches jusqu'au départ du jeune Henry Hackett et d'Annie pour la ferme des Trent.

La voix de Marianne, ensuite, était tendre et pleine de compassion.

— Pauvre chérie, tu vas rester dormir avec moi…

Le sourire du major s'évanouit aussitôt.

Il resta immobile, la main toujours posée sur le bouton de la porte de communication, le corps tendu par un désir douloureux.

Un bruit de pas légers lui annonça que Annie courait vers le lit de Marianne. Alors il soupira et opéra une lente retraite, la mort dans l'âme.

Etonné et affreusement déçu que sa femme préfère dormir avec une petite orpheline plutôt qu'avec lui, Charles eut du mal à trouver le sommeil.

Dans le silence de la nuit, il réfléchit longtemps et se rendit compte, après plusieurs heures, que la nouvelle Marianne, ardente, jolie et obstinée, avait supplanté le souvenir de son premier amour. C'était le visage présent de son épouse qui occupait toutes ses pensées. C'était Marianne, la chrysalide devenue papillon, qui attisait à la fois sa curiosité et son désir.

L'aube pointait quand il prit la décision de reconquérir sa femme. Il lui ferait une cour assidue et serait plus prévenant qu'un amant jaloux. Trois ans plus tôt, il n'avait pas eu à se compliquer la vie, puisqu'ils avaient conclu un mariage de raison et non un mariage d'amour.

Déterminé, Charles croisa les mains sous sa nuque et se concentra. Rigoureux comme seul peut l'être un officier de l'armée britannique, il élabora un plan de campagne.

Il manœuvrerait tout en douceur : il essaierait de mieux connaître Marianne, de découvrir ses goûts et ses aversions. Il lui offrirait des fleurs, la couvrirait de bijoux.

Parée comme une princesse, elle assisterait aux cérémonies qui commémoreraient la victoire de la guerre de Crimée, une fois que toutes les troupes seraient de retour en Grande-Bretagne.

Dans la foulée, il persuaderait Marianne d'oublier cette idée absurde de divorce.

Alors ils vivraient heureux.

Comble de malchance, les obligations militaires du major Trent retardèrent les débuts de son ambitieuse campagne de reconquête amoureuse…

Réquisitionné, il passa toute la semaine suivante à s'occuper du retour des troupes et du matériel en Grande-Bretagne.

Les dragons de Dunbar auxquels il appartenait avaient été fondés par lord Dunbar en 1765. Ils avaient une longue série de succès militaires à leur actif. Ils s'étaient illustrés durant la guerre d'Indépendance de l'Amérique, de 1776 à 1779. Ensuite, durant les guerres napoléoniennes, ils avaient reçu les honneurs à Talavera et à Salamanque, avant de participer à la défaite de Napoléon à Waterloo, en 1815. Ils avaient aussi fait face à la formidable artillerie d'Allwal, en 1848, lors de l'annexion du Pendjab. Le régiment avait subi ses pertes les plus lourdes en Crimée…

Chaque jour, des soldats et des milliers de blessés débarquaient à Portsmouth, désorientés et épuisés. Il fallait s'occuper d'eux. Les chevaux demandaient des soins tout particuliers après leur long voyage. Les stocks et les équipements devaient être inventoriés pour réparation ou remplacement.

Charles quittait la maison tôt le matin et n'y revenait que tard le soir. Mais quelle que soit l'heure à laquelle il rentrait, il trouvait toujours un bon feu dans la bibliothèque et une collation de viandes et de gibier froids, de fromages et de pâtisseries. Bière, vins et liqueurs fines accompagnaient ces mets succulents.

Il avait d'abord songé que son très efficace majordome organisait ces petits soupers jusqu'à ce qu'il découvre le pot aux roses, deux semaines après son retour.

Un soir vers minuit, il rentrait dans la bibliothèque quand il aperçut Marianne devant le plateau garni de victuailles. Elle lui tournait le dos. Perdue dans ses pensées, elle ne se retourna pas à son approche.

— Dunston ? Peut-être devrions-nous ajouter les pâtés en croûte que Cook a faits pour Henry ? Qu'en pensez-vous ? Ils ne sont pas aussi bons, froids, mais je suis certaine que le major va les apprécier…

— Si c'est Cook qui les a préparés, je vais les trouver délicieux…

Marianne tressaillit et fit volte-face. Apercevant son mari, elle s'empourpra aussitôt.

Charles s'en étonna. Elle l'avait pris pour Dunston, certes, mais ça n'était pas une raison pour rougir de telle manière.

Il retira son shako, défit son épée qu'il posa sur une chaise. Le cliquetis de l'arme rompit le calme silence de la nuit.

— Je pensais que c'était Dunston…, avoua Marianne, une fois qu'elle se fut ressaisie.

Mais une délicate rougeur colorait toujours ses joues.

— Je lui avais demandé d'aller te couper un morceau de stilton à la cuisine, reprit-elle. Ce morceau-là est un peu sec.

Il jeta un coup d'œil sur le délicieux fromage veiné de bleu, produit par les laiteries du Derbyshire et du Leicestershire. Sa seule mention l'avait fait saliver pendant la guerre où les privations avaient été cruelles.

— J'ai toujours adoré le stilton…, confessa-t-il, s'en coupant un morceau sans attendre.

— Je sais.

Il se figea, son morceau à la main, surpris.

— Mais comment le sais-tu ?

— Parce que tu en parlais dans tes lettres.

Elle marqua une pause et ajouta avec un sourire entendu :

— Assez souvent, d'ailleurs…

Le sourire de Marianne et sa remarque malicieuse le touchèrent en plein cœur.

Qu'elle ait aussi bien deviné ses goûts et ses envies grâce à de simples lettres le plus souvent écrites à la hâte l'émouvait plus qu'il ne l'aurait pensé.

Soudain, il se sentit ridicule en pensant à son plan de bataille pour conquérir et mieux connaître sa femme. Marianne, elle, le connaissait depuis longtemps et n'avait pas eu besoin de mettre en place de stratégie. Elle avait agi d'instinct…

— J'avais même essayé de t'envoyer une roue de stilton, avoua-t-elle tout à coup.

Il fronça le sourcil.

— Ah bon ? Je ne l'ai jamais su…

— J'avais envoyé de nombreuses caisses avec des provisions, des chaussettes et divers autres objets… Au début, j'ai été étonnée que tu n'en parles pas, puis j'ai compris que tu n'avais rien reçu.

— Tout n'arrivait pas quand nous étions sur le front…, commenta-t-il sobrement.

Il songea à la mauvaise gestion des ravitaillements en armes et en provisions, aux tonnes de nourritures bloquées dans le port de Balaklava alors que les troupes britanniques, à environ une dizaine de kilomètres plus loin, mouraient littéralement de faim et devaient affronter la nuit pour récupérer les boulets de canon déjà utilisés et se faire ainsi une réserve de munition.

— J'ai en effet lu dans le *Times* qu'il y avait de gros problèmes de ravitaillement, déclara Marianne en secouant la tête. Nous avons peut-être gagné la guerre, mais les provisions que nous avons envoyées ont pourri sur place, à moins qu'elles n'aient été volées par des dockers indélicats et revendues aux Russes…

Impressionné qu'elle connaisse ces problèmes de logistique et fasciné par l'éclat ardent de ses yeux verts, Charles lui sourit.

— Tu devrais nous accompagner la prochaine fois que nous partirons pour le front, la taquina-t-il. Beaucoup de femmes d'officiers suivent les troupes pour soutenir leur mari.

Sur ces mots, il avala son morceau de fromage tout en examinant le contenu du plateau d'un air gourmand.

Marianne l'observait, attendrie, et un peu étonnée.

Il ne pouvait être sérieux en lui proposant de l'accompagner sur le front…, se dit-elle. Mais cette perspective la faisait déjà frémir d'exaltation.. Les longues années qu'elle avait passés dans la sinistre demeure de sa grand-tante lui avait donné envie de voyager dans des contrées lointaines.

Un instant, elle se vit débarquer dans un port des Indes ou du Brésil avec son mari, assaillie par des couleurs vives et des odeurs exotiques…

Mais elle revint très vite à la réalité. Quand Charles repartirait avec son régiment, ils auraient divorcé…

Elle fit un effort pour surmonter la douleur qui la vrillait et reprit la parole :

— Tu viens à peine de rentrer, et tu parles déjà de repartir ! J'espère que tu ne repartiras pas de sitôt…, jeta-t-elle sans réfléchir.

Un sourire joua aussitôt sur les lèvres du major.

— Tu penses vraiment ce que tu dis, Marianne ?

Confuse, troublée par son regard brillant, elle baissa la tête et décida de biaiser :

— Il est tard, tu dois être épuisé et affamé. Je te laisse dîner tranquille…

— Tu ne veux pas rester avec moi ? A moins que tu ne sois fatiguée ?

— Je…

— Je serais ravi que tu me tiennes compagnie et que tu me racontes les derniers exploits du jeune Henry Hackett ! Est-il déjà parti à la ferme avec Annie ?

— Non, tous deux sont toujours à Londres.

Un long soupir échappa à la jeune femme.

— Ils préfèrent décidément la ville à la campagne… Le pauvre Dunston passe son temps à récupérer des montres à gousset et des porte-monnaie…

Charles éclata de rire, passa son bras sous celui de Marianne et la conduisit vers le sofa où il la fit asseoir.

Elle tressaillit à la pression de sa main sur son bras. Puis elle comprit qu'elle rougissait violemment en sentant son visage en feu.

— Assieds-toi et raconte-moi comment tu as trouvé ces orphelins.

— Edmond, enfin, M. Saint-Just, connaît quelqu'un en ville. Et c'est cette... personne qui nous envoie ces enfants.

En fait, la brute qui traitait avec Edmond ne leur envoyait pas seulement les orphelins, mais en échange, il leur demandait des sommes exorbitantes. Marianne aurait bien dénoncé ce voyou à la Société royale pour la protection des enfants trouvés, mais elle connaissait assez cette auguste institution pour savoir que sa démarche serait inutile...

Elle avait requis son aide pour secourir les orphelins qu'elle tirait des bas-fonds de Londres, mais la fondation, déjà submergée par les enfants qui lui étaient confiés, n'avait ni le temps ni l'argent nécessaire pour soutenir ses efforts.

— Ta passion à secourir ces orphelins me surprend, déclara Charles, sourcillant.

La jeune femme se raidit aussitôt, certaine que des reproches allaient suivre.

— Mais je suis très fier de toi..., ajouta-t-il contre toute attente.

Un silence tomba.

Frappée de stupeur, Marianne l'observait sans parler.

— Veux-tu une prune ? Elles ont l'air délicieuses, reprit son mari avec un sourire.

Marianne ouvrit la bouche, la referma, puis la rouvrit sans qu'un son n'en sorte. Charles prit son étonnement pour un assentiment, car il porta le fruit à ses lèvres et le lui mit dans la bouche.

Ebahie, elle croqua la prune. Elle était si juteuse qu'un peu de jus coula sur son menton.

— Prends ma serviette, fit alors Charles, le regard fixé sur sa bouche. A moins que…

Il n'acheva pas. Il inclina le visage vers le sien.

Cette stratégie ne faisait pas partie de son plan de campagne ! songea-t-il aussitôt. Il aurait dû être patient, délicat, galant et prévenant, la combler de bijoux, lui proposer un pique-nique à Hyde Park, l'inviter à valser…

En bref, lui faire une cour en règle, et pas se jeter sur elle goulûment !

Mais en bon tacticien, Charles savait faire face aux imprévus… Il modifia tout simplement son plan de campagne pour retourner la situation à son avantage.

Le cœur de Marianne battait avec violence, alors que, de la pointe de la langue, il recueillait le jus de la prune sur son menton. Elle restait absolument immobile, incapable de penser, de bouger, mais assaillie par les sensations les plus folles.

L'odeur de Charles, mélange de cuir, de laine et de musc, lui parvenait, enivrante. Sa barbe naissante éraflait doucement sa peau. Son souffle plus rapide caressait son visage… Elle se retrouva bientôt dans ses bras, sans comprendre comment. Une assiette qui tomba l'arracha à son étrange torpeur.

Avec un cri, elle se dégagea de son étreinte.

— Non, Charles ! Le divorce…

— Je ne veux plus entendre parler de ce maudit divorce !

Il lui prit le menton et la força à le regarder.

— Maintenant, tu vas bien m'écouter, Marianne. J'ai eu le temps de réfléchir, depuis mon retour. Tu avais raison, je me suis marié avec toi pour que tu deviennes la mère de mes enfants, pour que tu perpétues la lignée des Trent…

Le rappel de ce contrat fut comme une douche froide pour Marianne qui recouvrit aussitôt ses sens. Le cœur étreint par une vive douleur, elle essaya de nouveau de s'écarter. Mais son mari l'en empêcha et la força à le regarder dans les yeux.

— Comme j'étais vaniteux et égoïste, alors… Mais après trois ans de guerre, je vois les choses autrement.

— Que veux-tu dire ?

— J'ai bien changé, Marianne. J'ai tiré de nombreuses leçons de la guerre de Crimée… J'ai appris à vivre le moment présent et à ne pas penser à l'avenir…

— C'est ce que tu dis maintenant ! jeta-t-elle avec la force du désespoir. Quand tu auras oublié cette guerre et le bruit des canons, tu penseras différemment !

— C'est vraiment ce que tu crois ?

— Bien sûr… Pour l'instant, tu es euphorique, parce que tu as survécu à toute cette horreur. Quand tu auras repris ta vie mondaine…

Elle se tut, consternée de constater que ses tentatives désespérées pour lui faire entendre raison l'amusaient.

Un sourire charmeur et sensuel étirait maintenant ses lèvres.

— Pour l'instant, ce n'est pas seulement ma vie mondaine que j'ai envie de reprendre, ma chère…

Cette fois, elle parvint à s'arracher à son étreinte et se blottit à l'autre extrémité du sofa, tendue.

— Tu verras les choses d'un autre œil, dans un an !

Charles reprit aussitôt son sérieux.

— Alors attendons un an, et nous en reparlerons.

— C'est ridicule.

Elle le défiait du regard. Il ne cilla pas. Leurs deux volontés s'affrontaient.

Soudain, il se leva et lui tendit la main.

— S'il faut attendre douze mois pour que tu renonces à ce divorce et que tu acceptes pleinement de redevenir ma femme, alors nous attendrons douze mois.

— Voyons, tu n'es pas sérieux !

— Je n'ai jamais été aussi sérieux de ma vie !

Elle le fixa, bouche bée. Puis manifestement incapable d'en supporter plus, elle s'enfuit.

Charles ramassa les débris de l'assiette et songea avec mélancolie aux douze mois de célibat qui l'attendaient.

Le jeu en valait la chandelle… Oui, mais quand même…

Maussade, il se coupa un morceau de stilton et grommela une série de jurons tout à fait inconvenants de la part d'un gentleman…

4.

Cette guerre aurait-elle fait perdre la raison à Charles ? Un boulet de canon lui aurait-il perforé le crâne et emporté sa raison ?

Marianne ne comprenait décidément pas pourquoi il voulait maintenir leur mariage pendant encore un an. Elle savait que sa décision de divorcer était irrévocable. Vivre une situation équivoque la désespérait...

Les jours suivants, elle retourna le problème dans tous les sens, ne cessant de s'interroger sur les motifs qui poussaient Charles à agir de la sorte.

Lui avait-il dit la vérité lorsqu'il prétendait avoir changé ? Ou alors était-ce une tactique pour lui faire renoncer à son idée de divorce ? Pourquoi ne voulait-il pas divorcer ?

Reine et mère tout à la fois, la reine Victoria avait signifié aux femmes de son époque que leur seule fonction était de procréer. Et Marianne avait le cœur brisé à la pensée qu'elle n'aurait plus jamais d'enfants et qu'elle ne pourrait jamais donner à Charles le garçon ou la fille dont il avait tant rêvé...

Cette pensée lui était insupportable et malgré ses efforts, elle avait du mal à se résigner.

En tout cas, mieux valait vivre seule que de continuer cette vie fausse, cette parodie de mariage.

Certes, son cœur battait plus fort chaque fois que Charles rentrait à la maison. Certes, elle aimait entendre le claquement de ses bottes dans la maison, et elle épiait les moindres bruits qui s'élevaient de sa chambre à coucher. Mais qu'importe ce qu'elle ressentait, puisque tout était fini et bien fini entre eux…

Son travail était son seul refuge contre ces émotions fugaces. Et elle avait du pain sur la planche avec les nombreux orphelins dont elle s'occupait…

En priorité, elle devait trouver un foyer pour Annie et Henry. Comme les enfants étaient devenus inséparables, elle devait convaincre une famille de les prendre tous deux en charge.

— Je veux bien que tu restes vivre à Londres, mais à une condition : tu dois me dire quel métier tu veux apprendre, demanda Marianne à Henry qui refusait catégoriquement de faire un nouveau voyage sur les terres domaniales des Trent. Je pourrai te trouver un bon patron qui te formerait.

— Moi je sais ce que je veux ! s'exclama Henry avec enthousiasme. J'ai toujours eu envie de leur secouer les puces !

— Leur secouer les puces ? répéta Marianne ébahie.

— Et surtout de leur donner des bonnes claques sur les fesses ! continua le garçon avec enthousiasme.

Affolée, et surtout n'osant comprendre, Marianne resta bouche bée.

— Henry veut conduire des attelages, intervint Annie après avoir retiré son pouce de la bouche.

— Ah oui, bien sûr, je comprends mieux maintenant, déclara la jeune femme soulagée.

Elle jeta un regard sceptique à Henry.

— Tu as un peu d'expérience avec les chevaux ?

— Evidemment ! déclara le jeune garçon en se gonflant d'orgueil. Une fois, j'ai sauté sur le cheval d'un vendeur de charbon qui avait rué dans les brancards. Je lui ai donné un bon coup entre les oreilles avec le manche d'une hache. C'est qu'il a filé doux, après !

Marianne douta que cette tactique pour apaiser un cheval rétif puisse impressionner un palefrenier, mais elle garda ses réflexions pour elle.

Quand la jeune femme rapporta cette anecdote à Charles, lors de leur souper du soir — une véritable institution maintenant — il éclata de rire.

— En fait, c'est la technique que nous utilisons avec les mules qui traînent nos chargements de munitions et nos caissons d'artillerie, déclara-t-il ensuite. Elles ont souvent besoin d'un bon coup pour se décider à avancer pendant un tir de barrage.

— Eh bien, moi, je serais tellement terrorisée que rien ni personne ne pourrait me faire avancer en de pareilles circonstances ! s'exclama Marianne avec un frisson.

Il fallait en effet un immense courage pour ne pas paniquer sous le bruit des canons et le fracas des coups de sabre !

Elle s'efforça de se changer les idées.

Penser à la guerre était incongru dans cette bibliothèque paisible et éclairée par un beau feu de cheminée.

Il était tard, plus de minuit, sans doute... Le silence qui enveloppait la maisonnée était total, et l'intimité qui régnait dans la pièce, extraordinairement agréable.

Marianne poussa un soupir de bien-être. En fait, elle goûtait un véritable plaisir à passer ces soirées avec son mari. Mieux, elle se régalait des mets préparés par Cook.

D'ordinaire, elle avait un appétit d'oiseau et ne mangeait jamais de fromage ou de sucreries, mais ces dernières semaines, elle s'était découvert une passion subite pour le stilton et les petits cakes glacés au sucre.

Lors des soupers nocturnes qu'elle partageait avec son mari, elle s'en délectait. Le major, quant à lui, satisfaisait son solide appétit avec des nourritures plus substantielles.

— Pourquoi n'emmènerais-je pas Henry visiter le quartier de cavalerie, demain ? proposa tout à coup son mari. Le sergent O'Donnelly lui montrera les étables !

Marianne joignit les mains avec exaltation.

— Tu ferais cela, Charles ?

Souriant à la note d'espoir contenue dans la voix de sa femme, il acquiesça.

— L'un des palefreniers est marié, il pourrait peut-être accepter de prendre Henry chez lui...

— Et Annie aussi… Ces deux-là sont inséparables, le prévint-elle aussitôt.

Mais Charles fronça les sourcils.

Il s'abstint de lui dire qu'elle aurait des difficultés à trouver un couple qui accepte de prendre deux enfants dont l'un avait une fâcheuse tendance à voler tout ce qui brillait sans comprendre pourquoi c'était mal.

— Je vais voir ce que je peux faire…, se contenta-t-il de dire pour ne pas la décevoir.

Marianne sourit largement, reconnaissante.

Comme Charles et Beatrix étaient différents…, songea-t-elle tout à coup.

Elle avait subi tant de reproches de la part de sa belle-sœur sur ces orphelins dont elle s'occupait depuis plus de deux ans.

Aux yeux de l'irascible lady Beatrix, secourir ces gamins des rues n'était pas le rôle d'une femme de la bonne société. Elle lui avait prédit qu'elle y perdrait sa santé, son argent et peut-être même sa réputation !

De plus, toujours selon lady Beatrix, une lady Trent devait remplir nombre d'obligations, comme par exemple aller dans le monde. Or, Marianne négligeait ces fonctions…

Lasse des perpétuelles critiques de sa belle-sœur, elle avait fini par éviter toute conversation sur cet épineux sujet. Par la même occasion, elle avait choisi d'afficher la même discrétion lorsqu'elle écrivait à Charles.

Mais, depuis son retour de campagne, son mari non seulement encourageait ses efforts, mais en plus, il jouait un rôle actif dans ses œuvres. Et cela lui faisait vraiment chaud au cœur.

Au même instant, il lui lança un tel regard que son cœur fit un bond dans sa poitrine.

— Merci, Charles…, dit-elle d'une voix douce, éperdue.

Charles déposa son assiette sur la table à thé si brusquement qu'elle tressaillit et leva sur lui un regard inquiet.

— S'il te plaît, Marianne, épargne-moi ce genre de propos ! lui intima-t-il.

Elle cilla, étonnée par son ton impérieux.

— Mais…

— Je ne veux pas de ta gratitude.

— Alors pardon de te l'avoir exprimée !

Froissée, elle se leva et lissa sa jupe du plat de la main.

— Il vaut mieux que je te laisse terminer ton souper seul. Bonne nuit, Charles.

Furieux de sa maladresse, il bondit pour la retenir.

— Marianne, je t'en prie…

Il s'interrompit, soudain contrit.

— Je me suis mal exprimé, mais je n'ai dit que la vérité… Je n'ai rien à faire de ta gratitude, Marianne, reprit-il d'une voix plus lente. J'attends tout autre chose de toi…

Contrariée et toujours blessée, la jeune femme inclina la tête.

— Ah oui ? Alors peut-être vas-tu me dire enfin quoi ?

Il hésita longtemps. Désabusée, la jeune femme finit par penser qu'il ne répondrait pas.

— Voyons, ne te fais pas prier, reprit-elle plus froidement. D'abord, tu refuses le divorce, ensuite, tu ne veux plus d'héritier... Alors maintenant, dis-moi ce que tu attends de moi et de notre mariage ?

— Je pensais pourtant avoir été assez clair sur ce que je voulais, l'autre soir, dit son mari d'un ton feutré, un peu peiné.

— Je ne pense pas, sinon je n'insisterais pas.

— Bon, alors très bien...

Il hésita, puis se jeta à l'eau.

— Je veux te tenir dans mes bras, passer toutes mes nuits avec toi, Marianne...

Cet aveu passionné laissa la jeune femme pantoise. Puis son cœur se mit à battre si fort qu'elle l'entendit résonner jusque dans ses tempes.

— Je veux couvrir ta gorge et tes seins de baisers..., continua-t-il audacieusement, lançant un regard concupiscent sur son buste frémissant.

Un frisson agita Marianne. Les pointes de ses seins durcirent et devinrent douloureuses. Son corset soudain lui sembla trop étroit.

Elle s'exhortait à la raison quand Charles baisa sa main, d'un geste fougueux. Eperdue, elle remarqua que la lumière des bougies jetait des reflets dorés sur sa chevelure blonde.

Quand il releva la tête, la lueur qui passa dans ses yeux bleus l'agita d'un nouveau frisson délicieux.

— Je veux sentir la chaleur de ton corps contre mon corps, Marianne... Je veux me perdre en toi...

Elle restait immobile, toujours silencieuse. Elle n'avait pas retiré sa main de la sienne.

— Mon Dieu, si je m'attendais..., balbutia-t-elle quand elle eut enfin retrouvé l'usage de la parole...

Quand Charles alla se coucher, il était satisfait des progrès qu'il avait accomplis auprès de sa femme, ce soir. A coup sûr, il lui faudrait moins d'un an pour reconquérir le cœur de Marianne et la faire renoncer à ce stupide divorce. Le regard de cette dernière, quand il lui avait baisé la main pour lui souhaiter bonne nuit, lui avait redonné l'espoir de briser ses défenses avant le délai imparti.

L'aube se leva froide et morne. Mais Charles se réveilla, débordant d'optimisme.

Même les frasques d'Henry, qui passa la journée dans les étables du quartier de cavalerie, ne parvinrent pas à assombrir sa bonne humeur.

Il avait confié le jeune garçon au palefrenier. Ce dernier l'avait mis aussitôt au travail, lui faisant nettoyer les stalles des mules.

La cavalerie vouait un certain mépris à ces animaux obstinés, peu gracieux en comparaison de leurs nobles cousins, les chevaux, mais Henry fut ravi de la mission qui lui avait été confiée.

Il échappa avec agilité aux coups de dents des bêtes et aux moulinets de leur queue qui fouettaient l'air. Il répondit à leurs ruades, si dangereuses pour certaine partie de son anatomie, par des coups de pelle bien placés.

En revanche, le jeune garçon n'échappa pas aux remarques cinglantes des autres palefreniers et des garçons d'écurie.

— Il jure comme un Russe ! rapporta un caporal au major.

Les dragons de Dunbar étant réputés pour la verdeur de leur langage, cette remarque ne fut pas sans surprendre Charles.

— De plus, il n'écoute pas ce qu'on lui dit et il désobéit à mes ordres ! renchérit le palefrenier en chef qui lança un regard noir à Henry.

— Mais il parlait pour ne rien dire, major ! répliqua Henry sans se démonter. Dites-moi, vous trouvez logique, vous, de pelleter les crottes des stalles à l'entrée de l'écurie, puis de l'écurie au wagon ? Autant tout mettre directement dans le wagon !

Charles était bien d'accord avec Henry, mais il ne pouvait prendre le parti de la nouvelle recrue devant le caporal.

— Apprends d'abord la façon de faire de l'armée avant de décider de tout révolutionner !

— Mais…

— Oui ?

Sa froide politesse paralysa aussitôt le garçon. Sans mot dire, ce dernier reprit sa pelle et se remit au travail.

— Il aurait besoin de quelques bons coups de pied aux fesses pour lui apprendre à vivre ! déclara le palefrenier en chef.

— Je vous interdis de le frapper ! ordonna Charles, certain que Marianne désapprouverait cette discipline rude pour mettre le garçon au pas. En revanche, je vous autorise à lui donner du travail. Surtout, ne le faites pas chômer de la journée !

Le palefrenier en chef le prit au mot.

En conséquence, quand Henry rentra avec Charles, dans la soirée, il était maussade, exténué et muet. L'odeur d'étable qui collait aux vêtements du jeune garçon était si forte que dès leur arrivée, le major ordonna aussitôt à son majordome de lui préparer un bain.

— Ah non ! protesta aussitôt Henry. Pas un bain ! Ça ne faisait pas partie de notre marché !

— De quel marché parles-tu ?

Le jeune garçon rougit, mais il ne perdit pas contenance pour autant.

— Lady Trent m'avait promis que je me laverais seulement une fois par semaine !

— Ah, vraiment ?

Charles était certain que Marianne n'avait jamais passé de marché aussi fantaisiste, mais il laissa le bénéfice du doute à Henry.

— Je crois que nous allons demander sa version des faits à lady Trent…

Au même instant, le majordome intervint avec une toux discrète.

— Hum… C'est que lady Trent n'est pas à la maison, monsieur. Elle est partie, il y a environ une heure… De plus…

Il jeta un regard éloquent au major et ajouta :

— Lady Beatrix vous attend à l'étage, monsieur…

A l'évidence plus terrorisé par la perspective de rencontrer la sœur du major qu'à celle de prendre un bain, Henry prit ses jambes à son cou en direction des cuisines.

Charles gravit l'escalier, curieux de savoir où Marianne pouvait s'être rendue si tard. Comme elle le lui avait fait savoir à son retour, elle s'était fait de nombreux amis à Londres pendant son absence. Les invitations à dîner et à des soirées musicales affluaient lorsqu'il était revenu de Crimée.

Mais comme il avait été absorbé par ses obligations militaires, il avait demandé à Marianne d'honorer seule ces invitations mondaines, du moins, jusqu'à ce que toutes les troupes soient rentrées de Crimée.

Mais Marianne avait refusé d'aller dans le monde, sous prétexte qu'elle ne voulait pas jouer les jeunes épouses comblées par le retour de son époux à la face de l'aristocratie londonienne.

Peut-être avait-elle changé d'avis, ce soir ? pensa-t-il soudain. A moins qu'elle n'ait rendu visite à un ami particulier ?

— A un ami *très* particulier ! le renseigna Beatrix, consultée sur le sujet un instant plus tard.

Elle reprit son souffle et continua sur le ton de la plus vive indignation :

— Je n'en croyais pas mes yeux lorsque je l'ai vue monter dans une voiture de louage, tout à l'heure. Seigneur, quelle impudence !

Beatrix était plus offensée par le fait que sa belle-sœur avait loué un attelage que par sa destination. En d'autres circonstances, Charles en aurait ri.

— Et en plus, elle ne portait même pas de voilette ! fulminait Bea. Elle est descendue de son attelage à deux sous, puis elle a traversé la rue pour frapper à la porte de Saint-Just, au vu et au su de tout le monde !

— Peut-être ne ressentait-elle pas le besoin de se cacher, trancha Charles d'un ton glacé.

— En se rendant dans la garçonnière d'un révolutionnaire ? Voyons, Charles ! Seigneur, ce serait un scandale si tout cela se savait !

— Il ne tient qu'à toi de ne pas le provoquer..., laissa-t-il tomber froidement.

A ces mots, sa sœur devint rouge brique.

— Je n'ai pas pour habitude de répandre des ragots... Et puis, tu peux toujours essayer de nier l'évidence, Charles, mais j'ai bel et bien vu ta femme passer la porte d'Edmond Saint-Just, il y a moins d'une heure. Dois-je ajouter que ta fidèle Marianne n'est toujours pas rentrée à la maison ? insinua-t-elle perfidement. Je savais que cela devait arriver ! Leur association dépasse les limites de la décence. Sauver les orphelins n'était qu'un prétexte pour...

C'en était trop !

— Bea !

Sa sœur cilla mais ne se démonta pas.

— Qu'as-tu l'intention de faire ?

— Retirer mon uniforme, mes bottes et me changer pour souper..., répliqua-t-il d'un ton glacial. Si tu le désires, tu peux te joindre à moi, mais seulement si tu t'abstiens de salir l'amitié qui unit Edmond Saint-Just et Marianne, et si tu retires tes paroles injustes.

— Très bien, si tu le prends sur ce ton, je préfère partir !

Et elle déclina son invitation.

En dépit de ses efforts pour évacuer les soupçons que sa sœur avait fait naître dans son esprit, Charles scruta l'horloge avec une impatience grandissante durant toute la soirée.

L'heure tournait. La pluie commença à tomber à verse et l'humeur du major ne tarda pas à suivre la même tendance chagrine. De maussade et anxieuse, elle devint exécrable.

Le feu de la bibliothèque ne parvint ni à éclairer ni à réchauffer ses sombres pressentiments.

Le doute s'infiltrait en lui comme un poison vénéneux et le faisait divaguer.

Avait-il effrayé Marianne en lui exprimant crûment son désir pour elle ? Pire, avait-il suscité son désespoir au point qu'elle veuille se jeter dans les bras de Saint-Just ? Etait-elle si déterminée à divorcer qu'elle soit capable de souiller sa réputation et sacrifier son honneur en ayant une liaison au vu et au su de tout le monde ?

Par instant, Charles avait des sursauts de lucidité et se ressaisissait.

Il ne savait pas pourquoi Marianne était allée chez Saint-Just ni pourquoi elle n'était pas encore rentrée, mais il était certain qu'il pouvait lui faire une confiance aveugle. Il la connaissait assez pour ne pas douter d'elle.

Puis, l'anxiété le reprenait et annihilait son raisonnement.

Pourquoi Marianne n'était-elle pas encore rentrée à la maison ? Bon sang, que faisait-elle encore avec Saint-Just ?

La réponse arriva un peu avant 22 heures.

Un individu d'un âge indéterminé, trempé par la pluie et qui empestait le gin à plein nez, demanda à le voir.

Le valet refusa d'abord de le laisser entrer. Mais les vociférations et les protestations de l'homme finirent par attirer l'attention de Dunston.

Un échange passionné s'ensuivit. Quand l'individu, un certain Cecil Bloodworth, finit par déclarer qu'il s'agissait d'une question de vie ou de mort, le majordome accéda à sa demande.

Il accepta de le conduire dans la bibliothèque, les narines pincées par le dégoût.

Debout devant son bureau, Charles fixait le morceau de papier chiffonné que venait de lui remettre l'homme.

— Où est ma femme ?

L'individu fit mine de ne pas avoir entendu.

Il jetait des regards cupides autour de lui, manifestement excité par la vue des riches tentures, des carafons en cristal et des volumes brochés.

— Vous ne voulez pas m'offrir un petit verre avant que l'on parle affaires ?

— Où est ma femme ? tonna Charles, qui avait envie d'étrangler le voyou.

— Dans une certaine maison de Rookery…

A la mention de ce quartier mal famé où vivait la fange de Londres, son sang ne fit qu'un tour.

C'est à Rookery que se réfugiaient les voleurs, les criminels, ainsi que les pervers de tout poil.

Même avant son départ pour la Crimée, les journaux clamaient régulièrement la nécessité de raser ce quartier qui faisait honte à Londres.

L'idée que Marianne soit maintenant retenue dans une maison de tolérance située dans l'une de ces rues sinistres, lugubres et sales, le faisait frémir.

— Bah, elle a foncé dans la gueule du loup..., raconta Bloodworth avec mépris. Elle et ce jeune imbécile qui est venu l'accompagner pour porter secours à une gamine perdue, si vous voyez ce que je veux dire...

Charles n'avait pas besoin qu'il lui fasse un dessin.

— Ils sont tous enfermés dans une chambre...

— Combien ?

Bloodworth eut un regard de regret pour les carafons de cristal et quitta son air bonhomme.

— Deux cents livres, laissa-t-il tomber.

— Cinquante, dit Charles froidement.

— Cinquante !

— Vingt-cinq si vous m'escortez jusqu'à ce... club et vingt-cinq une fois que je les aurai retrouvés.

— Dites, vous ne donnez pas cher de votre femme, vous !

— Au contraire. C'est de vous dont je ne donne pas cher...

L'air écœuré, Bloodworth regarda les billets que Charles sortait de son gousset.

— Votre femme ferait un malheur dans ce club, dit-il en les recomptant. Un beau morceau... Arrgh...

Il laissa tomber les billets alors que Charles le prenait au collet.

— Ecoutez-moi bien, si jamais vous ou l'un de vos sbires avez porté ne serait-ce que le petit doigt sur ma femme, je vous tranche la gorge !

5.

— Major, major, il faut absolument que je vous parle !

Henry surgit hors des cuisines comme un boulet de canon et se jeta dans les jambes de Charles qui partait.

— Je n'ai pas le temps, Henry.

Au même instant, le jeune garçon aperçut le sinistre compagnon du major.

Il se figea.

— Tiens, qu'est-ce que tu fais dans les beaux quartiers du West End, Bloodworth ?

Charles tressaillit.

— Tu connais cet homme, Henry ?

— Evidemment ! C'est le sale type qui m'a vendu et qui a vendu Annie à votre bourgeoise !

Henry lança un regard de mépris au voyou édenté.

— Il nous a même vendus un bon prix ! Mais il ne m'a pas donné un sou pour l'avoir aidé à conclure le marché avec lady Trent. Que fait-il ici ?

Son visage s'éclaira soudain.

— Je comprends pourquoi Annie a disparu, cet après-midi ! C'est toi qui l'as enlevée ! s'exclama-t-il, les poings serrés. Et tu viens encore demander de l'argent à Lady Trent !

Charles tressaillit de nouveau et décocha un regard dur à Henry.

— Comment, Annie a disparu ?

— Oui, major, c'est pour cela que je voulais vous parler ! Cook m'a tout raconté. Dunston a encore grondé Annie parce qu'elle avait de nouveau volé une montre. Il l'a fait beaucoup pleurer... Alors Annie a pris sa poupée et le chapeau de paille que lady Trent lui a donné, et puis elle est sortie par la porte du jardin...

Il se tut.

Le major et Henry tournèrent ensuite un regard accusateur sur Bloodworth.

Ce dernier fit le geste de se laver les mains.

— Est-ce ma faute si la petite s'est enfuie et si la lady veut la récupérer ?

Furieux, Charles poussa son visiteur vers la porte. Henry leur emboîta le pas à la hâte.

— Toi, tu restes ici ! lui intima le major.

— Non, je viens avec vous. Ecoutez, major, vous ne pouvez pas raisonnablement faire confiance à un homme qui vient de Rookery ! protesta le jeune garçon. Il vendrait sa mère pour une bouteille de gin ! Moi, je connais ce quartier comme ma poche et je peux vous y conduire les yeux fermés.

Charles n'hésita pas une seconde.

Comme il l'avait appris en Crimée, attaquer l'ennemi sur son terrain et sans renfort pouvait s'avérer dangereux. Certes, il avait glissé un pistolet dans sa ceinture avant de quitter la bibliothèque et il avait ordonné au sergent O'Donnelly et à une ordonnance de renforcer la protection de l'attelage, mais comme Henry connaissait bien le quartier, sa présence constituerait un avantage supplémentaire.

— C'est bon, viens.

Charles fit sortir Bloodworth devant lui et le suivit dans la nuit froide et brumeuse. La lueur des becs de gaz était voilée, faible et diffuse. Une petite pluie fine tombait sans discontinuer, accentuant l'épais brouillard. L'air sombre, Charles discuta un instant avec le conducteur et le sergent O'Donnelly, puis il monta dans l'attelage.

Quelques kilomètres à peine séparaient le West End de Rookery, mais assurément, ces deux quartiers étaient aussi éloignés l'un de l'autre que la terre l'était de la lune. Le West End rassemblait l'aristocratie et la fine fleur de la société londonienne, et Rookery, la fange.

Enfermée dans une petite chambre sale et mal éclairée, Marianne songeait que Rookery était l'endroit le plus sinistre qu'elle ait jamais vu…

Une odeur de gin écœurante s'élevait du tapis sale et maculé de taches. Des relents douceâtres d'opium flottaient dans la pièce. Volets et fenêtres étant fermés, l'air était confiné, lourd. Des tapisseries aux couleurs si fanées que leur motif était impossible à reconnaître ornaient les murs. Un miroir à la forme étrange reflétait la lumière d'un chandelier qui avait dû être beau, autrefois.

D'étranges bruits sourds, des soupirs et parfois un rire haut perché s'élevaient de la chambre contiguë.

Chaque fois, Marianne fronçait les sourcils et regardait Annie, qui dormait sur le lit avec toute l'innocence de l'enfance en suçant son pouce.

Edmond Saint-Just occupait, quant à lui, la seule chaise de la chambre. Un morceau de lin arraché au jupon de Marianne enveloppait sa tête. Ses lunettes dont l'un des verres était brisé étaient posées de guingois sur son nez.

Il toucha précautionneusement sa bosse sous le bandage et poussa un soupir morose.

— Je n'aurais jamais dû accepter de vous laisser m'accompagner dans un endroit pareil.

— Cessez de vous faire des reproches, Edmond. Je vous ai accompagné de mon propre chef, vous ne m'avez pas forcée.

Edmond haussa les épaules avec lassitude.

— Mais votre mari verra les choses d'un autre œil... Non seulement je vous ai amenée dans ce...

Il s'interrompit et observa la chambre d'un air dégoûté.

— ... dans ce bouge infect, mais ce voyou m'a agressé...

A l'évidence, le jeune homme était plus vexé d'avoir été frappé en traître que d'avoir accepté qu'elle le suive ! se dit Marianne.

— Le principal, c'est qu'Annie soit saine et sauve, lança-t-elle d'un ton encourageant.

Mais son compagnon d'infortune s'agitait.

— Si vous pensez que nous sommes en sécurité, ici, vous vous trompez lourdement ! Vous ne connaissez pas ce genre d'endroit !

Marianne réprima un sourire.

— Parce que vous, vous avez l'habitude de les fréquenter ?

— Bien sûr que non ! répliqua-t-il en rougissant violemment, mais j'ai entendu des rumeurs...

— Moi aussi, et je préfère ne pas évoquer ce...

Elle s'interrompit, alors qu'un long cri, presque un cri d'agonie, s'élevait de l'autre côté de la cloison.

— C'est à se demander si on n'égorge pas des cochons, laissa tomber Marianne d'un ton distrait.

Cette fois, Edmond devint rouge brique. Il cherchait une réponse appropriée quand une voix de stentor s'éleva dans le couloir.

— Dites-moi tout de suite dans quelle chambre vous les retenez prisonniers !

Marianne se précipita vers la porte.

— Charles ! Nous sommes là !

— Ouvrez la porte ! ordonna le major à celui qui l'accompagnait.

Un silence suivit ces mots, puis un juron.

— Bon sang, j'ai perdu la clé !

— Pas d'entourloupettes, Bloodworth ! Ouvrez cette porte sur-le-champ où je la défonce avec votre misérable carcasse !

— Puisque je vous dis que je n'ai pas cette maudite clé ! Je vous jure qu'elle était dans ma poche, tout à l'heure.

— Il ment parce qu'il veut plus d'argent, intervint une jeune voix. Si vous lui donnez cinq livres de plus, je suis sûr qu'il retrouvera la clé, major.

Ecœuré, Charles décida de ne pas parlementer plus longtemps. Mieux valait enfoncer la porte.

— Ecartez-vous ! Et toi, ne reste pas près de la porte, Marianne ! s'écria-t-il.

La jeune femme obéit.

Un instant plus tard, elle entendit plusieurs coups sourds. Le bois se fendit, le verrou sauta et le battant s'ouvrit. Le fracas coïncida avec un autre cri qui s'éleva de nouveau de derrière la cloison de la chambre voisine.

Annie s'éveilla en sursaut, cilla et s'assit sur le lit alors que Charles entrait dans la pièce, emporté par son élan.

Marianne se jeta au cou de son mari.

— Tu ne peux imaginer combien je suis heureuse de te voir !

Il la prit par le bras et la dévisagea. Elle ne l'avait jamais vu si en colère.

— Mais qu'est-ce qui t'a pris de venir à Rookery ? fulmina-t-il. Je croyais que tu avais plus de bon sens !

— Je lui avais dit de ne pas venir, intervint Edmond d'un ton de reproche, la main toujours posée sur son front douloureux.

Stupéfaite d'être prise à parti à la fois par son mari et par son ami, Marianne se dégagea de la poigne de Charles, mais en vain, car il la tenait si fermement que toute tentative pour lui échapper était impossible.

Au même instant, Henry et Bloodworth pénétrèrent dans la chambre. Le sergent O'Donnelly s'encadra enfin dans l'embrasure de la porte, un pistolet à la main.

Henry regardait tout autour de lui avec un intérêt non dissimulé.

— Je n'étais jamais venu dans ce genre d'endroit, mais j'en avais tellement entendu parler. Il paraît que ce sont les beaux messieurs qui…

— Assez !

Si cette injonction réduisit aussitôt Henry au silence, elle n'impressionna pas Annie. Elle retira son pouce de sa bouche et regarda le major d'un air solennel, un peu accusateur.

— Tu as cassé la porte…

— C'est parce qu'elle était fermée et que je n'avais pas la clé, expliqua-t-il d'une voix plus douce.

La petite fille prit alors un air coupable qu'Henry interpréta sans difficulté.

— Annie ! C'est toi qui as pris la clé dans la poche de cette face de rat !

L'enfant lança un regard contrit vers Marianne, et acquiesça lentement. Elle plongea sa main dans la poche de son tablier et en retira la clé.

— Je n'arrive pas à y croire ! s'exclama la jeune femme indignée. Nous sommes enfermés dans cet endroit sinistre depuis des heures et pendant tout ce temps, tu avais cette clé dans ta poche !

— Je ne voulais pas que Bloodworth revienne te faire du mal, expliqua Annie avec une simplicité et une sagesse étonnantes pour une enfant de son âge.

Emue et bouleversée, Marianne sentit les larmes lui monter aux yeux. Elle serra Annie dans ses bras et enfouit son visage dans ses boucles blondes.

— Oh, chérie…

— Tu ne vas pas me disputer parce que j'ai pris la clé ? demanda Annie avec espoir.

— Non, Annie, je ne te réprimanderai pas.

A cet instant, Charles lança un regard sévère à Saint-Just.

— Vous pouvez marcher sans aide ?

— Je pense que oui.

— Parfait. Annie, tu vas prendre la main de lady Trent. Marianne, tu resteras derrière Saint-Just. Henry et O'Donnelly, vous resterez sur les côtés.

Charles prit son pistolet et fit un geste vers Bloodworth.

— Vous, devant.

Marianne serra fermement la main d'Annie et s'engagea dans le petit couloir sombre. L'ordonnance montait la garde en bas de l'escalier, retenant les nombreuses femmes en jupons et les curieux qui s'y étaient rassemblés. La jeune femme reconnut aussitôt la brute qui avait agressé Edmond. Il dominait la foule de sa haute taille.

— Regarde ce sale type ! fit Henry au major au même instant. C'est lui qui enlève les petites filles à leurs parents et qui les amène à Bloodworth pour qu'il les vende. Nicklesby est plus méchant que toutes les mules du quartier de cavalerie !

D'un regard, Charles jaugea l'homme et arma son pistolet. La vue de la crosse levée fit frémir Marianne. Les femmes amassées au pied de l'escalier se mirent à crier et prirent la fuite alors que les hommes s'éparpillaient et disparaissaient, mystérieusement happés par les ombres de la sinistre maison.

Puis le petit groupe sortit dans la rue. A la vue de l'attelage qui les attendait, presque irréel dans l'épais brouillard humide, Marianne poussa un soupir.

Mais au soulagement succéda le désarroi quand son mari la fit monter dans l'attelage avec Annie et s'éloigna pour retourner dans le taudis.

— Charles ! Que fais-tu ?

— J'ai encore deux ou trois choses à régler avec notre ami Nicklesby. Saint-Just, si je ne suis pas revenu dans dix minutes, je vous serais obligé de ramener lady Trent à la maison.

— Je vous accompagne. J'ai moi aussi deux ou trois choses à régler avec cet individu, riposta Saint-Just.

Le major acquiesça.

Il ordonna au sergent O'Donnelly de monter la garde auprès de l'attelage, puis il s'engouffra dans la maison, suivi par Edmond et Henry, qui avait catégoriquement refusé de grimper dans l'attelage. Quant à Bloodworth, il devait pressentir que le vent allait tourner, car il resta dehors par prudence.

Nicklesby s'était réfugié dans une pièce qui empestait le gin. Quand Charles entra, il agonisait d'injures la vieille harpie qui l'avait laissé pénétrer dans la maison et lui envoyait un coup de poing en plein visage.

Surpris par son irruption, Nicklesby relâcha sa victime qui perdit l'équilibre. Puis sanglotant et essuyant son visage ensanglanté, elle se glissa hors de la petite chambre à la hâte.

— Vous avez oublié quelque chose ? demanda Nicklesby, avec un regard plein de morgue pour le pistolet du major.

— J'avais deux mots à vous dire, repartit Charles froidement.

— Quoi, l'aristo ?

— Je n'aime pas les hommes qui enlèvent les petites filles à leurs parents.

Ces mots tombèrent dans un silence de mort.

— C'est facile d'être arrogant quand on tient un pistolet..., persifla Nicklesby.

— Je dirais la même chose sans pistolet.

Confiant son arme à Saint-Just, Charles s'avança. Il avait à peine fait quelques pas que Nicklesby tira un couteau de derrière son dos.

— Attention, major ! hurla Henry.

L'avertissement du jeune garçon était inutile.

Déjà, Charles s'écartait, mais la lame du couteau le blessa à l'épaule. Nicklesby porta un nouveau coup rageur, mais le major fut encore une fois plus rapide et l'esquiva. Enfin Charles se jeta sur lui et le coucha à terre en lui tordant le bras dans le dos.

Un bruit d'os brisé claqua, puis un grognement. Nicklesby resta ensuite complètement immobile.

— Je n'aurais jamais cru que l'armée apprenait aux hommes à se battre comme cela ! s'exclama Henry. Je crois bien que je vais devenir soldat !

A cet instant, Charles roula Nicklesby sur le dos. Il découvrit que l'homme était tombé sur son couteau, se blessant à mort.

Assise dans l'attelage, Marianne berçait Annie et comptait les minutes avec angoisse. Elle allait demander au sergent O'Connelly d'aller voir ce qui se passait à l'intérieur quand l'imposante carrure de son mari apparut dans l'embrasure de la porte.

— Nous n'avons plus besoin de vos services, jeta ce dernier à Bloodworth, toujours coi. Henry va nous montrer le chemin du retour.

Sur ces entrefaites, il plongea la main dans sa poche et en retira une liasse de billets qu'il lança à l'homme pendant qu'Edmond et Henry montaient dans l'attelage.

Malgré son bandage et sa bosse, Saint-Just affichait un sourire de satisfaction.

— Que s'est-il passé ? demanda Marianne intriguée.

— Grâce au major, le vieux Nicklesby n'enlèvera plus les petites filles à leurs parents ! répondit Henry d'un ton allègre.

Plusieurs heures plus tard, Marianne frappait doucement à la porte de la chambre de son mari.

Annie dormait déjà. Henry avait fêté leur victoire en acceptant de se savonner le visage. Puis après avoir été félicité par le major, il était allé se coucher.

Edmond était parti peu après. Les domestiques avaient abondamment commenté les événements de la soirée.

Ainsi, malgré l'heure tardive, la maisonnée retrouvait à peine son silence et sa quiétude habituels.

Marianne, quant à elle, venait enfin de trouver le courage de se rendre auprès de son mari.

— Charles ? appela-t-elle à voix basse. Tu dors ?

La porte s'ouvrit.

Il était encore éveillé, comme en témoignait son regard vif et brillant. Il était nu jusqu'à la ceinture. Ses caleçons longs blancs tombaient bas sur ses hanches.

Elle n'eut bientôt plus d'yeux que pour son torse musclé.

— Je suis désolé, dit-il. Je fais peut-être trop de bruit et je t'empêche de dormir ?

Elle détourna les yeux.

— Oui. Enfin, non... En fait, je t'ai entendu et...

Son regard tomba soudain sur son épaule.

— Mon Dieu, tu es blessé !

— Ça n'est rien. Je lavais ma blessure avec un peu de poudre de basilic.

— Je vais le faire !

— C'est inutile, Marianne, j'ai soigné des blessures pires que celles-ci, pendant la guerre.

— Mais tu n'es plus à la guerre. Assieds-toi et laisse-moi faire.

Pour une fois agréablement surpris d'être commandé, il s'assit sur son lit. Mais son sourire disparut dès que Marianne passa devant la lampe et qu'il vit se profiler ses courbes à travers sa chemise de nuit en mousseline. Il discerna même les aréoles brunes de ses mamelons quand elle lui fit ensuite face.

— Penche-toi vers moi, lui ordonna la jeune femme.

Trop ému pour protester, il obéit sans broncher.

Alors Marianne se mordit la lèvre et concentra toute son attention sur sa plaie.

Charles écarta les jambes pour qu'elle puisse s'avancer et ainsi mieux le soigner, mais il regretta vivement cette initiative.

Marianne se pressait tout naturellement contre lui, attentive à sa blessure, mais à l'évidence inconsciente de l'effet qu'elle produisait sur lui…

Elle appliqua une compresse imbibée d'eau contre son épaule. Sa fraîcheur excita plus qu'elle ne calma la fièvre qui brûlait Charles. Il sentait les doigts de Marianne au travers de la fine gaze. Ses attouchements, si légers fussent-ils, instillaient les feux de l'enfer dans ses veines.

Mais il serra les poings et endura un supplice pire que celui que lui avaient infligé les chirurgiens, pendant la guerre.

Ils avaient recousu une vilaine blessure due à un coup de sabre pendant la bataille de Sébastopol, sans laudanum pour l'anesthésier. Seule sa volonté lui avait fait supporter la douleur.

C'est cette même volonté qui le tenait immobile maintenant. Il serrait les dents, s'intimait l'ordre de rester insensible au moindre effleurement de Marianne.

Mais il n'était plus maître de ses sensations et de son corps. Ses efforts restèrent vains…

Le geste de Marianne, quand elle retira la gaze et sécha la plaie avec de la poudre de basilic, lui arracha un léger gémissement. De douleur ? De plaisir ? Il ne savait plus…

Une sensation si agréable bien que douloureuse tirait son entrejambe... Tout son sang affluait vers sa virilité.

Soudain, la jeune femme se figea. Elle avait pris conscience de son sexe érigé contre ses cuisses. Le visage empourpré par une violente émotion, elle baissa les yeux sur son mari et le dévisagea.

Il la voulait dans son lit, et dans ses bras.

Les paroles qu'il avait prononcées resurgissaient dans son esprit, allumant un brasier dans son corps.

Je veux te tenir dans mes bras, passer toutes mes nuits avec toi, Marianne. Je veux couvrir ta gorge et tes seins de baisers...

Marianne frémit. Les pointes de ses seins se dressèrent contre sa chemise de nuit.

Je veux sentir la chaleur de ton corps contre mon corps, Marianne.

La jeune femme n'était plus elle-même, elle n'était que désir. Elle découvrait soudain qu'elle n'avait jamais cessé de l'aimer. Les épreuves avaient seulement recouvert cet amour d'un voile opaque.

Cet amour resurgissait, intact comme au premier jour.

Le beau et fier major l'avait séduite dès leur première rencontre. Elle l'avait aimé très vite... Mais le désespoir, l'impossibilité de devenir un jour mère avait étouffé cet amour. C'est parce qu'elle était incapable de supporter sa stérilité et la déception de Charles, quand il l'apprendrait, qu'elle avait voulu divorcer.

Mais elle n'avait cessé de penser à lui pendant la guerre. Elle avait frémi quand elle avait lu dans les journaux l'héroïsme de son régiment, lors de la bataille de Balaklava. Ce soir, il l'avait sauvée des griffes de Bloodworth, il avait châtié Nicklesby,

Elle l'aimait et rien ne l'en empêcherait plus. Ni le chagrin ni les angoisses.

Qui aurait pu empêcher une étoile de briller ou la marée de suivre le cours de la lune ?

Vaincue, elle inclina son visage vers celui de Charles et posa ses lèvres sur les siennes.

Il répondit aussitôt à son baiser et enveloppa sa taille d'un bras pour l'attirer à lui. Il l'embrassa avec passion pendant que ses doigts impatients défaisaient les rubans de sa chemise de nuit. Bientôt, le fin vêtement tomba à ses pieds. Un instant plus tard, elle était dans ses bras et ils roulaient tous deux sur le lit…

Maîtrisant le désir sauvage qui le submergeait, Charles s'efforça d'être tendre et attentif à la jeune femme. Il fit langoureusement traîner baisers et caresses. Quand il fut au comble du désir, il posa un genou entre ses jambes pour s'assurer qu'elle était prête à le recevoir.

Il ne pourrait en effet savourer sa victoire que s'il était certain de la capitulation de sa femme.

Il enfouit ses mains dans ses cheveux, puis attira son visage vers le sien.

— Cela change tout…

Elle passa la langue sur ses lèvres.

— Que veux-tu dire ?

— Après cette nuit, nous partagerons non seulement le même toit, mais un même lit.

Elle laissa échapper un soupir. Ses yeux verts affolés par le désir se rivèrent aux siens.

— Je ne te laisserai pas partir, dit-il d'un ton définitif. Jamais !

Le cœur de Marianne fit un bond.

Charles vit une veine battre violemment à son cou. Puis Marianne sourit doucement.

— Je ne veux pas que tu me laisses partir, Charles. Jamais.

Il se rendit compte qu'il avait suspendu les battements de son cœur jusqu'à ce qu'elle prononce ces mots.

Épilogue

Londres, juin 1857

C'était déjà le mois de juin…

Un an s'était écoulé depuis que Charles était rentré de Crimée.

Comme le temps avait passé vite…, se disait Marianne émerveillée, alors que son attelage se frayait un chemin parmi la centaine d'autres qui sillonnaient Hyde Park, par cette belle matinée ensoleillée.

Un sourire aux lèvres, elle se revit, annonçant à son mari que, devenue stérile, elle voulait divorcer. Alors il lui avait avoué que lui aussi, il avait changé, qu'il n'était plus l'homme vaniteux et égoïste d'avant. Elle avait alors prétendu qu'il changerait d'avis d'ici à un an.

La réponse de Charles avait été inattendue…, songea Marianne dont le sourire s'élargit. Il avait demandé d'attendre un an pour voir si ses prédictions se vérifieraient.

Dieu, que cette dispute lui semblait loin, maintenant…

Tant d'événements s'étaient déroulés depuis.

Charles avait reçu le grade de maréchal et avait été fait vicomte de Combermere. Il appartenait maintenant à la garde personnelle de la reine Victoria.

Quant à Marianne, soutenue par son mari et Edmond Saint-Just, elle avait fondé l'Institution pour l'apprentissage des enfants trouvés.

Charles n'avait mis qu'une condition à son financement : qu'elle ne s'aventurerait plus jamais seule dans le quartier de Rookery ou dans ses environs sans qu'il en soit auparavant averti.

Ces derniers mois avaient été riches en émotions et ses soirées avec son mari avaient été animées par des conversations sans fin. Quant à leurs nuits, elles avaient été tout aussi passionnées…

Une année était passée.

L'heure des bilans avait sonné.

Marianne ne cessait plus de sourire, le cœur empli d'une joie sans bornes.

Aujourd'hui, avec une soixantaine de ses hommes, Charles allait recevoir de la main de la reine Victoria un honneur qu'il attendait depuis un an.

— Regarde, lady Beatrix ! s'écria soudain Annie.

La petite fille s'agitait sur la banquette de velours et montrait du doigt la cavalerie, logée entre l'infanterie et les chevaux de l'artillerie.

— C'est le régiment du major ! Les dragons de Dunbar !

— Je les ai vus, Annie. Maintenant, j'aimerais que tu restes tranquillement assise !

Mais ce rappel à l'ordre n'impressionna pas Annie qui noua ses doigts à ceux de lady Beatrix avec son sourire le plus enjôleur.

— Tu sais bien que je ne peux jamais rester tranquille…, lui dit-elle gravement.

Lady Beatrix poussa un soupir résigné.

— Oh oui, je le sais bien…

Cette fois, Marianne se mordit les lèvres pour ne pas rire.

La sœur de Charles serrait la menotte d'Annie dans sa grande main sèche.

Dès leur première rencontre, la fillette avait conquis le cœur de son acariâtre belle-sœur, et par la même occasion, subtilisé ses diamants et sa broche en or. Annie lui avait bien sûr rendu ses bijoux, avec cet air innocent qui faisait son charme.

Annie et son inséparable Henry faisaient maintenant partie de la maison Trent…

Marianne observa Henry assis en face d'elle. Il était resplendissant, tout habillé de lin blanc. Pour cette occasion spéciale, il portait une redingote faite sur mesure.

Henry était au moins aussi excité qu'Annie par le spectacle qui se préparait. Il se tordait le cou pour observer les troupes alignées et immobiles.

— Seigneur ! s'exclama-t-il. Comme les baïonnettes brillent au soleil !

Marianne suivit son regard et retint son souffle, subjuguée.

Tous les officiers attendaient la reine : la cavalerie, l'infanterie, l'artillerie et les champs de batterie, une compagnie de l'ingénierie royale et même un escadron de marins.

Les épées bien astiquées, les casques et les cuirasses étincelaient au soleil. Les plumes des casques flottaient sous une brise légère.

Au centre de la cavalerie montée se trouvaient les dragons de Dunbar que l'on reconnaissait à leur uniforme aux couleurs vives.

Les hommes distingués par la reine se tenaient au centre de la formation. Ces soixante-trois officiers seraient les tout premiers à recevoir la Victoria Cross, la plus haute distinction militaire britannique…

Marianne n'eut aucun mal à repérer son mari qui se détachait des autres hommes par sa haute taille. Elle le contempla avec fierté, le cœur battant.

Il était resplendissant dans son uniforme rouge aux épaulettes vertes, son shako noir avec sa plaque de cuivre et ses cordons dorés. Il portait des bottes noires cirées. Il avait un air martial et volontaire qui l'aurait conquise si elle ne l'avait déjà été…

Alors elle fit le bilan de leur vie commune.

Pendant les trois premières années de leur mariage, elle avait dû affronter la solitude. Pas un jour ne s'était passé sans qu'elle ne redoute de recevoir la nouvelle que son mari était tombé au champ de bataille. Malgré cet état d'angoisse permanent, malgré la tragédie qui avait brisé sa vie de femme, Marianne avait su rester vaillante et souriante.

Après le retour de Charles, elle avait assumé les responsabilités qui incombaient à une femme d'officier sans cesser de secourir les orphelins.

Aujourd'hui, elle était fière de son mari. Elle exulta quand l'artillerie montée présenta les armes et tira pour saluer l'arrivée de la reine.

Apeurée par le bruit, Annie se boucha aussitôt les oreilles.

— La voilà ! hurla Henry.

Avertis par le tir de l'artillerie montée, les cochers envoyèrent les valets de pied tenir les brides de leurs chevaux.

Peu après, les salves retentirent à travers tout Hyde Park.

Les arbres disparurent dans des nuages grisâtres. Pendant un instant, la rivière Serpentine dont la surface moirée étincelait au loin s'estompa devant un écran de fumée. Les derniers échos grondaient encore lorsque la foule entendit résonner cornemuses et tambours.

Un instant plus tard, le cortège royal apparaissait.

Les soldats présentèrent les armes, et la reine fit l'inspection de ses troupes. Henry examinait la femme qui gouvernait un quart du monde avec ébahissement.

Montée en amazone sur un cheval de bataille rouan, la reine Victoria portait une chemise bleue et une tunique rouge écarlate avec des épaulettes dorées. Elle portait aussi un chapeau noir décoré de plumes orange et blanches. Le prince consort chevauchait à son côté, vêtu de son uniforme de grand maréchal. Leurs deux enfants, le prince de Galles et le prince Alfred, arboraient les costumes des Highlands et trottaient derrière leurs parents sur de fringants poneys.

Une fois que la reine eut terminé son inspection, la cérémonie fut brève. Le grand chambellan appela les officiers qui avaient été distingués à haute voix. La reine félicita chacun d'entre eux et les décora.

Ils restèrent au garde-à-vous pendant que les différents régiments se mettaient en marche et défilaient devant la reine.

La gorge serrée par l'émotion, Marianne ne perdait pas une miette du spectacle. Elle n'avait jamais rien vu d'aussi impressionnant et avait conscience de vivre un instant historique.

L'artillerie tira une dernière salve pour saluer le départ du cortège royal. De nouveaux nuages de fumée ainsi que le bruit des détonations se répandirent dans Hyde Park. Enfin, les troupes rompirent les rangs et les soldats vinrent rejoindre familles et amis qui avaient assisté au spectacle.

Charles eut du mal à se frayer un chemin à travers la foule jusqu'à l'endroit où l'attendaient les siens. De nombreux officiers le congratulaient chaleureusement, ses amis lui tapaient dans le dos avec force plaisanteries. Les simples soldats se contentaient de le saluer respectueusement ou de le féliciter en deux mots

Beatrix sourit béatement quand elle vit son frère. Mais son sourire se transforma en une grimace quand Charles souleva ensuite Annie dans ses bras. La fillette se blottit aussitôt contre lui et fixa la croix en or au bout de son ruban.

— C'est joli !

— Annie ! s'exclama lady Beatrix. Tu ne vas tout même pas voler la médaille du major ! Sir Charles doit la porter sur son uniforme !

Son frère se mit à rire et reposa la petite fille par terre.

— Juste sur mon uniforme de parade, Bea.

Puis il regarda sa femme.

— Te sens-tu assez en forme pour faire quelques pas avec moi ?

Lady Beatrix tourna les yeux vers Marianne et fronça les sourcils.

— Vous êtes malade ?

La jeune femme s'empourpra.

— Pas du tout. Juste un peu fatiguée…

— Ça n'est pas étonnant ! Charles, ne peux-tu pas convaincre ta femme de passer un peu moins de temps à la fondation ? Elle y perd sa santé !

— Elle va avoir moins de responsabilités maintenant que nous avons trouvé un directeur, Bea.

— Hum, c'est à voir…

Beatrix n'approuvait pas encore totalement le fait que Marianne se consacre corps et âme à la fondation, mais à la demande de son frère, elle avait apporté toute son énergie pour rassembler les fonds nécessaires à son bon fonctionnement.

Toutes ses connaissances avaient été sollicitées et grâce à ses efforts, la fondation prospérait.

Marianne voulut ajouter quelques mots. Mais Beatrix haussa les épaules.

— Pas un mot, allez vous promener !

Bras dessous bras dessous, Charles et Marianne s'engagèrent dans l'un des sentiers qui menaient à la rivière Serpentine. Les arbres feuillus formaient un berceau au-dessus de leurs têtes. Peu à peu le bruit de la foule s'évanouit.

— Il va bientôt falloir l'annoncer…, dit tout à coup Charles.

Marianne leva les yeux.

Le sourire sur le visage de son mari lui fit aussitôt battre le cœur. Charles avait deviné sa grossesse depuis déjà plusieurs semaines, avant même qu'elle n'ait compris la raison de ses mystérieuses envies de dormir.

— Je le dirai en temps voulu, quand je serai persuadée que ce n'est pas un rêve…

En fait, elle avait encore du mal à se rendre compte de ce qui lui arrivait. Comment avait-elle pu concevoir un enfant ?

Un silence tomba. Tous deux étaient perdus dans leurs pensées.

— Si c'est un garçon, reprit la jeune femme, j'espère qu'il choisira de porter les couleurs, comme son père.

— Si c'est une fille, j'espère qu'elle choisira un dragon pour mari et pas un soldat de l'infanterie !

Marianne se mit à rire.

— T'ai-je déjà dit combien j'étais fière de toi ?

— Plusieurs fois…

Elle passa le doigt sur sa décoration.

— C'est merveilleux, tu as été parmi les premiers à recevoir la Victoria Cross…

Elle se tut.

Des noms de champs de bataille, d'officiers, hommes vaillants et courageux dont l'audace avait payé, de généraux, comme Wellington, de colonels, comme le premier lord Dunbar, défilèrent dans sa tête.

— Tous les soldats sont courageux, même le plus simple gradé, dit Charles avec calme. J'ai accepté cette décoration pour eux.

La femme du major posa ses mains gantées sur les joues de son vaillant mari. L'amour qu'elle ressentait pour lui résonna dans sa voix.

— Tu as sans doute raison, mais tu es mon héros. Et tu le seras toujours.

— C'est ce que tu dis maintenant, l'avertit-il en souriant, reprenant les mots qu'elle avait prononcés un an plus tôt, mais tu verras les choses différemment dans un an, quand le bébé sera déjà grand, que tu seras de nouveau enceinte et que nous devrons partir en Chine ou au Canada.

— Je n'imagine rien de plus excitant qu'un départ au Canada, avec toi..., soupira Marianne, les yeux brillants à la pensée d'une telle aventure.

— Moi aussi...

Il passa un bras autour de sa taille et l'attira à lui.

— Tu es femme d'officier, chérie. Quel que soit l'endroit où mon régiment sera affecté, quoi que nous réserve l'avenir, nous ferons face ensemble.

DEBORAH SIMMONS

Un combat pour l'amour

HARLEQUIN

COUP DE CŒUR

Cet ouvrage a été publié en langue anglaise
sous le titre :
THE COMPANION

Traduction française de
VÉRONIQUE MINDER

83-85, boulevard Vincent-Auriol, 75013 PARIS — Tél. : 01 42 16 63 63
Service Lectrices — Tél.: 01 45 82 47 47

1.

Christopher Armstrong contemplait la campagne du Yorkshire dans sa splendeur automnale.

Les rouges et ors des feuillages flamboyaient et contrastaient avec les verts des pelouses soigneusement entretenues et des vallons qui s'étendaient à perte de vue.

Ces terres étaient les siennes. Kit aurait dû ressentir à leur vue de la joie et de la fierté. Mais il ne ressentait rien.

La voix de sa grand-mère rompit soudain l'épais silence.

— Hawthorne ?

Kit sursauta.

Hawthorne ! Elle l'avait encore appelé Hawthorne !

Un mouvement de contrariété lui échappa.

— Je m'appelle Christopher, Kit, lui rappela-t-il d'un ton froid qui n'en était pas moins empreint de respect.

— Sottises ! riposta la comtesse douairière. Tu es comte de Hawthorne, maintenant. Tu n'es plus l'insignifiant cadet d'une grande famille aristocratique.

Tu dois assumer tes responsabilités et honorer le nom que tu portes !

Cette fois, Kit ne daigna pas répondre.

Depuis son retour au manoir de Hawthorne, quelques mois plus tôt, il avait entendu cette litanie au moins une centaine de fois… A croire qu'il n'existait que par le domaine de Hawthorne.

Mais il avait été officier. Il avait servi dans la cavalerie. Il avait fait la guerre contre Napoléon, en Europe.

Las, jamais la douairière ne parlait de sa participation à cette guerre ni ne faisait allusion à sa bravoure ou à son héroïsme. Elle ne parlait pas non plus de la mort tragique de Garrett, le frère aîné de Kit, et ne respectait pas son chagrin.

En revanche, son impitoyable grand-mère passait son temps à lui rappeler les responsabilités qui lui incombaient. Elle n'avait que ces mots-là à la bouche.

Il avait été soldat, autrement dit de la chair à canon, aux ordres des généraux, et de retour à Hawthorne, il était comte, dernier représentant d'une lignée sur le point de s'éteindre, aux ordres de sa grand-mère. Il n'était plus officier, il ne voulait pas être comte.

Il était Kit Armstrong, un homme qui souffrait dans sa chair et dans son âme.

Durant cette terrible guerre contre Napoléon, il s'était sacrifié pour son pays. Et maintenant, il aurait fallu qu'il se sacrifie à sa famille pour tenir son rang au sein de l'aristocratie ?

Seigneur, il voulait seulement qu'on l'oublie…

Kit avait combattu pour la liberté, alors il n'avait pas le courage de se battre pour l'argent, le pouvoir et les privilèges que lui conféraient son titre et sa fortune. Il n'avait pas non plus envie de perpétuer une dynastie familiale maintenant réduite à une peau de chagrin. Cette famille, autrefois nombreuse, ne comptait plus que lui, ancien officier invalide, et une vieille femme despotique.

— Tu m'écoutes ? s'écria sa grand-mère en donnant un coup de canne sur le plancher.

Kit sursauta de nouveau.

Un souvenir d'enfance l'assaillit et une expression peu amène s'afficha sur son visage sombre.

Autrefois, le martèlement de cette canne les terrifiait, lui et son frère. Tout le monde, même son père, homme pourtant autoritaire, courbait l'échine devant la comtesse douairière. Aujourd'hui, Kit voyait sa grand-mère telle qu'elle était : une vieille femme qui voulait changer le cours du destin sans en avoir ni les moyens ni la possibilité.

Aussi loin qu'il s'en souvienne, la comtesse douairière avait toujours manipulé et terrorisé son entourage. Seul Kit lui tenait tête. C'est pour la défier qu'il avait choisi une carrière militaire, une décision qui s'était finalement retournée contre lui…

Il avait fait la guerre au lieu de parader dans les salons mondains, il avait côtoyé souffrances et désolation, et il était revenu de Waterloo à moitié invalide. De plus, son défi n'avait même pas arraché un froncement de sourcil à l'irascible douairière. Rien ne semblait la toucher. Elle était de marbre…

Kit était incapable de dire si elle pleurait la mort de Garrett. Certes, elle portait le deuil, mais elle le portait depuis si longtemps, maintenant… La mort lui était devenue familière, sans doute. Kit quant à lui ne pouvait songer sans trembler à son frère Garrett, à ses hommes morts pendant la bataille de Waterloo et à tous les autres soldats qui en avaient été victimes.

Lui, il avait survécu. Garrett disparu, il devait assumer, à sa place, sa position de cinquième comte de Hawthorne.

Ironie du sort, il s'était battu, il avait affronté la mort à plusieurs reprises, mais c'était Garrett, resté tranquillement sur les terres familiales, qui était mort… Il avait eu, paraît-il, un grave accident en manipulant une nouvelle machine agricole. Il avait succombé une semaine plus tard.

Un unique accident lui avait été fatal. Cela n'avait pas de sens…

Kit avait quant à lui été blessé lors de la bataille de Waterloo. Il avait été désarçonné par l'impact d'un boulet de canon. Il s'en était tiré avec des côtes cassées, de nombreuses contusions et une jambe maintenant invalide. A force de volonté, il réussissait néanmoins à marcher à l'aide d'une canne.

Pour qui avait-il fait ces efforts ? Pour quoi ? se demandait-il, désabusé.

Il avait été soigné à Bruxelles sans savoir que, au même instant, son frère succombait à ses terribles blessures. Sa grand-mère avait prétendu lui avoir envoyé un pli pour lui annoncer la mort de Garrett, mais une telle confusion s'était ensuivie après la bataille de Waterloo qu'il n'avait rien reçu…

Kit était donc revenu dans le Yorkshire sans rien savoir de ce qui l'attendait. Soit un manoir en grand deuil et une vieille femme bien décidée à lui faire prendre la place de son frère aîné avec tout ce que cela impliquait…

Si Kit n'avait pas fait carrière dans la cavalerie ou s'il n'avait pas guerroyé, peut-être aurait-il pu devenir comte à la place de Garrett. Mais après tout ce qu'il avait enduré, il s'en sentait tout simplement incapable.

Depuis son retour à Hawthorne, de toute façon, plus rien ne l'intéressait.

— Il y a beaucoup à faire ! s'écria sa grand-mère comme si elle lisait dans son esprit. L'intendant m'a dit qu'il avait essayé de te rencontrer, mais tu as refusé de le recevoir ! M. Sawyer, notre homme d'affaires de Londres, prétend que tu ne réponds jamais à ses lettres. Ils ont tous les deux besoin de tes directives et tu te dérobes comme un gamin ! C'est intolérable, Hawthorne !

Elle ponctua ces derniers mots d'un nouveau coup de canne.

Kit haussa les épaules. Ne comprenait-elle pas que la situation était complètement incongrue à ses yeux ? Après avoir côtoyé la mort, les pires horreurs, souffert dans son corps et dans son âme, il aurait dû benoîtement accepter de s'occuper de paperasserie ou de gérer une manufacture. Ridicule !

Il savait au fond de lui qu'il ne prendrait jamais la place de Garrett. Son frère avait été formé depuis l'enfance à son futur rôle de comte de Hawthorne. Garrett était un gestionnaire-né, capable de remplir les caisses de la famille.

Non décidément, c'était injuste ! se dit Kit dans un sursaut de révolte. C'est lui qui aurait dû mourir ! Seigneur, quel sens avait la vie ?

Il se faisait l'impression d'être un pantin agité par des fils. Les fils d'un destin auquel il ne comprenait rien.

— Est-ce que tu m'écoutes ? reprit sa grand-mère.

— Non ! s'écria Kit sans l'ombre d'une hésitation.

Sans lui laisser le temps de lui reprocher sa grossièreté, il s'éloigna.

Il ne la supportait plus. Pire, il ne se supportait plus. Il voulait échapper à la douairière, à sa vue, à ses ordres, mais il voulait aussi échapper à l'homme qu'il était devenu…

Un désir, hélas ! illusoire.

Les lèvres pincées, la douairière regarda son petit-fils s'éloigner. Elle maudit l'obstination de ce dernier et sa propre impuissance à lui faire entendre raison.

En l'honneur de son retour sur les terres de Hawthorne, quelques mois plus tôt, elle avait voulu accueillir en grande pompe le valeureux officier rescapé de la bataille de Waterloo.

Ainsi, malgré le deuil de Garrett qui plongeait le manoir dans l'affliction, elle avait organisé une petite fête pour ce petit-fils qu'elle adorait. Mais Kit ne s'était pas montré de toute la soirée. Cette défection dont elle lui tenait encore rigueur l'avait profondément humiliée. Quelque temps après, elle avait rassemblé ses meilleurs amis dans l'espoir qu'il serait plus sociable, mais Kit s'était obstiné dans sa solitude.

Alors la douairière avait essayé de lui changer les idées en lui proposant un voyage, un siège à la Chambre des lords. Elle lui avait aussi fait miroiter l'avantage de gérer les terres domaniales et de promouvoir de nouvelles machines et techniques agricoles.

Mais rien n'avait réussi à tirer Kit de sa morosité.

En désespoir de cause, la comtesse lui avait présenté les meilleurs partis de la région. Une fois encore, Kit était resté morne et indifférent. Il avait même été si désagréable qu'il n'y avait plus une seule jeune fille à la ronde qui aurait désiré l'épouser, en dépit de son titre et de sa fortune.

Soudain, les épaules de la vieille femme s'affaissèrent.

Elle ne savait plus quoi faire. Elle ployait sous le poids de l'âge et des vicissitudes… Mais cet instant de faiblesse fut de courte durée, et elle reprit courage. Elle n'avait pas vécu si longtemps et affronté tant d'épreuves pour voir la lignée des Hawthorne s'éteindre ! Elle ne laisserait pas son petit-fils causer ce désastre.

Au même instant, la porte s'ouvrit.

La vieille comtesse se redressa. Nul ne devait voir sa fatigue et sa vulnérabilité. Si c'était son petit-fils qui revenait, elle lui dirait sa façon de penser.

Mais ce n'était que le majordome qui apportait le courrier. La comtesse eut un instant envie de l'ignorer, d'autant qu'elle savait déjà ce que contenaient ces missives : la sympathie sincère de vieux amis, la compassion hypocrite de connaissances moins intimes et leur prétendue inquiétude quant à l'avenir de la demeure de Hawthorne...

Elle détourna la tête, répugnant à regarder la pile que tenait le majordome. Enfin, après un instant d'hésitation, elle prit une grande inspiration et carra les épaules.

— Déposez tout sur mon bureau.

Elle ne s'était jamais dérobée aux difficultés, et ça n'était pas maintenant qu'elle allait commencer ! Elle lirait chaque pli et y répondrait.

Aux amis sincères, elle écrirait une lettre rassurante, aux autres, elle destinerait des missives ironiques mais polies.

La douairière s'attela à la tâche sans plaisir, mais avec une telle concentration qu'il ne resta bientôt plus qu'une lettre. Celle-ci venait de son insipide cousine Theodosia. Sa lecture piqua toutefois sa curiosité.

Theodosia était assez gentille pour être sincère, mais pas assez fine pour manier le sarcasme, aussi son billet était-il simple et sans affectation. Elle demandait à sa cousine une faveur pour miss Chloe Gibbons, jeune parente éloignée qui vivait dans le Suffolk.

« Je voudrais vous demander, ma chère cousine, si vous n'auriez pas connaissance d'une position décente pour cette jeune fille. Gouvernante ou dame de compagnie, par exemple. La mort de son père, le baron Tindale, l'a, en effet, laissée sans ressources... La baron était, si vous vous en souvenez, le fils aîné de notre cher William. Hélas, il n'a pas eu la

chance d'avoir un fils, aussi la baronnie passe-t-elle aux mains d'un jeune neveu, qui n'a pas l'intention d'héberger la jeune fille. »

Ce genre de situation arrivait souvent, hélas… Sans héritier direct mâle, une propriété revenait d'office à un cousin ou à un neveu, laissant les filles de la famille sans ressources et surtout, sans toit.

D'ordinaire, la douairière demeurait indifférente à ces histoires d'héritage, mais cette fois, elle réfléchit longuement. Elle se souvenait bien de la jeune fille dont il était question dans la lettre. Elle était plutôt sérieuse, calme, bien élevée et ne paraissait guère en société. Son père, qui l'aimait beaucoup, ne parvenait pas à s'en séparer, la privant ainsi de l'opportunité de trouver un mari parmi les jeunes gens. Si elle s'était mariée, la pauvre fille ne se serait pas retrouvée à la rue…

Mais peut-être pouvait-elle la recueillir ?

Une idée germait dans l'esprit de la vieille dame, mais elle l'écarta aussitôt… Toutefois, l'instant d'après, elle y réfléchissait de nouveau. Finalement, elle la considéra avec le plus grand intérêt.

C'était certes une idée plutôt étrange, audacieuse, voire déplacée, mais c'était peut-être l'ultime recours pour sauver le domaine, les terres domaniales et perpétuer l'illustre nom de Hawthorne…

De toute façon, la comtesse avait épuisé toutes les autres possibilités. Elle soupira, puis pour la première fois depuis le début de cette journée morose, un sourire étira ses lèvres.

Sa décision prise, elle plongea sa plume dans l'encrier pour répondre à Theodosia.

Chloe Gibbons contemplait l'élégant manoir de Hawthorne.

Le domaine était immense, comme elle avait pu le constater en arrivant. De vastes prairies verdoyantes ondoyaient à perte de vue. De charmants vallons entrecoupés de bosquets, d'arbres séculaires, de grottes et de petits étangs romantiques formaient le parc. Des allées de gravier s'élançaient avec une rigueur géométrique à travers le gazon vert d'émeraude. Une variété incroyable de plantes et de buissons, dont la plupart lui étaient inconnus, était disséminée avec art dans les magnifiques jardins.

Le manoir, copié sur les demeures françaises, comprenait de nombreuses fenêtres délimitées par des meneaux de pierre.

Chloe était intimidée par tant de beauté.

Comment allait-elle s'habituer à sa nouvelle vie ? se demanda-t-elle avec un peu d'anxiété.

Elle avait déjà la nostalgie du cottage familial, vieillot mais si chaleureux... La jeune fille refoula son émotion et s'exhorta au courage.

Allons, ce cottage n'était plus le sien depuis que son père était mort, alors inutile d'y penser..., se dit-elle bravement. De toute façon, elle n'avait pas le choix. Les héritiers n'avaient pas voulu qu'elle continue à habiter la vieille demeure ancestrale. Et Chloe n'avait pas un sou pour se payer un nouveau toit.

La jeune fille n'appartenait ni à l'aristocratie rurale ni à la *gentry*. Habituée à osciller entre les deux, elle n'était à sa place nulle part. A la mort de son père, spoliée de son héritage par la loi, elle s'était sentie abandonnée. Puis, la lettre de la comtesse de Hawthorne était arrivée chez sa grand-tante Theodosia.

La douairière avait besoin des services de Chloe, la jeune fille recherchait un toit.

Tout allait pour le mieux. Enfin, presque.

D'après ce que Chloe en savait, la vieille comtesse inspirait un effroi mêlé de respect à ceux qu'elle connaissait. Cette femme bien née, mais issue d'une petite famille, s'était mariée au-dessus de son rang et avait acquis richesse et privilèges.

Chloe ne l'avait rencontrée qu'une fois. Elle se souvenait d'une femme autoritaire et insupportable qui ne cessait de donner des ordres, et accablait son entourage de caprices impossibles à satisfaire.

Naturellement, Chloe n'avait guère été enthousiasmée à l'idée d'habiter le manoir de Hawthorne et de servir de dame de compagnie à l'irascible lady. Mais personne d'autre ne voulait d'elle…

Tout le monde lui avait répété que cette proposition était une véritable aubaine, alors elle l'avait acceptée sans hésiter, décidée à faire de son mieux pour tirer parti de sa nouvelle situation.

Chloe s'arracha à ses pensées. Elle prit une grande inspiration et essaya de faire contre mauvaise fortune bon cœur.

Le manoir de Hawthorne était certes bien imposant, mais une fois qu'elle s'y serait habituée, elle le trouverait identique à n'importe quel autre manoir.

Et si elle ne parvenait pas à s'y habituer, la demeure était si grande qu'elle trouverait le moyen d'éviter la vieille comtesse.

La jeune fille laissa échapper un autre gros soupir.

Ce ne serait guère possible d'éviter la comtesse puisque cette dernière voulait faire d'elle sa dame de compagnie...

Chloe ne comprenait pas très bien la raison de cette décision. La douairière avait en effet de nombreux domestiques à son service, et elle aurait pu engager une dame de compagnie de son âge et plus expérimentée. Plus étonnant encore, la comtesse attendait manifestement son arrivée avec la plus vive impatience.

Selon sa grand-tante Theodosia, la réputation de Chloe pour soigner les infirmes et les malades l'avait précédée auprès de la vieille dame, maïs cette dernière n'était ni infirme ni malade, en dépit de sa canne qui ne la quittait jamais.

Mais sait-on jamais...

La jeune fille avait soigné son père et lui avait tout sacrifié, provoquant l'admiration de leurs proches. Chloe s'en était étonnée. A ses yeux, il ne s'agissait que de dévouement et d'amour filial. En tout cas, ça n'avait jamais été une épreuve ou une corvée.

Son père avait été un malade patient, toujours reconnaissant des soins qu'elle lui prodiguait, même lorsque sa goutte s'était aggravée au point de le faire souffrir en permanence. La jeune fille avait tout fait pour rendre les derniers mois de sa vie heureux.

A ceux qui lui reprochaient de ne jamais aller dans le monde, Chloe répondait que son père avait besoin de ses soins à tout instant. De toute façon, elle n'aimait ni les belles toilettes ni les mondanités. Elle préférait le silence et la calme quiétude du cottage familial.

Sa vie allait changer du tout au tout..., se dit-elle. Rien n'était plus éloigné du monde paisible où elle avait vécu jusqu'à maintenant que l'imposante demeure des comtes de Hawthorne.

Sa splendeur évoquait une longue histoire de richesse, de pouvoir et de privilèges qu'elle avait peine à s'imaginer. Même si les terres environnantes évoquaient la quiétude avec leur beauté bucolique, Chloe n'était pas naïve au point de penser qu'elle trouverait la sérénité dans sa nouvelle existence auprès de la douairière.

Peu après, Chloe fut conduite dans ses appartements par une jeune domestique volubile et manifestement ravie de voir un nouveau visage.

Elle fut ensuite impressionnée par l'élégant mobilier de sa chambre à coucher, du salon et de la salle à manger. Elle s'offrit le luxe de prendre un bain, un confort appréciable après son long et fatigant voyage. Surtout, elle apprécia également les services de la femme de chambre qui l'aida à s'habiller pour le dîner.

Son arrivée et son installation s'étaient déroulées sans encombre, et plus facilement qu'elle ne se l'était imaginé... Sans doute parce qu'elle n'avait pas encore rencontré la redoutable comtesse ! songea-t-elle en quittant ses appartements.

L'heure du dîner sonnait. Dans un instant, elle allait se trouver en face de la maîtresse de Hawthorne.

Chloe rassembla son courage. Elle lissa une dernière fois sa robe de deuil, releva le menton et descendit l'escalier vers le foyer de marbre. Elle voulait produire la meilleure impression sur la vieille femme lors de leur premier entretien.

Elle s'extasiait sur les chérubins en stuc qui décoraient le plafond du long couloir quand elle entendit le bruit reconnaissable entre tous de la canne de la vieille dame sur le sol de marbre. Prise d'effroi, elle fut tentée de rebrousser chemin vers ses appartements, mais elle se ressaisit. Se comporter comme une écervelée ne lui apporterait pas l'estime de la douairière ! Elle devait maîtriser la crainte que lui inspirait la vieille comtesse.

Chloe continua d'avancer, mais un peu tremblante.

Elle arrivait au bas de l'escalier quand elle s'immobilisa, stupéfaite. La canne dont elle avait entendu le bruit n'appartenait pas à la douairière, mais à un homme.

Plutôt, la perfection faite homme…

Il était grand. Il avait une taille mince et de larges épaules. Ses cheveux étaient blonds, si tant est qu'elle puisse utiliser ce terme pour définir la couleur miel de ses boucles éclaircies par le soleil…, se dit-elle, le souffle court. Quand il leva la tête pour la regarder, Chloe remarqua que ses yeux étaient vert émeraude, mystérieux et brillants. Mais ce regard était si perçant que Chloe en fut profondément remuée… Elle avait l'impression que le bel inconnu lisait jusqu'aux tréfonds de son âme.

Son visage était si parfait qu'il aurait pu paraître efféminé sans ce regard dur et cette mâchoire virile, obstinée.

Chloe qui n'avait jamais été attirée par un homme, si séduisant soit-il, se figea d'admiration.

Face à son immobilité, ce dernier fronça les sourcils. Son expression devint encore plus sombre.

Mais Chloe fut arrachée à sa contemplation muette par le bruit d'une autre canne, celle de la douairière. La vieille femme s'arrêta devant elle et la dévisagea longuement.

— Ah, vous voilà enfin, jeune fille ! Je me languissais de votre présence !

Puis elle se détourna vers le jeune homme, dont l'air toujours sombre ne présageait rien de bon.

— Hawthorne, je voudrais vous présenter miss Chloe Gibbons.

— Kit, je m'appelle Kit, marmonna le jeune homme entre ses dents.

La douairière émit un petit son réprobateur avant de reporter son attention sur Chloe.

— Je vous présente mon petit-fils qui déteste les cérémonies. Je vous autorise à l'appeler Kit, puisqu'il y tient tant. De toute façon, vous faites partie de la famille, même si vous appartenez à une branche éloignée.

Elle reprit ensuite à l'adresse de son petit-fils :

— Chloe est parente de la cousine Theodosia et elle va dorénavant habiter avec nous.

Kit, autrement dit le comte de Hawthorne, accueillit cette nouvelle avec un manque d'enthousiasme que Chloe jugea insultant.

— Ce qui signifie ? demanda-t-il d'un ton impertinent.

— Peu importe. Elle est là et c'est suffisant, trancha la douairière.

— Justement, ça m'importe ! Je croyais vous avoir dit de me laisser tranquille, et surtout de cesser de faire défiler les jeunes filles devant mon nez comme si j'étais un maquignon à la recherche d'une pouliche.

Il s'interrompit et dévisagea Chloe avec une insolence qui la paralysa.

— Le moins que l'on puisse dire, c'est que votre bon goût habituel vous a fait défaut, pour cette fois, ajouta-t-il du bout des lèvres.

Chloe fut soudain consciente de l'image qu'elle lui donnait : une jeune fille vêtue d'une robe noire démodée, et intimidée par ses nouveaux employeurs.

Bien que la femme de chambre eût insisté pour la coiffer à la mode de Londres, elle avait voulu garder sa coiffure de tous les jours. Mais maintenant, elle prenait conscience qu'elle ressemblait à une petite provinciale et que sa présence était déplacée dans cette luxueuse et brillante demeure.

— Tu voudrais que je la renvoie ? reprit la comtesse à l'adresse de son petit-fils. Mais cette petite n'a nulle part où aller ! C'est un neveu cupide qui a hérité de la propriété de son père, elle a été spoliée, la pauvre enfant ! Alors que dois-je faire d'elle ? L'envoyer dans un hospice ?

A ces mots, Chloe devint écarlate.

Elle était consciente de son dénuement, mais elle aurait toutefois préféré qu'on ne le lui rappelle pas aussi crûment.

— Si ma présence ici pose un problème, je peux partir et me débrouiller toute seule, dit-elle avec fierté.

La douairière renifla avec dédain alors que Kit lui lançait un regard bref, identique en tout point à celui de sa grand-mère.

Mais Chloe ne cilla pas.

Elle se souvint tout à coup de ce qu'on lui avait raconté sur le jeune comte de Hawthorne. Il avait combattu en héros à la bataille de Waterloo, et il avait échappé de justesse à la mort. Il avait beaucoup souffert, comme le prouvait son boitillement ainsi que l'expression voilée et dure de son regard.

Chloe observa sa jambe blessée avec compassion.

— Si vous cherchez à devenir comtesse, inutile de perdre votre temps, je ne suis pas à marier ! reprit-il brusquement.

La jeune fille tressaillit, troublée.

— Se marier ! Mais qui a parlé de mariage ? s'exclama la douairière.

Pendant un instant, Chloe oublia son malaise pour dévisager avec étonnement la vieille femme et son petit-fils, deux volontés qui s'affrontaient manifestement depuis toujours.

Ils se seraient battus à coup de canne qu'elle n'en aurait pas été étonnée !

Voilà qui augurait mal de l'avenir, en tout cas.

Elle allait devoir vivre sous le même toit que deux personnes impétueuses qui s'entendaient comme chien et chat. Qu'à cela ne tienne, personne ne la forcerait à prendre parti ou à jouer les arbitres. Ainsi, décidée à ignorer le comportement puéril de la douairière et du jeune comte, elle passa devant eux pour se rendre dans la salle à manger.

Deux cris la figèrent aussitôt.

— Non pas par là, par là ! s'exclamèrent en même temps la grand-mère et le petit-fils en lui montrant la direction opposée.

Chloe obéit.

Elle craignait un coup de canne si elle n'obtempérait pas sur-le-champ ! Elle n'avait pas fait trois pas que la voix de la comtesse s'éleva de nouveau.

— Hawthorne, tu pourrais prendre le bras de miss Gibbons pour la conduire dans la salle à manger ?

Le comte, qui lui emboîtait le pas avec une surprenante agilité en dépit de sa jambe malade, s'arrêta et se détourna, une expression contrariée sur son beau visage.

De son côté, Chloe était stupéfaite. Elle n'était peut-être que fille de baron, mais elle savait que l'étiquette imposait que le comte donne son bras à sa grand-mère.

Mais la jeune fille garda le silence. Elle n'avait pas envie de se rebeller le premier jour, surtout à propos d'un détail aussi vain que l'étiquette… Alors, elle se contenta d'attendre que le comte lui offre son bras.

Ce qu'il fit à contrecœur.

Intimidée, elle évitait de le regarder, mais sa proximité la troubla étrangement. Lorsqu'elle posa sa main sur son bras, un frisson l'agita de la tête aux pieds. Une curieuse chaleur et une langueur tout aussi inexplicable l'assaillirent aussitôt, lui donnant à la fois envie de fuir et de rester.

Ils marchèrent lentement, ensuite, à cause de la canne de Kit. Chloe regrettait d'être un fardeau supplémentaire pour le jeune comte. Mais sa compassion et sa sympathie cédèrent la place à l'agacement quand il lui lâcha grossièrement le bras, une fois qu'il l'eut conduite à sa place.

Puis avec un grognement d'ours, il se rendit à l'autre bout de la table où se trouvait sa chaise. Le héros de la bataille de Waterloo avait fière allure, présidant la tablée. Il affichait en tout cas la mine hautaine et dédaigneuse de ces jeunes aristocrates qui se croyaient inaccessibles et ne daignaient pas baisser les yeux sur une jeune fille à peine jolie.

Le dîner fut pénible et interminable.

Bien que la chère soit délicieuse, plus variée et sophistiquée que tout ce que Chloe avait vu ou connu, la conversation fut malaisée et souvent entrecoupée par de lourds silences.

Quand la comtesse douairière parlait, c'était d'une voix de stentor, pour proférer des paroles qui n'admettaient pas de réplique. Le comte ne prenait pas la peine de répondre et se contentait d'acquiescer ou d'émettre des grognements inaudibles.

Embarrassée par l'étrangeté de la situation, Chloe restait coite.

La distance qui séparait Kit et la douairière d'un bout de la table à l'autre illustrait à merveille l'éloignement de leurs points de vue et de leurs caractères...

Chloe regretta de ne pas dîner en compagnie d'hôtes moins distingués mais plus agréables. Puis elle pensa à son père et à leurs conversations enjouées, pendant le dîner. Mais elle se ressaisit, de peur de sombrer dans une insupportable mélancolie. Et soudain, elle décida que si l'ambiance du manoir de Hawthorne lui déplaisait, il ne tenait qu'à elle de la changer !

Alors la jeune fille raconta son voyage. Elle se contenait chaque fois que la douairière l'interrompait pour la contredire. Enfin, elle évoqua ses premières impressions sur son nouvel environnement.

— Je trouve que la campagne du Yorkshire est magnifique..., confia-elle d'une voix sincère.

— Vous seriez fermière ou fille de laiterie que vous la trouveriez détestable ! coupa la douairière.

En revanche, Kit sourit. Sans doute avait-il l'intention de contredire sa grand-mère, et il s'en réjouissait d'avance.

— J'ai vu beaucoup de pays, mais je dois dire que je n'ai jamais vu une région aussi belle que le Yorkshire, surtout en automne...

Chloe acquiesça.

— Je suis impatiente de mieux la découvrir... Le parc de Hawthorne est si beau..., déclara-t-elle, tout en songeant que ses nouvelles fonctions ne lui laisseraient guère de temps de libre.

Pire, elle s'imaginait mal faire de longues promenades avec la douairière.

— Il a été paysagé par le grand Capability Brown en personne ! A l'époque, cela a coûté une petite fortune, déclara la douairière.

Malgré son expression de dédain, Chloe discerna une note de fierté dans sa voix.

— Autrefois, les gens avaient du goût, ils préféraient les jardins élégants et bien ordonnés, pas les étendues sauvages que l'on voit maintenant..., ajouta-t-elle d'un air dégoûté.

— Les goûts ont peut-être changé... En tout cas, notre parc paysagé par Capability Brown reste un vrai chef-d'œuvre, déclara Kit.

Chloe lui lança un regard de surprise. Il avait lancé ces mots avec négligence, mais la même fierté perçait dans sa voix.

En fin de compte la grand-mère et le petit-fils semblaient moins différents qu'ils ne le paraissaient.

— Si tu apprécies tant ce jardin, pourquoi n'emmènerais-tu pas Chloe le visiter, après le dîner ? proposa la douairière d'un ton acerbe.

Consternée, la jeune fille baissa les yeux. Elle connaissait à peine le comte et n'avait pas envie qu'il lui gâche une promenade dont elle se réjouissait d'avance. A moins qu'il ne refuse... Mais son refus serait grossier et la blesserait dans son amour-propre.

— Il fait trop sombre, dit Kit abruptement.

Puis il se réfugia dans un silence obstiné.

Chloe allait intervenir pour abonder dans le sens du jeune comte, mais la douairière la devança.

— Alors tu lui feras visiter le jardin demain, quand il y aura assez de lumière à ton goût !

Le regard de la vieille comtesse passait tour à tour de son petit-fils à Chloe. Elle avait un air entendu, presque malicieux, comme si elle leur réservait une surprise connue d'elle seule, se dit la jeune fille intriguée.

Kit, en revanche, avait l'air plus sombre que jamais.

Chloe espérait de tout cœur qu'elle le verrait le moins possible, durant son long séjour à Hawthorne. De cette façon, elle n'aurait pas à supporter ses efforts pour se montrer aimable ou à subir sa grossièreté..

Sa morgue et son hostilité renforçaient la solitude de la jeune fille. Elle aurait tant voulu se faire un ami du jeune comte. Rien n'était plus naturel… Le jeune homme avait plus ou moins le même âge qu'elle. Mais dans les conditions actuelles, il valait mieux qu'elle renonce à ce désir un peu vague qui l'avait animée à sa vue. Elle avait mieux à faire qu'à perdre son temps avec l'insupportable comte de Hawthorne.

Comme pour lui donner raison, Kit s'esquiva dès la fin du dîner sans dire un mot. Il resta sourd aux injonctions de sa grand-mère qui exigeait qu'il se joigne à elles dans le grand salon. Il fut si impoli que Chloe, malgré sa tendance naturelle à la compassion, se refusa à l'excuser.

Elle connaissait de nombreux soldats qui étaient revenus de la guerre, plus gravement blessés que le jeune comte. Ils avaient autant souffert dans leur chair et dans leur âme que ce dernier, mais ils n'en étaient pas moins restés courtois et civilisés. Le jeune comte était riche, séduisant et possédait de nombreux privilèges. Il n'était confronté ni à la faim ni à la pauvreté, mais il avait moins de manières qu'un porcher.

Chloe commençait à penser qu'elle n'aimait pas du tout Kit Armstrong.

La voix de la douairière l'arracha à ses pensées.

— Qu'attendez-vous pour le suivre, jeune fille ? Allez-y !

Chloe crut mal comprendre. Elle la dévisagea, ébahie.

La vieille femme lui faisait un signe de tête vers Kit qui s'éloignait.

— Il va dans les jardins. Profitez-en pour l'accompagner. Ne vouliez-vous pas les visiter ?

A quoi jouait-elle ? se demanda Chloe. Quoi qu'il en soit, elle n'aimait pas le ton impérieux et les manières pour le moins étranges de la vieille dame. Aussi releva-t-elle le menton avec défi et ajouta calmement du sucre à son thé.

— Je crois que milord a clairement fait comprendre que ma présence lui était indésirable, déclara-t-elle comme s'il s'agissait d'une paisible conversation.

— Ce garçon n'a jamais su ce qu'il voulait ! jeta la comtesse d'un ton dédaigneux, accompagnant ses paroles d'un coup de canne sur le plancher. Vous avez été engagée comme dame de compagnie, alors allez le rejoindre et lui tenir compagnie !

Chloe se figea.

Elle ne devait pas bien avoir compris les dernières paroles de la comtesse ! Elle posa sa cuillère avec précaution et prit une grande inspiration.

— Je croyais que vous m'aviez engagée pour que je vous serve de dame de compagnie…

C'était déjà une tâche assez déplaisante pour que, en plus, elle ne s'occupe pas de l'irascible comte et ne joue pas les arbitres entre ce dernier et sa grand-mère.

— Je vous ai en effet engagée comme dame de compagnie, mais pas pour moi. A votre avis, pourquoi aurais-je besoin d'une petite demoiselle pour me materner ? Je veux que vous divertissiez mon petit-fils. Je veux qu'il quitte cet air maussade qu'il affiche en permanence ! expliqua la vieille femme d'un ton froid.

Chloe sentit un affreux frisson courir le long de son dos, mais elle attendit la suite, prudente. La vieille dame était âgée et son inquiétude pour son petit-fils lui avait sans doute brouillé l'esprit…

— Si tel est votre désir, je pense qu'un homme s'acquitterait mieux de cette mission, déclara-t-elle avec gentillesse.

La douairière tapa sa canne sur le sol avec violence.

— Ne croyez-vous pas que j'ai déjà essayé ! Il ne veut pas revoir ses anciens amis ou ses compagnons d'armée ! Il ne s'intéresse à rien ni à personne !

— Je suis vraiment désolée…, dit Chloe, sincère.

Elle regrettait que le petit-fils de la comtesse ne se soit pas encore remis de ses épreuves, mais elle ne voyait pas du tout comment elle pourrait l'aider, si tout le monde avait échoué.

— En fait, je ne comprends pas très bien ce que vous attendez de moi…

— Voyons, vous êtes une femme ! laissa tomber la comtesse d'un ton rude.

Insultée au plus profond de son être, Chloe se raidit.

Elle avait bien entendu des rumeurs sur certaines grandes familles aristocratiques désespérées de marier leur héritier, et qui proposaient le mariage en échange d'un toit à des jeunes filles bien nées mais sans le sou. Tout le monde y trouvait son compte…

Mais Chloe n'avait jamais ajouté foi à ces histoires. Et elle concevait mal que la comtesse de Hawthorne puisse lui proposer pareil marché, ou pire, de se comporter en… courtisane.

Chloe était célibataire, mais elle n'était pas une oie blanche. Elle savait que certaines femmes se faisaient une spécialité de donner du plaisir aux hommes. La pensée d'avoir une relation hors le mariage avec le jeune comte de Hawthorne l'horrifiait tout en piquant sa curiosité.

Au même instant, la jeune fille se souvint de la pression de la main du jeune comte sur son bras. Elle frissonna, puis redressa les épaules avec détermination.

— Je crains qu'il n'y ait un malentendu… J'ai accepté de venir à Hawthorne pour être votre dame de compagnie, pas pour passer… tout mon temps avec votre petit-fils.

— Je ne vous demande pas de coucher avec lui, petite sotte ! coupa la comtesse, comme si elle avait deviné ses pensées. Je veux seulement que vous parveniez à le distraire et à lui changer les idées !

Soulagée par cette mise au point pourtant brutale, Chloe laissa échapper un soupir. La situation était moins dramatique qu'elle ne le pensait, néanmoins, elle n'en était pas moins déconcertante.

— Je comprends. Mais ce que vous me proposez est toutefois… inconvenant.

— Ainsi, aider un parent serait inconvenant ! Sottises ! Mon petit-fils ne peut pas vous congédier comme il a congédié tous les autres, parce qu'il sait que vous n'avez nulle part où aller. Je vous ai demandé de venir à Hawthorne pour accomplir un devoir familial, jeune fille. Je vous croyais assez intelligente pour comprendre l'importance de cette mission !

Mais Chloe restait insensible à la grandiloquence de la comtesse. A l'évidence, la vieille femme pensait avoir été assez astucieuse en engageant une parente ruinée pour aider son petit-fils à reprendre goût à la vie. Mais Chloe ne comprenait toujours pas comment lui venir en aide.

Le jeune comte n'était pas infirme, ni malade. Il n'était pas invalide, se dit-elle, songeant à sa dextérité à se déplacer malgré sa canne. Comment l'aider à redevenir celui qu'il était avant la guerre ? Elle ignorait tout de lui.

Quant à guérir les plaies de l'âme, c'était une autre histoire. Cela exigeait une grande délicatesse et beaucoup de patience.

Le jeune comte était si sombre qu'un seul sourire et quelques paroles d'encouragement ne suffiraient pas à le dérider, surtout s'ils venaient d'une femme dont la présence l'insupportait !

D'un autre côté, Chloe éprouvait une réelle compassion pour la souffrance du jeune homme. Personne dans le pays n'avait été épargné par la guerre contre Napoléon. Tout le monde connaissait dans son entourage un soldat blessé ou mort durant ce long conflit.

La jeune fille était sur le point d'accepter son étrange mission pour aider ce jeune héros brisé par la guerre.

— Il a dû voir tant d'horreurs que nous ne pouvons même pas nous imaginer…, murmura-t-elle. Je comprends qu'il soit si malheureux…

— Il n'est pas le seul dans cette situation ! La guerre, c'est la guerre. C'est du passé, et maintenant, il doit faire face à ses responsabilités ! déclara la douairière d'une voix forte, comme si le seul fait de le dire pouvait se faire réaliser son vœu.

Chloe l'observa, sceptique.

La comtesse tentait de secouer un petit-fils qui se laissait gagner par la mélancolie. Une sourde animosité les opposait. Cette tension permanente ne devait pas contribuer à redonner son moral au jeune comte.

Chloe savait qu'il était seul héritier de Hawthorne, maintenant que son aîné était mort… Lourde tâche pour un homme qui revenait du front et qui avait perdu un frère… Lui avait-on au moins laissé une période de deuil décente ?

Elle pensa soudain à son propre père, décédé depuis peu… Et comme à chaque fois, son cœur se contracta sous l'emprise d'un chagrin dont la violence ne s'atténuait pas.

— Il a aussi beaucoup souffert, à son retour, ajouta-t-elle doucement.

— Certes, il a eu des revers…, admit la comtesse d'un ton aigre. S'il ne s'était pas amouraché de cette petite dinde de Julia, il n'en serait pas là aujourd'hui. Je l'avais pourtant prévenu que c'était une enfant gâtée, toute fille de duc qu'elle était ! Mais il l'aimait, soi-disant ! Il lui a proposé le mariage avant de partir pour la guerre, et quand il est revenu, c'est pour se rendre compte qu'elle se souciait de lui comme d'une guigne ! Blessé et diminué, il n'était plus assez bien pour elle !

Chloe leva les yeux, sidérée.

— Il était donc fiancé avant de partir en Europe ?

— Si on veut... Une erreur de jeunesse, que je lui pardonne bien volontiers.

Bizarrement, Chloe était troublée.

Bien sûr, un homme aussi séduisant que Kit attirait l'attention de jeunes filles bien nées.

Chloe savait par expérience que ces demoiselles étaient arrogantes et sans cœur. Mais penser que l'une de ces créatures avait été assez cruelle pour rejeter un héros sous prétexte qu'il avait une jambe invalide lui était insupportable.

Kit avait donc vraiment aimé..., se dit-elle avec un petit pincement au cœur. Etait-il aussi mélancolique à cause de cet amour perdu ?

— En tout cas, cette péronnelle lui a rendu un fier service en rompant ses engagements ! déclara la douairière qui agita ses mains couvertes de bagues. Mais je vois bien qu'il se laisse aller. Il ne peut se ressaisir... Vous avez raison, Chloe, il souffre trop.

Sa voix soudain plus lente attira l'attention de la jeune fille. Elle observa la comtesse avec une plus grande attention. La vieille femme regardait au loin, l'air soucieux. Toute son énergie l'avait quittée... Chloe n'avait plus devant elle qu'une vieille femme lasse, seule et vulnérable.

— Mon mari était aussi un mélancolique, avoua-t-elle à voix basse. Mon fils n'a pas hérité de cette tendance à la mélancolie, mais il semble que mon petit-fils, oui. Et je ne peux rien faire contre cela...

Elle donna un coup de canne pour donner plus de poids à ses paroles mais Chloe voyait bien son impuissance et sa frustration.

Cet aveu la toucha plus que les grands discours dont l'avait accablée la comtesse, un instant plus tôt.

La jeune fille réfléchit.

La proposition de la comtesse n'était peut-être pas si folle… Peut-être avait-elle trouvé la solution pour tirer son petit-fils de cette terrible mélancolie qui le menaçait… La fiancée de Kit lui avait sans doute brisé le cœur, mais il avait peut-être une prédisposition naturelle à la mélancolie et une nature sensible ? Mais pourquoi la comtesse employait-elle tous ses efforts à sauver son petit-fils ? Pour les terres de Hawthorne ou parce qu'elle l'aimait ? Etait-il déjà trop tard pour intervenir et le tirer de cette mélancolie ?

Une pensée l'effleura qui la fit frissonner.

— Serait-il capable de mettre fin à ses jours ? demanda-t-elle lentement.

Sa question fit revenir la douairière à elle. Elle donna un violent coup de canne sur le plancher.

— J'espère que non ! J'attends de vous qu'il n'attente pas à ses jours, en tout cas.

2.

Pour éviter les salons de réception, Kit emprunta un escalier qui menait aux cuisines, sous les regards étonnés des domestiques. Ensuite, il sortit du manoir.

L'aube pointait.

S'il sortait si tôt et s'il avait fait un large détour par les cuisines, c'était pour éviter de croiser sa grand-mère, aussi matinale que lui. Il n'avait pas envie qu'elle lui demande d'escorter miss Chloe Gibbons dans les jardins aujourd'hui.

La douairière devait bien se mettre dans la tête qu'il passerait le moins de temps possible avec cette jeune fille !

Quelle nouvelle idée avait germé dans le cerveau fécond de sa grand-mère ? Pour quelle raison avait-elle fait venir miss Gibbons à Hawthorne ? En tout cas, ça n'était pas pour sa fortune, se dit-il, revoyant les vêtements de grand deuil élimés de la jeune fille…

C'était bizarre, sa grand-mère dédaignait ces demoiselles ruinées, d'ordinaire…

Kit se méfiait de la douairière, capable de tout pour parvenir à ses fins. Elle n'avait ni l'habitude ni la réputation d'être généreuse en recueillant des parentes désargentées sous son toit. Elle agissait toujours par intérêt. Et cette fois ne devait pas faire exception.

A l'évidence, elle avait un plan.

La tête pleine de toutes ces questions, Kit prit un sentier herbeux et tressaillit en sentant la rosée matinale sur sa jambe invalide. Il fronça les sourcils, serra les dents et continua sa marche.

Et si sa grand-mère lui tendait un piège, pour qu'il tombe amoureux par exemple ? se demanda-t-il. Il avait remarqué, en la détaillant mieux, que la nouvelle arrivante était particulièrement jolie malgré la pauvreté de sa mise.

Peu après son retour d'Europe, la douairière lui avait présenté toutes les beautés de la région. Ces jeunes filles bien nées avaient des manières parfaites mais des regards cupides. Quelques mois auparavant, aucune n'aurait accepté d'épouser Christophe Armstrong, mais depuis qu'il était comte de Hawthorne, il était soudain devenu digne d'intérêt. Un si beau mariage permettrait à ces petites ambitieuses de se propulser au sein d'une grande famille et d'accéder à un rang social enviable. C'est d'ailleurs dans ce seul but que ces péronnelles avaient été élevées par leurs mères.

Kit entrevoyait avec dégoût la vie qu'il mènerait, s'il épousait l'une de ces demoiselles. Après quelque temps, son épouse lui demanderait de passer l'hiver à Londres, pour aller aux bals et aux soirées mondaines. Elle prendrait sans doute des amants et le mépriserait...

Kit n'avait accordé aucune attention à ces brillants partis. Il avait découragé toute tentative de séduction par son indifférence et les avaient éconduites, pour la plus grande fureur de sa grand-mère. Il ne ressentait que mépris pour ces filles à marier qui avaient paradé devant lui, parées de leurs plus beaux atours. Des bêtes à concours, voilà ce qu'elles étaient ! avait-il songé avec écœurement.

Mais même s'il s'achetait une femme grâce à son titre et à sa fortune, il n'aurait pas d'enfants. Il semblait qu'il soit impuissant, suite au traumatisme de ses blessures, donc dans l'impossibilité de concevoir. Ça lui était égal, de toute façon, sa vie était détruite.

Il avait survécu parce qu'il avait eu une raison de vivre. Julia. Mais à son retour au manoir de Hawthorne, elle lui avait donné le coup de grâce en rompant leurs fiançailles. Tous ses espoirs de reprendre une existence normale avaient été anéantis…

Fille de duc, son ex-fiancée n'avait pas besoin de faire un beau mariage. Elle avait déjà le rang et la fortune. Julia avait donc jeté son dévolu sur lui, alors brillant officier, cadet d'une grande famille. Mais l'amour de la jeune fille s'était évanoui à leurs retrouvailles. Il n'était plus le bel homme fringant d'autrefois.

Il n'oublierait jamais les mots qu'elle avait prononcés, ce jour-là. Elle se tenait devant lui dans le grand salon, froide et inaccessible.

— Je ne veux pas d'un homme diminué physiquement, Christopher.

C'est avec ces paroles sans appel qu'elle avait brisé son cœur. En perdant l'usage de sa jambe, Kit avait déjà perdu sa vigueur et son énergie. Mais après que Julia eut rompu avec lui, il avait perdu toute l'insouciance de la jeunesse.

Depuis, il était glacé jusqu'à la moelle. Il était désormais incapable de ressentir quoi que ce soit. Il avait été blessé dans son corps par les canons des Français, et touché à mort par le rejet de Julia.

Jamais plus il n'aimerait. Jamais plus il ne désirerait. Il était jeune, mais vieilli avant l'âge.

Mais grâce à Dieu, il n'avait pas perdu la vue, et il ne pouvait nier le fait que miss Chloe Gibbons était une jolie brunette.

Autrefois, il appréciait les jolies blondes frivoles, comme Julia. Il devait avoir changé... En tout cas, il ne supportait plus leurs conversations futiles et affectées. Il ne supportait plus rien du tout, de toute façon.

Et dire qu'autrefois, il était un charmeur qui recherchait la compagnie des femmes dont il était adoré...

Chloe Gibbons avait le maigre avantage de piquer sa curiosité. Elle portait une robe noire simple et élimée, et ne semblait pas coquette. Elle était rassurante. Stable. Elle ne ressemblait pas à ces petites écervelées coquettes qu'il poursuivait de ses assiduités, autrefois..., se dit Kit, amer comme à chaque fois qu'il pensait à son passé.

Mais il se méfiait. Chloe était aussi la protégée de sa grand-mère. Il était de plus en plus certain que la douairière poursuivait un objectif secret avec la complicité de l'orpheline. Enfin, moins secret qu'il ne le semblait, puisqu'il l'avait à moitié deviné..., médita-t-il alors qu'il voyait justement l'objet de ses pensées sortir du manoir.

Chloe se dirigeait vers lui d'un pas vif, sans se soucier de la rosée qui mouillait le bas de sa jupe.

Avec ses gestes francs et naturels, elle était vraiment différente des femmes qu'il côtoyait, avant..., se dit-il sans cesser de l'observer.

Que lui voulait-elle ? Il n'avait aucune envie qu'elle vienne le déranger. Sans sa jambe invalide, il se serait éloigné à grands pas, hélas, il avançait à la vitesse d'un canard boiteux...

Chloe le rattrapait plus vite qu'il ne s'éloignait d'elle. Humilié, Kit sentit une vive rougeur lui brûler les joues. Il s'immobilisa et, le regard dur, fixa la jeune fille qui arrivait à sa hauteur.

Elle ne parut pas comprendre que sa présence n'était pas la bienvenue et lui fit un magnifique sourire.

— Bonjour ! dit-elle d'une voix un peu essoufflée.

Aujourd'hui encore, elle était habillée en noir. Elle avait noué un châle à la hâte autour de ses épaules. Kit fut un instant ému par l'état pitoyable de sa robe, puis il se durcit. Et si sa grand-mère voulait justement qu'il soit touché par la détresse d'une orpheline en grand deuil ? Mais il ne pouvait croire qu'elle veuille le marier à une fille sans fortune. Quels étaient donc les desseins de la vieille comtesse ?

Kit plissa les yeux et étudia attentivement Chloe.

Elle avait plus de charme que de beauté avec son visage régulier et son teint clair. Ses yeux brun foncé étaient très expressifs, ombrés par de longs cils épais sous des sourcils bien dessinés. Ses cheveux étaient également bruns, longs et brillants. Elle était coiffée avec simplicité et sans ostentation. Il pensa qu'elle devait être particulièrement jolie, les cheveux lâchés sur ses épaules. Puis quand son regard voltigea sur les courbes tendres de ses seins, il se ressaisit et cilla.

Que mijotaient Chloe et sa grand-mère ? se demanda-t-il de nouveau pour conjurer sa brusque émotion.

Furieux contre lui-même, contre la douairière et sa protégée, il tourna les talons.

— Attendez, Kit ! Je pensais que vous pourriez me faire visiter les jardins ! s'exclama Chloe en le retenant.

Le contact de la main de Chloe sur son bras le fit sursauter. Un curieux frisson parcourut son échine.

Comme hier soir.

Quand il lui avait pris le bras pour la conduire à la table, le même frisson l'avait traversé.

Il s'était alors dit que cette réaction était due au hasard. Maintenant, il ne pouvait nier plus longtemps que c'était le contact de Chloe Gibbons qui le faisait frémir.

C'était comme un jaillissement qui se répandait dans ses veines, une chaleur qui se dispersait dans tout son corps et faisait reculer le froid polaire qui ne le quittait plus, depuis son retour sur les terres de Hawthorne.

Kit se sentit alors si mal à l'aise face à ces sensations incongrues qu'il se dégagea avec brusquerie. Puis sans un mot, il s'éloigna.

Mais elle s'entêta et le suivit.

Soit elle manquait totalement de discernement, soit elle ne connaissait pas les bonnes manières ! fulmina-t-il en son for intérieur. Faisait-elle vraiment partie de sa distinguée famille ? C'était à se demander si sa grand-mère ne l'avait pas ramassée dans la rue !

Kit fit volte-face, déterminé à lui dire sa façon de penser.

— Je regagne mes appartements. Sans vous. Compris ?

Il accompagna ces paroles désagréables par un regard lourd de signification, presque menaçant.

— A moins que vous ne projetiez de m'y suivre ? ajouta-t-il.

— Monsieur ! s'exclama-t-elle en rougissant.

Kit la dévisagea, soudain méfiant.

Il croyait comprendre pourquoi la douairière avait fait appel à la douce Chloe Gibbons.

Pour le séduire. Il allait démonter son stratagème.

— Je pensais vous avoir dit que je m'appelais Kit, dit-il d'une voix doucereuse qu'il n'avait pas employée depuis longtemps. Alors appelez-moi Kit, je vous en prie… Après tout, nous sommes parents, n'est-ce pas ?

Elle acquiesça, soudain troublée.

— Certainement… Kit.

Elle humecta ses lèvres de la pointe de la langue, geste innocent qui ne l'abusa pas. Il s'avança lentement, avec toute l'aisance que lui permettait sa jambe malade, jusqu'à ce qu'il soit si proche d'elle qu'il aurait pu la toucher.

La jeune fille écarquilla les yeux, déconcertée. Mais elle ne recula pas, ce qui confirma ses soupçons.

Il s'appuya sur sa canne, posa son autre main sur le tronc derrière elle et se pencha légèrement, l'empêchant ainsi de fuir.

— Voilà qui est fort bien joué..., murmura-t-il ensuite alors qu'il inclinait son visage vers le sien.

A l'évidence, sa grand-mère utilisait les grands moyens, en lui envoyant une courtisane.

Mais pourquoi Chloe portait-elle cette tenue de grand deuil ? Ce costume faisait-il partie de la mascarade soigneusement préparée par sa grand-mère et sa complice, pour mieux l'émouvoir ?

Kit se rendit soudain compte que la jeune fille attisait sa curiosité. Il fronça les sourcils. Il ne voulait surtout pas que cette femme, ou qui que ce soit d'autre, attise sa curiosité.

— Au lieu de perdre votre temps, venez-en au fait et dites-moi vraiment ce que vous voulez, demanda Kit d'une voix de velours.

— Heu... Je veux que nous nous promenions ensemble dans les jardins, répondit Chloe, d'une voix basse, mais incroyablement séductrice.

Kit hocha la tête.

— Vous ne semblez pas comprendre ma question, alors je vais la formuler autrement. Pourquoi ne voulez-vous pas me dire quel est le véritable motif de votre présence ici, chère Chloe ?

Elle lui lança un regard circonspect qui en disait plus long qu'un discours.

— Vous ne répondez pas ? Tant pis... Je crois que j'ai compris, de toute façon..., reprit Kit, les sourcils froncés. Jusqu'où accepterez-vous de m'accompagner ? Jusqu'à mes appartements, malgré vos airs de vierge effarouchée ? Dans mon lit ? Au fait, je me demande pourquoi nous nous faisons autant de politesses ? Pourquoi ne pas retirer dès maintenant votre robe et vos jupons pour que nous en finissions tout de suite, à cet endroit même ?

Il s'interrompit et constata avec plaisir que la jeune fille devenait rouge cerise. En même temps, il était curieusement ému par le malaise de Chloe. Cependant, pour échapper à son émoi, il recula en l'écrasant d'un regard glacial.

— Si vous avez été engagée par ma grand-mère pour mon service personnel, vous allez être déçue, je décline vos offres, dit-il d'une voix froide.

Chloe cilla.

Elle paraissait maintenant tellement choquée qu'il se demanda si, en plus, elle ne possédait pas de remarquables talents d'actrice.

— Allez dire à ma grand-mère que vous avez échoué auprès de moi, que vous n'avez pas réussi à exciter… mon intérêt, acheva-t-il, avec un sourire sarcastique.

Elle ne parut pas comprendre la subtile ambiguïté contenue dans ces derniers mots, car elle ne réagit pas. Elle était plus rouge que jamais. Embarras et malaise se lisaient dans son regard.

— Vous ne pensez tout de même pas que…, dit-elle enfin.

Puis elle hésita, comme si elle était incapable de terminer sa phrase.

Chapeau, quelle actrice !

Elle excellait dans le rôle de vierge effarouchée ! Certaines courtisanes s'en faisaient une spécialité, pour le plus grand plaisir de certains hommes portés sur les très jeunes filles, et prêts à tout pour les attirer dans leur lit.

— Vous pensez donc que votre grand-mère aurait engagé une femme de petite vertu pour…, prononça Chloe avec difficulté.

Elle s'interrompit de nouveau, à l'évidence incapable de prononcer la suite.

— Pourquoi pas ? riposta Kit avec insolence. Elle meurt tellement d'impatience d'avoir un héritier qu'elle se moque bien de savoir si c'est une femme du monde ou une catin qui l'engendrera !

La main de Chloe s'abattit sur sa joue.

En officier aguerri qui se tenait toujours sur le qui-vive, Kit aurait dû s'y attendre. Mais il fut stupéfié par l'impétuosité de son geste. Aurait-il perdu ses réflexes ? Serait-il devenu apathique en sombrant dans l'indifférence ?

Il leva lentement sa main sur sa joue souffletée et regarda Chloe s'éloigner vers le manoir avec un air de dignité furieuse que même une excellente comédienne n'aurait su imiter.

Il avait peut-être fait une erreur d'appréciation…

Quelle que soit la raison de la présence de la jeune femme sur les terres de Hawthorne, elle avait trop de personnalité pour accepter de jouer les courtisanes, si tant est que la douairière lui ait proposé un tel marché.

Kit continua de la regarder avec curiosité.

Puis, dans la fraîcheur de l'air matinal, il regretta d'avoir rejeté la seule personne qui l'ait intéressé depuis longtemps…

Chloe marchait à toute vitesse vers le manoir, bien décidée à quitter les lieux aussi vite que possible. Elle ne prit pas la peine de sonner la femme de chambre pour lui demander de l'aider à faire ses bagages. Elle sortit sa malle, ouvrit l'armoire dans laquelle elle avait rangé ses vêtements, pas plus tard qu'hier, et les y précipita fiévreusement. Rien, ni l'argent ni la menace de son dénuement ne la persuaderait de revoir l'arrogant jeune comte.

Une catin ! Une femme de petite vertu !

Chloe rougissait de honte sous l'insulte.

Elle essaya de ne pas penser à la réaction de sa grand-tante Theodosia quand elle la verrait de retour. Sa parente accepterait de l'héberger, le temps qu'elle trouve une solution. Peu lui importait d'être engagée dans une maison plus petite ou moins luxueuse, pourvu qu'elle soit respectable ! Chloe préférait braver la pauvreté plutôt que d'entendre des insultes de la bouche de Kit Armstrong.

Une jolie bouche certes, mais vraiment très désagréable, ne put-elle s'empêcher de penser incongrûment.

Sa colère tomba et une immense tristesse l'envahit.

Kit avait été ignoble, mais chose étrange, elle était attirée par lui…

Chloe n'avait pas l'habitude de côtoyer les jeunes gens arrogants et séduisants de l'aristocratie. Elle avait des excuses pour sa conduite un peu sotte de tout à l'heure.

Au début de leur conversation, elle avait été littéralement sous le charme de ce jeune homme qui lui parlait en lui faisant les yeux doux, avec cette voix de velours... Elle aurait dû être plus prudente face à ce déploiement de séduction. Elle avait honte de lui avoir lancé des regards languides, alors qu'il se faisait de plus en plus insinuant. Elle aurait dû se douter qu'il y avait anguille sous roche.

Chloe eut un geste de contrariété. Elle n'était plus une gamine et savait reconnaître quand un homme lui faisait la cour !

La jeune fille secoua la tête, navrée et furieuse au souvenir de la scène qui avait ensuite suivi, où il l'avait accusée de...

Pour se calmer, elle prit une grande inspiration et se concentra sur ses bagages. Elle n'avait pas encore terminé que l'on entra dans sa chambre sans frapper.

La jeune fille fit volte-face, espérant secrètement que ce fût le jeune comte qui venait lui présenter ses excuses.

Mais c'était la vieille comtesse qui se tenait sur le pas de la porte. Elle l'observait, le visage déformé par une expression sévère.

— Alors vous partez déjà... Je pensais que vous aviez plus de caractère, mon enfant !

Chloe ne l'invita pas à entrer, mais la douairière en décida d'elle-même. Sans même lui demander comment s'était passée sa première rencontre en tête à tête avec son petit-fils, elle continua à l'accabler de reproches.

— Je présume qu'il a chatouillé votre petit amour-propre, continua-t-elle avec dédain. Seigneur, je croyais pourtant que les jeunes filles de la campagne avaient plus de répondant que ces petites sottes de

Londres ! Bon, Hawthorne a été rude et impoli. Et alors ? Il traite tout le monde de la même façon, il a dû apprendre ces manières à la guerre, alors inutile de vous formaliser !

Chloe songea que Kit avait plutôt dû les apprendre de sa grand-mère, mais elle garda ses réflexions pour elle.

— Il rejette tout le monde… Ne vous ai-je pas déjà dit qu'il ne voit plus personne ? ajouta la vieille femme martelant de sa canne ses derniers mots.

Déjà habituée à ce bruit, Chloe ne tressaillit pas.

— C'est vrai, vous me l'avez déjà dit, répondit-elle avec calme.

« Mais vous ne m'aviez pas prévenue qu'il irradiait de lui une telle chaleur, ni qu'il pouvait séduire n'importe qui, même moi qui suis d'ordinaire indifférente au charme des hommes, ou qu'il pouvait être aussi brutal dans sa façon de rejeter les gens… », ajouta-t-elle en son for intérieur.

La jeune fille soutint le regard de la vieille comtesse sans dire un mot. Cette dernière fit volte-face pour sortir.

Mais elle ne prit pas congé sans lui lancer un dernier défi :

— Vous êtes mon dernier espoir, mon petit. Alors ne me décevez pas. Surtout, n'échouez pas.

Chloe tressaillit.

Avait-elle entendu un fléchissement dans la voix de la vieille femme, ou avait-elle rêvé ?

Elle regarda la douairière sortir de sa chambre, voûtée comme si elle portait un fardeau trop lourd pour ses épaules.

En fait, la vieille comtesse était moins insensible qu'il n'y paraissait. Elle n'était guère différente de son petit-fils. Elle le malmenait, mais elle l'aimait. Mais l'orgueilleuse douairière ne dévoilerait jamais ses vrais sentiments... Quant au comte...

Chloe se laissa tomber sur le bord du lit et réfléchit.

Ce que pensait ou ressentait Kit, son comportement d'animal blessé, son agressivité, sans doute dictée par le désespoir, ne la laissait pas indifférente. Qui n'aurait pas éprouvé de la compassion pour ce jeune homme agressif, car blessé au plus profond de son être ?

Pourquoi avait-elle fui, tout à l'heure ? Parce qu'elle avait été à son tour blessée par le venin de Kit et décontenancée par la violence de ses propos. Elle avait été prévenue, elle aurait dû s'y attendre !

Les sourcils froncés, Chloe tenta d'analyser froidement la situation. Si elle était revenue dans sa chambre pour faire ses bagages et retourner chez sa grand-tante Theodosia, c'était parce que son orgueil et sa sensibilité n'avaient pas supporté cet affront.

Le premier qu'on lui ait jamais fait.

Chloe avait passé toute sa vie dans le cottage familial du Suffolk. Personne ne l'avait jamais menacée ou ne lui avait parlé avec rudesse. Il n'y avait que la pauvreté qui l'avait jamais menacée..., se dit-elle avec amertume.

Elle soupira. Elle était bouleversée par la vulnérabilité et la souffrance de Kit. Il était jeune et beau, il était blessé, physiquement et moralement. Il portait sa canne comme un stigmate qui lui rappelait à tout instant son infirmité.

Elle fronçait toujours les sourcils.

C'était la première fois qu'un homme la remuait autant. Du temps où elle vivait avec son père, ses chevaliers servants l'avaient toujours laissée indifférente. Elle les avait tous gentiment éconduits. Personne, pas même Tommy Roe, un garçon plutôt gentil qui aurait fait le bonheur de n'importe quelle femme avec ses innombrables qualités, ne l'avait troublée à ce point.

Chloe soupira de nouveau.

A l'évidence, elle faisait partie de ces femmes plus attirées par l'apparence des hommes que par leur personnalité ou leur gentillesse…

Mais le comte était-il vraiment aussi terrible qu'il voulait le laisser penser ?

Il avait été cruel quand il avait pris cette voix veloutée pour lui parler, pour prononcer les pires insultes qu'elle eût jamais entendues.

Mais quand il s'était approché d'elle, elle avait entrevu une lueur de désespoir dans ses yeux. Elle avait alors eu envie de l'aider… Mais elle s'était enfuie, trop blessée par ses paroles pour s'appesantir sur le désespoir qu'elle avait entrevu dans le regard du jeune comte.

Chloe pesa longtemps le pour et le contre.

En fin de compte, ce fut ce bref instant qui lui resta en mémoire…

La jeune fille se leva et défit sa malle.

Elle ne savait pas si elle avait pris la bonne décision, mais elle savait qu'elle la prenait seulement pour aider un ancien officier de l'armée, pas parce qu'elle avait besoin d'un toit et d'argent. Ce serait sa contribution personnelle aux courageux soldats qui s'étaient battus et avaient tant donné pour leur pays, mais qui avaient si peu reçu à leur retour chez eux.

Sa décision était ainsi plus dictée par son idéalisme que par la réalité et la personnalité complexe de Kit Armstrong.

Chloe savait aussi qu'elle devait protéger son cœur. Il ne fallait pas qu'elle succombe à son étrange attirance pour le jeune comte, alors qu'elle n'était que fille de baron et ruinée. D'ailleurs, succomber au charme d'un homme cynique, tourmenté et blessé serait la pire chose qui pouvait lui arriver !

Kit marcha jusqu'à ce que la douleur à sa jambe devienne insupportable. Enfin, à bout de force, il retourna dans ses appartements. Il eut un instant envie d'y rester dîner, mais n'étant pas un lâche, il se ravisa. Il laisserait sa grand-mère parler et il ferait la sourde oreille, comme d'habitude. Mais il était honteux quand il repensait à la grossièreté dont il avait fait preuve envers Chloe. Quel homme était-il donc devenu ?

Depuis son retour, Kit ne cessait de se demander pourquoi il avait échappé à la mort. Il s'interrogeait sur le sens de la vie, il essayait de répondre à des questions auxquelles philosophes et théologiens n'avaient jamais trouvé de réponses.

Chaque question en amenait d'autres. Chaque nouvelle question augmentait son anxiété…

La confiance et l'arrogance de sa jeunesse avaient cédé la place au doute. Il s'interrogeait sur lui-même, sur sa famille, sur la société dans laquelle il vivait. Il remettait tout en question.

Il avait tenté d'évoquer ces sujets avec d'autres survivants de Waterloo, pendant son séjour à l'hôpital, mais il s'était heurté à leur hostilité. La plupart d'entre eux se réjouissaient seulement de rentrer dans leur famille, sains et saufs, et ils n'avaient pas envie de plonger dans les abîmes philosophiques de Kit.

Ses anciens amis étaient restés indifférents à ses angoisses. Pendant qu'il se battait contre les Français, ils avaient continué de mener leur vie frivole à Londres et ne pouvaient le comprendre.

Kit s'était peu à peu senti isolé.

Sa grand-mère avait aggravé son isolement en insistant pour qu'il assume le rôle de Garrett, alors qu'il n'en avait ni l'envie ni la force. Il aurait volontiers échangé sa place avec son frère aîné s'il l'avait pu… C'était impossible, et il ressentait un désespoir immense que personne ne pourrait jamais combler.

Plongé dans ses sombres pensées, Kit se dirigea vers la salle à manger. La vue de Chloe le divertit soudain de sa morosité habituelle. Il aurait juré qu'elle serait déjà partie, terrorisée par sa grossièreté !

Toutes les autres avaient agi de la sorte. Mais Chloe se tenait dans la salle à manger, calme.

Toujours aussi tristement habillée, nota-t-il avec un reste de cynisme.

A l'évidence, celle-là avait plus de caractère que les autres. Il le voyait à son port de tête, à son regard calme et clair qui dénotait un tempérament paisible mais obstiné.

Quelle que soit sa mission, elle ne renoncerait pas, conclut Kit, soudain admiratif. Elle savait pourtant qu'elle aurait fort à faire avec lui…

Il s'arrêta un instant pour l'observer.

Elle était jolie dans sa simplicité, avec ses grands yeux bruns et ses cheveux brillants. Le noir lui seyait plutôt bien. Il se demanda quelles couleurs elle portait, d'ordinaire. Bordeaux, bleu ou vert profond ? Curieux qu'il s'y intéresse…

Il s'approcha de la jeune femme et lui offrit son bras, sans grand espoir qu'elle l'accepte, d'ailleurs..

Contre toute attente, elle lui sourit avec une petite inclination de la tête.

— Vous deviez être très occupé pour vous faire autant désirer, lui dit-elle ensuite sans le regarder.

Kit cilla. Comme il l'avait insultée, il s'attendait à des paroles moins mondaines…

Ainsi, non seulement elle n'avait pas pris la fuite comme une biche effarouchée, mais en plus, elle ne semblait pas lui tenir rancune de ses paroles. Alors il se détendit et lui rendit son sourire.

— J'ai été moins occupé que vous ne le pensez, s'entendit-il répondre. Je voudrais m'excuser pour mon comportement de ce matin.

Elle le gratifia d'un regard reconnaissant, mais s'écarta de lui. Il la retint fermement.

— Si vous connaissiez ma grand-mère aussi bien que je la connais, vous pourriez comprendre ma méprise, lui dit-il ensuite.

Kit la vit esquisser une petite moue amusée.

— Je crois que je la connais déjà bien…

Il lui adressa un sourire contraint, un peu mondain cette fois.

Il l'accompagna jusqu'à la table, et découvrit qu'il avait le pas plus léger.

A l'évidence, Chloe n'était pas une simple marionnette entre les mains de la douairière. Kit se demanda alors si la vieille femme avait essayé de la manipuler et si elle n'avait pas échoué.

Kit eut tout à coup la curieuse sensation qu'il avait trouvé une alliée en Chloe. Il en eut bientôt la preuve.

Durant le dîner, quand sa grand-mère se mit à pérorer, comme à son habitude, Chloe orienta poliment la conversation sur des sujets d'actualité.

Kit vivait confiné sur ses terres et n'était plus du tout au courant de ce qui se passait dans le monde, aussi écouta-t-il Chloe avec attention. Il but chacune de ses paroles.

Cette soudaine curiosité l'étonnait, il avait l'impression d'être tiré d'un long sommeil. Il n'avait pas besoin de compagnie, mais il découvrait qu'il aimait celle de Chloe. Elle était cultivée, intelligente et exprimait ses opinions et ses idées avec simplicité.

Sa chaleur réchauffait la froideur de son existence.

De plus, elle avait un sourire extraordinaire, qui n'était pas un sourire feint destiné à mettre en valeur des traits charmants, mais un véritable sourire. Il se formait lentement et naissait sur ses lèvres comme une fleur qui s'épanouissait.

Elle avait de jolies petites dents blanches, dont l'une se détachait des autres par une légère saillie. Kit ne pouvait s'empêcher de l'observer, fasciné. L'émail en était si blanc et si poli qu'il eut l'absurde envie de la caresser de la pointe de la langue. Ce désir incongru le stupéfia.

S'il avait rencontré Chloe quelques années plus tôt, peut-être même un an plus tôt, il aurait déployé tout son art pour la faire sourire le plus souvent possible... Mais, alors, il était si vaniteux qu'il ne l'aurait peut-être jamais remarquée. Quel imbécile il avait été...

Dans tous les cas, il était trop tard maintenant.

Chloe ne serait qu'une diversion dans sa vie, un répit temporaire avant que la culpabilité et la douleur ne reviennent le terrasser. La jeune fille pouvait l'aider à mener bataille contre sa grand-mère, c'est tout.

Peut-être la jolie Chloe aurait-elle pu l'aider à combattre ses démons ? Mais Kit avait cessé de croire aux miracles depuis longtemps. Quant à l'espoir, il n'en avait plus...

3.

A la fin du dîner, Chloe s'excusa et se leva pour sortir de table.

Kit la suivit du regard. Elle possédait un port de tête gracieux et ses cheveux bruns brillaient à la lumière.

C'était une sensation étrange pour lui qui se croyait devenu indifférent à tout. Puis, il trouva une explication : ce dîner avait été inhabituel et il y avait trouvé du plaisir.

Depuis son retour de la guerre, Kit mangeait peu et sans goût. Ce soir, il avait apprécié la chère et la conversation qui l'avait accompagnée. Pour la première fois depuis longtemps, le dîner n'avait pas été une corvée, mais un instant de détente. Il était maintenant repu et envahi par un agréable sentiment de plénitude.

C'était grâce à Chloe.

Elle avait réussi à le divertir de ses idées noires et à canaliser les bavardages sans intérêt dont sa grand-mère l'accablait tous les soirs.

A cet instant, il sentit peser sur lui le regard perçant de la douairière et leva les yeux sur elle.

Ils s'observèrent sans mot dire. Le silence devint aussitôt plus lourd.

La douairière y mit fin de sa petite voix aigrelette qui lui écorchait les oreilles.

— C'est une jolie petite demoiselle pour qui aime la simplicité…

Simple, Chloe ?

Kit n'était pas d'accord, mais il n'en fit rien savoir.

D'une part, parce qu'il adressait le moins possible la parole à la comtesse, et d'autre part, parce qu'il n'avait pas l'intention de lui vanter les qualités de leur invitée. Il se méfiait.

Il se contenta donc de hausser les épaules, comme si cela lui était égal, et il se remit à manger tranquillement.

— Je sais que cette petite n'est pas ton genre…, reprit sa grand-mère.

Kit releva la tête vivement.

— Cessez de parler par sous-entendus, je vous en prie ! J'aimerais savoir pourquoi vous avez fait venir cette parente à Hawthorne. Pour vous ? Pour moi ?

Pas de réponse.

« Qui ne dit mot consent… », se dit Kit, amer. Le silence de la douairière vérifiait cet adage.

Alors il comprit qu'il ne s'était pas trompé. Sa grand-mère avait fait venir cette jeune fille pour lui. Plutôt, pour son bon plaisir…

— Parfait… Qu'attendez-vous de moi ? Que je la séduise ? reprit-il avec insolence.

La vieille comtesse renifla dédaigneusement.

— J'aimerais que tu t'intéresses un peu à quelque chose, et tant pis si c'est à un joli minois.

— Chloe n'est pas seulement un « joli minois », objecta Kit froidement.

— Je suis d'accord avec toi ! répondit aussitôt sa grand-mère.

Elle s'était si vite ralliée à son avis qu'il s'en étonna.

Il scruta longuement son visage, cherchant à comprendre ce qu'elle tramait contre lui.

Chloe était innocente des manigances dont il l'avait accusée, mais la douairière avait bel et bien une idée derrière la tête.

— Je vous répète ma question. Vous l'avez fait venir pour qu'elle me séduise ?

Curieusement, en dépit de sa répugnance pour les manigances de la douairière, l'idée qu'elle le considérât encore comme un homme séduisant, malgré sa jambe invalide, l'envahit de fierté. Il se sentit soudain viril et sûr de son pouvoir.

— Bien sûr que non ! s'écria sa grand-mère avec une voix vibrante de sincérité.

Mais il discerna une lueur fausse dans son regard, juste avant qu'elle n'abaisse les paupières.

— Alors que fait-elle ici ? Procédons par déduction. Vous ne lui avez certainement pas proposé de devenir votre dame de compagnie, vous n'avez besoin de personne. Ce qui signifie que vous lui avez demandé de venir pour moi. Vous lui avez sans doute fait miroiter monts et merveilles pour qu'elle accepte de séjourner à Hawthorne. Peut-être même lui avez-vous laissé entrevoir la possibilité de devenir comtesse de Hawthorne ? Ce qui m'étonne de votre part, car elle est fille de baron, pauvre qui plus est, et elle n'est pas assez convenable pour un riche comte de Hawthorne. Pourquoi avez-vous fait venir Chloe Gibbons au manoir si ce n'est pas pour me séduire ? Répondez, maintenant !

Sa voix froide et forte laissa pour une fois sa grand-mère sans voix.

Un profond silence tomba. Elle se taisait toujours.

Elle cherchait sans doute une réponse appropriée à ses questions, un mensonge. A moins qu'elle ne soit envahie par le remords ? Ce serait bien la première fois !

Kit se leva de table, écœuré.

— Je ne me trompe pas... Votre silence est un aveu... Malgré vos grands airs, votre titre et votre immense richesse, vous n'êtes, à mes yeux, qu'une entremetteuse de la plus basse espèce. Le fait que vous me pensiez capable de séduire une pauvre fille me dégoûte. Vous avez vraiment piètre opinion de ma personne...

Sur ces mots, il tourna les talons et sortit de la salle à manger.

Il marchait aussi vite qu'il le pouvait. Sa colère lui faisait oublier la douleur de sa jambe infirme.

Sa grand-mère avait bien conçu d'ignobles projets pour lui et Chloe. Elle avait fait venir la jeune fille à Hawthorne pour qu'elle joue les courtisanes.

Plus il y pensait, plus il bouillait de rage. Il n'avait pas l'intention de conter fleurette à la jeune fille et encore moins de la séduire et de l'attirer dans son lit. De plus, il était certain que Chloe ne savait rien des plans de la douairière.

Kit serra les poings. Tout son être frémissait à la pensée qu'une innocente jeune fille, une parente de surcroît, ait été manipulée par une femme malfaisante. Lui, il avait l'habitude des manigances de la vieille comtesse, il déjouait tous ses plans, mais Chloe ne la connaissait pas...

Il devait la prévenir tout de suite.

Depuis son retour à Hawthorne, il n'avait guère déployé d'énergie, car rien ne l'intéressait plus. Mais cette fois, il aurait remué ciel et terre pour contrer les plans machiavéliques de la douairière.

Sa grand-mère était allée trop loin ! Elle méritait une bonne leçon ! se dit-il en serrant les poings.

Sa colère le faisait tituber comme un homme ivre, mais instillait en lui une étrange vigueur. Kit baissa les yeux sur sa jambe malade, étonné de ne plus ressentir ni douleur ni lourdeur. Même ses idées noires pesaient moins lourds sur son esprit tourmenté !

Seigneur, il n'avait rien éprouvé de tel depuis des mois.

Depuis des mois, il ne ressentait plus que culpabilité et douleur.

Cette colère le libérait. Il était plus léger. Vivant.

Figé par cette étonnante découverte, il regardait droit devant lui, quand il vit Chloe venir à sa rencontre. Elle allait le croiser sans lui adresser la parole lorsqu'il l'arrêta d'un geste.

— Il faut que je vous parle, dit-il d'un ton brusque qu'il regretta aussitôt. Venez, allons trouver un endroit où nous serons tranquilles.

Chloe le dévisagea sans cacher sa surprise. Mais Kit ne lui laissa pas le temps de se ressaisir et il lui prit le bras.

De nouveau, le contact de la jeune fille l'électrisa.

Stupéfait, étourdi par la coulée de lave qui se répandait dans ses veines, il retira sa main de son bras comme s'il s'y était brûlé.

Puis incrédule, il observa ses doigts. Il n'en revenait pas de sa réaction.

Mais Kit se reprit. Redoutant de toucher de nouveau Chloe, il lui fit signe de le suivre. Il voulait être hors de portée de sa grand-mère et des domestiques, capables d'épier leur conversation pour la lui rapporter ensuite.

— Allons sur le grand balcon, nous serons mieux...

Chloe parut étonnée par son ton impérieux et, surtout, par sa proposition, mais elle le suivit.

Dehors, il faisait déjà nuit.

Kit referma soigneusement les croisées des fenêtres et s'avança jusqu'à la balustrade qui surplombait les jardins entrecoupés d'une multitude de petites allées.

Il contempla un instant les belles pelouses et les parterres. Puis il entendit, tout proche de lui, le bruissement des jupes de la jeune fille.

— C'est beau, n'est-ce pas ? demanda-t-elle de cette voix sensuelle qui faisait son charme.

Kit hocha la tête en silence.

Il aimait venir sur le grand balcon. C'était même l'un de ses lieux de prédilection. Il ne se lassait pas de contempler les jardins et le parc de Hawthorne ainsi que la campagne du Yorkshire, si pittoresque, qui s'étendait au-delà. Il puisait toujours paix et sérénité dans leur spectacle.

Ce soir, la nature endormie était plus belle que jamais.

Les étoiles brillaient intensément dans le ciel, et le clair de lune parait les jardins d'une aura romantique.

Kit se sentit bien, presque heureux soudain. Sa colère s'était évanouie.

— C'est vrai, c'est très beau…, murmura-t-il. Mais ce n'est pas pour vous montrer les jardins de nuit que je vous ai demandé de me suivre. Tout d'abord, je voudrais encore vous présenter mes excuses pour ma grossièreté de ce matin… J'ai eu tort, certes, mais il semble que mes présomptions n'étaient pas totalement fausses.

La jeune fille se retourna brusquement, les yeux écarquillés de surprise.

Kit se concentra et chercha ses mots. Enfin, il prit une grande inspiration.

— Je crois que vous avez été engagée pour des motifs qui vous échappent…, dit-il enfin, fixant les hêtres dans le lointain.

Chloe ne répondit pas.

Etonné par son absence de réaction, il tourna les yeux vers elle. Il croisa son regard sombre, calme et paisible, et soupira.

— Ma grand-mère n'a pas besoin d'une dame de compagnie... De plus, elle n'a pas la réputation de recueillir des parentes ruinées sous son toit. Elle n'a pas cette élévation d'esprit que l'on pourrait attendre de la part d'une personne de son rang. Elle est la plus mesquine et la plus intéressée des femmes... En fait, elle vous a fait venir dans l'espoir que je tombe amoureux de vous. Sa logique m'échappe, comme c'est souvent le cas... Mais elle est prête à tout pour que je tienne enfin mon rôle de comte de Hawthorne. Elle espère sans doute que, ragaillardi par votre présence et influencé par vos insinuations ou vos flatteries, j'assumerai sans discuter les responsabilités qui m'incombent et qu'elle m'a d'ailleurs imposées. Vous aurez ainsi sacrifié votre virginité et votre honneur pour un comte...

Kit se tut, envahi par l'amertume.

Il s'attendait à une gifle ou à un cri d'horreur, mais pas au long rire sensuel qui s'échappa de la gorge de la jeune fille et qui s'insinua en lui comme un vin délicieux et enivrant.

Eberlué, il la contempla.

Chloe posait sa main devant sa bouche pour étouffer un rire, dérobant à sa vue son délicieux sourire et sa petite dent saillante.

— Je suis désolée, mais c'est tellement absurde..., dit-elle enfin.

— C'est en effet absurde ! renchérit Kit. Mais pour ma grand-mère, la fin justifie les moyens !

Au point de penser que son petit-fils serait capable de séduire et de déshonorer une jeune fille sans le moindre sursaut de conscience ! acheva-t-il en son for intérieur. La douairière pensait sans doute que l'armée avait tué en lui toute moralité. Ou elle pensait à tort qu'il était cynique. Comme elle.

— Vous vous montez la tête, Kit. Pourquoi seriez-vous attiré par une orpheline sans le sou qui n'a pas sa place dans la bonne société ? demanda Chloe qui se remit aussitôt à rire.

Bon sang, elle ne comprenait pas que la douairière avait eu un comportement injurieux à leur égard ! En le considérant, lui comme un vil séducteur sans scrupule, et elle, comme une courtisane.

A l'évidence, la façon qu'avait Chloe de considérer la situation était faussée. Mais pour l'instant, néanmoins, un autre détail préoccupait Kit.

— Pourquoi ne serais-je pas attiré par vous ? demanda-t-il avec curiosité. La société m'ennuie à mourir et je n'ai pas besoin d'argent, alors votre fortune ou votre rang n'ont que peu d'importance à mes yeux.

En réalité, il était très attiré par son rire de gorge et l'éclat sombre de ses yeux !

« Si j'avais été l'homme d'autrefois, cela aurait été le cas… », rectifia-t-il aussitôt en son for intérieur.

— Vous savez, Kit, je suis une jeune fille banale, pas l'une de ces beautés qui attirent l'attention ou éveillent le désir chez les hommes…

Quelle naïveté…

De nombreux gentlemen passionnés et ardents auraient été ravis de tirer profit de la situation et de séduire une jeune fille, qu'elle soit banale ou belle à couper le souffle, avec la bénédiction de leur grand-mère !

Chloe était innocente, vulnérable sans le savoir, en tout cas peu consciente des réalités de la vie…, se dit Kit. Il fut soudain envahi par le désir de la protéger. Bien sûr, cet élan de possessivité s'expliquait du fait qu'elle était sa parente.

— De toute façon, je n'aurais aucun pouvoir sur un homme tel que vous…, acheva-t-elle.

— Que voulez-vous dire ?

Seigneur, faisait-elle allusion à son manque de virilité, à son manque de vigueur parce qu'il avait été blessé ? D'où savait-elle qu'il était impuissant ?

Kit observa Chloe avec attention et crut apercevoir une légère rougeur colorer ses joues, malgré l'obscurité. Il regretta encore une fois d'avoir été si grossier, ce matin, face à cette jeune fille pleine de délicatesse.

Elle baissa les yeux et contempla ses mains.

— C'est vous qui séduisez les femmes, pas l'inverse. Vous êtes jeune, séduisant et charmant…

Evidemment, elle ne savait rien de ses déficiences ! Kit sentit un poids tomber de ses épaules.

— Autrefois, je l'étais…, murmura-t-il, en laissant retomber sa canne d'un geste fataliste. J'étais même très charmant, c'est certain…

Chloe se remit à rire.

— Vous l'êtes toujours. Ne sous-estimez pas votre charme !

— Et vous, ne sous-estimez pas le vôtre…

Il soutint son regard.

Le courant qui passa entre eux au même instant les unit profondément. La nuit était calme et paisible, en harmonie avec leurs cœurs affolés. Comme les minutes s'égrenaient, ce lien, d'abord ténu, devint plus fort.

Ce fut Chloe qui détourna les yeux la première.

— Vous me flattez, milord, je veux dire, Kit. Surtout, j'apprécie vos inquiétudes à mon propos, même si elles ne sont pas justifiées.

— Vous connaissez mal ma grand-mère, elle est machiavélique !

— Soyez sans crainte, je ne suis pas née de la dernière pluie ! Votre grand-mère est obstinée, je le sais. Elle est capable de tout si elle est certaine du résultat escompté, je le sais aussi.

Kit allait répondre, mais Chloe l'arrêta d'un geste si impérieux qu'il resta silencieux.

— Je sais que vous êtes tous les deux comme chien et chat, mais ne l'accablez pas davantage. Elle ne m'a pas engagée pour que je vous séduise. Elle veut seulement que je sois votre... dame de compagnie.

Kit fronça les sourcils et réfléchit.

Et si sa grand-mère avait raconté quelque fable à la jeune fille pour s'assurer sa coopération ?

— Vous savez, Kit, votre grand-mère a peur que vous n'attentiez à vos jours..., reprit Chloe d'une voix douce.

Kit en fut abasourdi.

Le premier instant de stupéfaction passé, il marmonna entre ses dents. Puis il se tut et poussa un gros soupir.

— J'aurais plutôt envie d'attenter aux jours de cette vieille bique ! dit-il enfin de façon tout à fait irrespectueuse.

Au lieu de prendre un air offensé, Chloe éclata de nouveau de rire.

Kit oublia la grossièreté de ses dernières paroles pour se laisser bercer par la musique de son rire. Séducteur, un peu rauque, il évoquait pour lui de longues nuits d'amour. Kit pensa soudain qu'un rire si sensuel ne pouvait appartenir à une orpheline. Ni à une gouvernante, et encore moins à une dame de compagnie, d'ailleurs…

Il cilla, agacé par le cours que prenaient ses pensées.

Chloe Gibbons avait beau être très attirante, il n'était pas question qu'elle reste à Hawthorne pour s'occuper de lui. Il avait passé l'âge d'avoir une nounou !

A l'évidence, sa grand-mère avait perdu la tête. Pire, elle pensait qu'il était devenu fou au point de vouloir en finir avec la vie !

S'il avait souvent eu envie d'échanger sa place avec celle de son frère Garrett, il n'aurait jamais attenté à ses jours pour autant.

D'abord, son suicide n'aurait pas ramené son frère, ensuite, par un acte aussi stupide, il aurait déshonoré la mémoire de ses camarades tombés au champ d'honneur.

Kit considéra Chloe, pensif.

Elle était calme et paisible, comme si elle avait prononcé des mots banals. Il pensa soudain qu'elle n'avait nulle part où aller, qu'il ne pouvait lui demander de quitter Hawthorne.

La douairière avait évidemment pensé à ce dernier détail. Mais Kit sourit. Cela ne l'obligeait pas pour autant à passer du temps avec la jeune fille.

— Ecoutez, je vous propose un marché, dit-il enfin. Vous me laissez vivre ma vie sans vous en mêler, et je vous laisse en paix.

Pour sa plus grande stupéfaction, elle hocha la tête négativement.

— Je crains de ne pouvoir accepter…

— Et pourquoi ?

— Parce que j'ai été engagée pour accomplir une mission bien précise et que j'ai bien l'intention de la mener jusqu'au bout.

Kit la dévisagea, incrédule.

Elle n'allait tout de même pas le suivre comme son ombre tout le temps qu'elle allait vivre à Hawthorne ! Ou pire, goûter ses boissons pour s'assurer qu'il n'y avait pas versé un quelconque poison, ou cacher tous les objets tranchants de la maison ?

Il fut profondément humilié, puis il eut un rire amer.

S'il avait eu l'intention de mettre fin à ses jours, ce n'était pas une innocente jeune fille qui l'en aurait empêché…

Chloe avait peut-être décidé de jouer les dames de compagnie, mais il refuserait sa compagnie en l'évitant. Tout simplement.

— Très bien, alors nous allons jouer au chat et à la souris. Je doute que vous gagniez à ce petit jeu, mais bonne chance quand même ! lança-t-il.

Il rentra dans le manoir, laissant Chloe Gibbons seule dans la nuit.

Si seulement le froid plus vif pouvait lui faire recouvrir ses esprits !

Kit sortit dès l'aube.

Ses nuits étaient courtes, car il dormait peu. Il n'avait eu aucune difficulté à se lever tôt.

Et dire qu'autrefois, c'était à cette heure qu'il rentrait se coucher, après de longues nuits passées au bal ou à des tables de jeu, comme tout jeune homme du monde.

Maintenant, il avait adopté les horaires des fermiers. Et il évitait de penser à ses anciennes habitudes. C'était déjà bien assez difficile de se lever chaque matin en songeant à la nouvelle et interminable journée qui l'attendait.

Aujourd'hui, il avait un but. Eviter sa dame de compagnie.

Avec un sourire satisfait et rusé, Kit se dirigea vers les écuries. Il marchait peut-être comme un canard boiteux, mais quand il s'agissait de monter à cheval, c'était une tout autre histoire !

Il avait trouvé le moyen idéal de mettre assez de distance entre lui et miss Gibbons.

Bientôt, il montait Raja et se réjouissait à l'idée d'une longue chevauchée solitaire, dans les bois parés des couleurs d'automne.

Le cheval était fougueux, mais Kit le menait lentement. Il n'était pas pressé. Il savourerait le long galop de Raja tout à l'heure.

Il commença donc sa promenade au pas et se dirigea vers les vallons boisés.

Avec un sourire suffisant, il songea que Chloe devait être encore au lit, à une heure si matinale. Songeur, il imagina la jeune fille endormie, ses cheveux éparpillés sur l'oreiller. Mais il s'arracha très vite à cette pensée pour consacrer son attention à sa promenade.

Mais curieusement, Chloe revint très vite hanter ses pensées.

Il n'avait pas besoin d'une nounou, d'une infirmière, d'une dame de compagnie ou de qui que ce soit ! Pourquoi sa grand-mère ne se résignait-elle pas à le laisser tranquille ?

Personne ne le comprenait, aussi préférait-il être seul pour ressasser ses idées noires. Un instant, Kit se demanda s'il n'allait pas quitter Hawthorne, abandonner sa grand-mère, son héritage et le domaine. Ce n'était pas la première fois que cette idée l'effleurait, mais chaque fois il hésitait, pour finalement y renoncer.

En fait, quelque chose de profond le retenait à Hawthorne. C'était le seul endroit qui le rattachait à son passé et à sa famille. Hawthorne était le seul endroit au monde où il trouvait un peu de sérénité, alors pourquoi l'aurait-il abandonné à la douairière ? Qu'elle parte, elle !

Il appartenait à ces vallons du Yorkshire... Il aimait cette région.

Emu, Kit survola le paysage du regard et prit une grande inspiration.

L'air sentait l'herbe humide, les feuilles mortes et les saveurs un peu fades des dernières fleurs de l'automne.

Ses pensées furent interrompues par le martèlement d'un galop.

Chloe ? Non, ça n'était pas possible ! pensa-t-il aussitôt. Ce ne pouvait pas être elle. Elle était sans doute encore endormie ! De toute façon, même si elle avait été aussi matinale, elle n'aurait pu le rejoindre si vite.

Mais… si c'était elle ?

Kit se sentit tout excité à l'idée d'être poursuivi, au propre et au figuré, avec une telle obstination.

Pour avoir le cœur net sur l'identité du cavalier, il se retourna lentement. Mais il fut aussitôt horrifié par le spectacle qui s'offrit à ses yeux. Chloe montait Pegase, un pur-sang fougueux qui avait une aversion pour le beau sexe…

Le cheval avait le mors aux dents et galopait de toutes ses forces. Chloe tentait vainement de le maîtriser.

Kit la rejoignit en un éclair.

Sans réfléchir, il l'arracha de sa selle. Alors qu'il l'attirait à lui, elle s'accrocha à sa redingote comme si elle avait peur qu'il ne la repousse. Mais il la tint fermement par la taille, et se rendit bientôt compte qu'elle tremblait de tous ses membres. A moins que ce ne soient ses mains qui tremblent et son cœur qui batte d'excitation, comme autrefois avant le combat ?

— Mais pourquoi avez-vous monté Pegase ? demanda-t-il au bout d'un instant.

Chleo prit un air coupable.

— J'ai dit au garçon d'écurie que je voulais une monture au moins aussi rapide que la vôtre pour vous rattraper… Je savais que vous accéléreriez dès que vous me reconnaîtriez.

Kit était furieux.

— Vous avez perdu la tête ! Vous auriez pu vous tuer ! Et pour quoi ?

Pour moi…, répondit-il aussitôt en pensée.

— Je ne veux pas d'autres morts dans ce domaine ! marmonna-t-il entre ses dents.

— Ne vous inquiétez pas, je vais bien, Kit.

La voix calme de Chloe fit tomber sa colère. Un étrange apaisement l'envahit.

Aussitôt une évidence aveugla Kit.

Chloe Gibbons était une lumière dans son existence sombre et tourmentée, une ancre, une planche de salut. Il sentait sous ses mains sa taille souple et gracieuse. Ses cheveux bruns décoiffés retombaient en longues mèches souples et soyeuses sur ses épaules. Ses cils épais étaient joliment recourbés. Il ne voyait pas son regard, pour l'instant baissé.

Au même instant elle leva les yeux sur lui et le regarda. Il crut lire dans ses prunelles chaudes une lueur d'espoir. De passion ?

Kit oublia alors son hostilité pour Chloe, il oublia même la raison de sa présence à Hawthorne pour se perdre dans les profondeurs de ce regard ardent.

De nouveau il la dévisagea longuement. Son regard s'appesantit sur sa bouche. Au même instant, une flambée de chaleur, un désir concupiscent explosèrent en lui. Il aurait voulu plaquer ses lèvres contre celles de la jeune fille, pour y puiser plaisir et douceur. Il était certain que leur baiser lui ferait oublier sa douleur et sa culpabilité, qu'il les aurait même échangées contre l'amour, la vie et la paix de l'esprit…

Prendre conscience de tels désirs lui causa une peur panique.

La peur fut la plus forte.

Kit prit une grande inspiration et détourna le regard, puis il conduisit Raja à l'écurie à brides abattues.

Il garda les yeux fixés sur la vieille grange jusqu'à ce qu'ils y parviennent.

Une fois arrivés, il lança un regard noir au garçon d'écurie qui aidait la jeune fille à descendre de sa monture, puis il commit l'erreur de la regarder. Elle l'observait, calme et paisible, comme si rien ne s'était passé.

Au lieu de la fuir, de prendre les jambes à son cou pour aller se réfugier dans les collines, pour mettre le plus de distance possible entre lui et elle, pour échapper à la menace qu'elle représentait pour lui, Kit demanda au garçon d'écurie de donner à la jeune fille une monture qui lui soit adaptée.

C'était incompréhensible !

Il venait d'inviter sa dame de compagnie à sa promenade quotidienne alors qu'il n'avait qu'un but. La fuir.

L'instant d'après, ils chevauchaient vers le petit bois.

Ils ne se parlaient pas. Bientôt, dans cette atmosphère paisible, Kit se détendit de nouveau.

Qu'est-ce qui lui avait pris, tout à l'heure, de s'emporter comme un collégien amoureux ? Il recouvrait ses esprits dans le calme retrouvé.

Une jeune fille chevauchait un hongre, à son côté. Quel danger pouvait-elle représenter pour lui ? Peut-être avait-il imaginé le regard ardent qu'elle lui aurait lancé, lors de leur retour à l'écurie ?

Mais s'il avait perdu la tête, c'est sans doute parce qu'il n'avait pas été si proche d'une femme depuis une éternité…

Il était bien naturel, somme toute, d'avoir éprouvé si forte émotion. Même si son corps ne pouvait plus réagir à ses émotions, son esprit et son imagination étaient plus actifs que jamais.

Kit essaya de chasser ces pensées de son esprit pour laisser la paix matinale s'insinuer en lui.

Il appréciait tant le silence du sous-bois... Il ne pouvait plus supporter le bruit, le bavardage de ces gens qui s'écoutaient parler et parlaient d'ailleurs pour ne rien dire. C'était pour fuir la société et les mondanités qu'il avait décidé de se retirer sur les terres de Hawthorne au lieu de s'installer à Londres.

Il aimait les grands espaces, les arbres, le silence égayé par les chants d'oiseau, le bruissement des feuillages sous le vent et les mouvements furtifs d'un cerf ou d'un renard dans les fourrés.

Un sentiment de plénitude l'envahit alors qu'il admirait l'extraordinaire beauté de la forêt parée de ses couleurs automnales, ses petits chemins qui s'entrecroisaient et disparaissaient dans les feuillages mordorés. Son hostilité à l'égard de Chloe avait disparu.

Tous deux partageaient un instant d'harmonie ensemble.

Quand enfin elle se mit à parler, il découvrit que, malgré la quiétude du silence, il avait envie d'entendre le son de sa voix.

— Quelle est cette odeur infecte ? demanda-t-elle en fronçant le nez.

Kit éclata de rire.

— Cette odeur de soufre ? Ce sont les sources d'eau chaude du domaine...

Ils atteignaient une clairière où des sources chaudes jaillissaient dans un petit bassin naturel. Les bouillonnements et les émanations de vapeur donnaient un charme étrange à la clairière.

— Il y en a un peu partout dans le parc, ajouta-t-il.

— C'est merveilleux !

Son enthousiasme le surprit.

La jeune fille arrêta son hongre et en descendit pour mieux admirer ce site qu'il ignorait d'ordinaire.

— Vous y êtes-vous déjà baigné ?

— Non...

— C'est dommage... Je suis certaine que cela soulagerait votre jambe.

Kit se laissa tomber à terre.

Chloe venait de lui rappeler son infirmité. Le charme de la promenade était rompu.

— Que voulez-vous dire ?

— Quand vous avez mal, vous devenez nerveux, irascible. Vous devriez venir ici baigner votre jambe, quand vous souffrez...

— Mais comment savez-vous que ma jambe me fait mal ?

Chloe sourit, sans s'offusquer de sa véhémence.

— Aux muscles de votre mâchoire qui se crispent. Je suis certaine que le matin, vous ne ressentez aucune douleur, mais quand vous marchez trop, votre jambe vous fait mal..., répondit-elle en toute simplicité.

Surpris, il ne sut quoi lui répondre et se contenta de froncer les sourcils. Il se sentait mis à nu, volé de son intimité, soudain.

— Je suis certaine que ces sources vous feraient un bien fou, continua-t-elle. Mon père se sentait toujours mieux après un séjour aux eaux de Bath. Lui souffrait de la goutte.

Elle se tut. Puis elle soupira doucement et parut se perdre dans ses souvenirs.

Kit comprit enfin qu'elle portait le deuil de son père… Il fut honteux de son attitude sans complaisance envers la jeune fille. Il était tellement absorbé par ses propres souffrances qu'il en oubliait celles des autres.

— Vous devez penser que je suis un égoïste, Chloe…, avoua-t-il, contrit.

Il la força à lui faire face. Il s'attendait à lui voir un visage réprobateur, mais elle lui souriait, lui révélant sa petite dent saillante.

Kit sentit alors sa gorge se serrer.

— Non…, dit-elle lentement. Je vois que vous souffrez et que vous n'arrivez pas à reprendre le dessus… Que se passe-t-il dans votre tête, Kit ?

Qu'elle devine si bien l'étonna.

Il fit quelques pas, la gorge de plus en plus serrée. Il n'avait pas l'intention de se confier à la jeune fille, mais curieusement, les mots vinrent d'eux-mêmes.

— Je suis vivant et ils sont tous morts… Même Garrett qui n'a pas combattu. Ça n'est pas juste…

— Ce n'est pas à vous d'en juger…

Elle l'avait suivi et se tenait derrière lui, assez près pour lui parler sans élever la voix mais trop loin pour le toucher.

— Avez-vous été moins héroïque que vos camarades qui se sont battus à Waterloo et sont morts ? Auriez-vous pu changer le cours de cette bataille, empêcher ce carnage ? Si vous aviez été à Hawthorne, auriez-vous pu empêcher la mort de votre frère ?

Elle se tut.

Kit restait silencieux.

— Quand vous aurez l'esprit plus clair, vous aurez la réponse à toutes vos interrogations. A moins qu'elles ne disparaissent d'elles-mêmes.

— Mais pourquoi moi ? demanda-t-il dans un souffle.

Il se tut.

Il avait posé à haute voix la question qui le tourmentait depuis des mois et à laquelle il ne trouvait pas de réponse.

Mais Chloe, elle, lui répondit.

— Parce que vous deviez vivre…

Kit fit volte-face et s'approcha d'elle.

Il fut bientôt si proche de la jeune fille qu'il aurait pu la toucher, s'il l'avait osé. Mais il resta immobile pendant qu'elle l'observait, les sourcils froncés. La sagesse et l'indulgence qui brillaient dans son regard l'attiraient et l'apaisaient.

— Faites le deuil de vos amis et de votre frère, comme je fais le deuil de mon père, mais ne perdez pas votre temps tourné vers le passé, à le regretter… Vous êtes un homme intelligent, jeune et vigoureux… Vous avez encore beaucoup à donner. Ne gâchez pas votre vie, vous qui avez été épargné par la mort.

Ses mots s'insinuèrent en lui, ravivant si douloureusement ses blessures encore mal cicatrisées qu'il faillit hurler de désespoir.

Il recula.

Il voulait être seul.

Alors il remonta sur Raja et galopa longtemps à travers bois, suivi comme son ombre par sa dame de compagnie.

4.

Kit avait fui pour ne plus entendre Chloe. Mais il avait été ébranlé par son discours. Il réfléchit longtemps ensuite, et il se rendit à l'évidence.

La jeune fille avait raison.

Le reconnaître était une chose, l'accepter en était une autre. Il lui faudrait encore du temps avant d'être définitivement guéri. Il souffrait encore tant.

Kit s'étonnait de sa subite émotivité. Il se contrôlait bien, d'ordinaire, mais depuis l'arrivée de Chloe à Hawthorne, ses sentiments longtemps bridés se libéraient et le submergeaient.

A défaut de comprendre ce qui lui arrivait, il retourna sa colère contre Chloe.

Comment avait-elle osé lui faire la leçon, tout à l'heure ? Elle n'avait aucune idée des épreuves qu'il avait traversées pendant cette longue et terrible guerre.

Il voulait qu'elle quitte Hawthorne sans attendre, comme ses amis, ses relations, tout le monde. Il voulait rester seul. Il voulait se noyer dans son chagrin sans témoin, sans espoir. Sans personne.

Mais la jeune fille ne lâcherait pas prise…

Pendant leur promenade à cheval, elle n'avait pas été intimidée par son silence. Tout autre jeune fille aurait fui devant sa morosité et ses manières d'ours.

Pendant leur retour à l'écurie, elle avait évoqué le temps qu'il faisait, la beauté de la campagne en automne ou émis des considérations générales sur les chevaux. Il lui avait répondu à demi-mot, sans qu'elle lui reproche son mutisme.

Au début du dîner, Kit fit de son mieux pour ignorer Chloe, mais elle ne cessa de solliciter son attention. Il rendit les armes et fut finalement un convive agréable.

Kit se crut obligé de justifier son changement d'attitude par son désir d'avoir de vraies conversations, après avoir subi pendant des mois les bavardages incohérents de sa grand-mère. Mais il n'était pas dupe. Il y avait une autre explication à sa soudaine sociabilité.

Il aimait entendre Chloe.

Il aimait les intonations de sa voix grave et langoureuse. Il appréciait son intelligence et son bon sens. Elle était cultivée, avait une opinion à peu près sur tout. En bref, elle avait la tête bien faite…

Quand Kit se surprit à la contempler plus que la décence ne l'y autorisait, observant, chaque fois qu'elle riait, sa petite dent bombée, il prit peur.

Chloe était dangereuse.

Aussi, sitôt le dîner terminé, il s'échappa de la salle à manger et alla se réfugier dans ses appartements.

Il avait honte de son manque de courage, mais tant pis.

C'était le comble ! Il avait affronté les grognards de Napoléon sans peur, mais il fuyait comme un couard devant une jeune fille. Cependant, la douceur de Chloe était plus redoutable que les canons des Français !

Lorsque Kit fut seul dans ses appartements, il craignit que Chloe ne vienne frapper à sa porte sous un quelconque prétexte.

Mais ne désirait-il pas secrètement sa visite ?

Ses sentiments étaient si contradictoires qu'il ne savait plus très bien ce qu'il désirait…

La soirée s'écoula sans que personne vienne le déranger.

Il aurait dû s'en réjouir. Pourtant, pour la première fois depuis qu'il avait retrouvé ses appartements de Hawthorne, il y trouva le silence pesant et arpenta sa chambre comme un lion en cage.

S'il était aussi agité, c'est parce qu'il n'avait pas fait sa promenade habituelle, ce soir, songeait-il. En général, après cet exercice tardif, il était épuisé et sombrait vite dans le sommeil.

Quand le manoir fut tout à fait calme et quand la lune fut haut dans le ciel, il décida d'aller faire un tour dans les jardins pour se calmer.

Le clair de lune caressait la pelouse et les parterres fleuris de sa lueur blafarde, presque irréelle. Kit se dirigea vers la gloriette de style palladien qui s'élevait parmi les chênes.

Autrefois ses parents s'y installaient, l'été, et des chaises y étaient toujours entreposées. Ce soir, la gloriette lui sembla lugubre et glaciale. Mais c'était l'endroit idéal pour y songer en toute mélancolie.

Kit s'adossa contre une colonne de pierre et contempla les jardins. Il cherchait ce semblant de paix que la nature lui offrait toujours.

En vain.

Marcher calmerait peut-être son malaise croissant ? se dit-il, tandis qu'il scrutait l'obscurité comme s'il y cherchait quelque chose.

Il trouva bientôt ce qu'il cherchait...

Une silhouette sombre se découpait dans la nuit et se dirigeait vers lui. C'était Chloe, toute de noir vêtue. Sa cape flottait dans la brise légère...

Non, ce n'était pas possible ! pensa Kit. Une étrange allégresse l'assaillit, presque aussitôt supplantée par la colère.

Il vint à la rencontre de la jeune fille qui montait l'escalier.

— Que faites-vous ici ? demanda-t-il d'un ton brusque.

Au même instant, il prit conscience du désordre des vêtements de la jeune fille. Il se tut et la contempla, un peu choqué.

Chloe s'était manifestement habillée à la hâte.

L'une de ses épaules était dénudée, là où la cape avait glissé. Elle n'avait pas pris le temps de se coiffer et son abondante chevelure sombre retombait en boucles soyeuses sur ses épaules et son front.

Pourquoi donc Chloe s'obstinait-elle à le poursuivre jusque dans ses derniers retranchements ? Elle le pourchassait et ne lui laissait pas un seul instant de répit. Pensait-elle vraiment qu'il était sur le point de mettre fin à ses jours ? En tous les cas, cette violation de son intimité était insupportable !

— Je n'ai besoin ni d'une nounou ni d'une infirmière ! s'écria-t-il, au comble de l'exaspération.

— C'est tant mieux, car je ne saurais où vous en trouver une à pareille heure.

Chloe avait répondu sans se départir de son calme habituel, avec cette voix raisonnable qui faisait son charme mais qui l'exaspérait, en ce moment.

Raisonnable, Chloe ? se ravisa-t-il. Alors que faisait-elle avec lui dans ce jardin à cette heure avancée de la nuit, vêtue à la diable ?

Il fut soudain furieux qu'elle se soucie aussi peu de sa réputation.

Mais un gentleman infirme et impuissant ne pouvait guère la compromettre..., songea-t-il aussitôt avec cynisme..

Une colère folle mêlée de frustration et de désir le fit exploser.

— Vous ne semblez pas connaître le sens du mot intimité, miss Gibbons... A moins que, en dépit de vos airs sages, vous n'ayez envie de pimenter votre existence en vous lançant à mes trousses dans les jardins ?

Kit fit un pas en avant, accula Chloe contre un pilier. Il posa sa main sur la pierre pour la tenir prisonnière. Il se pencha pour contempler son incroyable beauté que rehaussait le clair de lune. Il garda un instant le silence, frappé par ce spectacle.

— A moins que vous ne recherchiez des impressions beaucoup plus fortes ? murmura-t-il.

Chloe humecta ses lèvres d'un geste innocent. A la vue de la pointe rose de sa langue, il perdit la tête.

— Je..., commença Chloe.

Il ne la laissa pas terminer.

Il se pencha sur elle et s'empara de ses lèvres.

Peut-être ne pouvait-il plus faire l'amour, mais il pouvait toujours donner des baisers passionnés qui donneraient le vertige à Chloe ! Dorénavant, elle y penserait à deux fois avant de courir après un homme en pleine nuit !

Il l'entendit pousser un petit cri de surprise et de protestation, et en profita pour introduire sa langue dans la caverne veloutée de sa bouche. Il caressa la petite dent bombée si douce de la pointe de sa langue, comme il en avait si souvent eu envie, et fut tout étourdi par cette caresse sensuelle. Emporté par une vague de désir, il la serra fort contre lui, l'embrassa étroitement. Il n'avait qu'une idée en tête, combler la moindre distance entre eux pour la sentir toute à lui.

Il s'attendait à d'autres protestations de la part de Chloe, à de la résistance peut-être, mais pas à sa capitulation. Elle répondait à ses baisers et à ses étreintes avec fougue.

Kit sentait son cœur battre à grands coups dans sa poitrine. Au comble du désir, il posa la main sur la gorge palpitante de la jeune fille et poussa un grognement sourd. Ses doigts fiévreux explorèrent sa peau avec fièvre.

Chloe l'enlaçait plus fort et se pressait contre lui.

Kit aurait voulu qu'elle lui retire ses vêtements pour qu'elle le touche, caresse sa peau nue. Dans les bras de Chloe, il avait l'impression de revenir à lui. Il y trouvait le havre de paix qu'il recherchait depuis si longtemps. Il oubliait enfin sa souffrance et s'émerveillait de la vie qui revenait en lui…

Sa vie était précieuse, mais il la gâchait à force de se lamenter sur son sort… Il savait où était sa place, désormais.

Dans les bras de cette femme. Contre elle. En elle…

— Chloe…

Il murmura son prénom avec adoration alors que ses mains enveloppaient doucement ses seins pour les caresser.

Elle était si douce, si réelle et si vivante que l'émotion lui fit venir les larmes aux yeux. Ses lèvres se posèrent sur la gorge de la jeune fille. Il la couvrit de baisers.

Chloe rejeta la tête en arrière et poussa un gémissement sourd, si sensuel que Kit faillit perdre le peu de raison qui lui restait. Il se retint à sa canne pendant qu'il murmurait des mots de tendresse et de plaisir contre sa peau brûlante.

Il posa ses lèvres sur ses seins masqués par le voile de crêpe noir, caressant de la langue le tissu étonnamment doux. Il aurait voulu l'en dépouiller.

Chloe émit de nouveau ce son sensuel et rauque qui le bouleversait, et elle se cambra davantage. Au même instant, une longue boucle de ses cheveux caressa le visage de Kit. Il l'embrassa éperdument. Il avait faim et soif de sa beauté.

Sans réfléchir, il lâcha sa canne pour mieux la presser dans ses bras et la sentir toute à lui.

Sa canne tomba sur la pierre. Son bruit rompit le silence qui régnait autour de la gloriette.

La jeune fille se raidit dans ses bras. Puis elle leva ses grands yeux vers lui, si intenses, si profonds, et pour l'instant embués par le désir. Chloe frémit et s'arracha à son étreinte tout en resserrant pudiquement les pans de sa cape autour elle.

Kit frissonna. Dans la chaleur de leur étreinte, il avait oublié que l'air était frais, à cette heure de la nuit.

Les arbres les protégeaient du vent, mais les pelouses s'étendaient devant leurs yeux jusqu'au manoir.

Voyant de la lumière à une fenêtre du manoir, par-delà les pelouses et les jardins bien entretenus où s'épanouissaient les dernières fleurs de la saison, Kit recouvra aussitôt ses esprits et se passa la main sur le front.

Tout le monde pouvait les voir... Seigneur, il avait peut-être compromis la jeune fille...

Il essayait de dissiper la confusion de ses pensées et de reprendre son souffle. Déjà, Chloe s'éloignait. Elle marchait si vite qu'il n'aurait pu la rejoindre s'il en avait eu l'envie.

Kit rentra plus lentement, et resta éveillé toute la nuit.

Il se réjouissait d'avoir retrouvé sa sensibilité et sa virilité. Mais il aurait préféré les retrouver ailleurs que dans une gloriette, en pleine nuit, avec une jeune fille.

Il était en proie aux pensées les plus contradictoires. Il regrettait de ne pas avoir eu la force de repousser

Chloe, l'instant suivant, il regrettait que leur étreinte ait pris fin si brutalement.

Comment allait-elle se comporter dorénavant ? Après cette scène, elle aurait les meilleures raisons du monde de quitter Hawthorne… Elle n'était qu'une innocente jeune fille, après tout. La fraîcheur de ses baisers, ses murmures étonnés, ses gémissements et ses gestes timides le lui avaient prouvé.

Enervé par les images de cette scène dans la gloriette, Kit ne cessait de se tourner et de se retourner dans son lit.

Enfin, il prit une décision.

Le plus tôt il oublierait ce qui venait de se passer, le mieux ce serait. Et si Chloe décidait de rester à Hawthorne, il ferait en sorte qu'une telle situation ne se reproduise jamais. Après tout, en succombant à la jeune fille, il obéirait aux vœux secrets de sa grand-mère. Il refusait de faire ce plaisir à cette dernière.

Il n'avait pas envie de séduire une jeune fille aussi candide que Chloe, une parente de surcroît. Non, décidément, elle ferait mieux de partir, d'autant que sa présence en ces lieux était inutile… Il n'avait pas la moindre envie d'attenter à ses jours. Chloe serait plus utile ailleurs…, conclut-il avant de sombrer dans le sommeil.

Au matin, il se rendit compte qu'il avait passé une bonne nuit en dépit de son insomnie. Pour la première fois depuis son retour à Hawthorne, il n'avait pas ressassé ses sombres pensées, sa douleur et son chagrin. Ses rêves avaient même été très agréables, sans images de mort.

Mais Kit était encore dans un tel état de confusion, après les événements de cette nuit, qu'il ne savait pas s'il devait se réjouir ou non de ce qui lui arrivait.

Il se hâta vers la salle à manger pour le petit déjeuner. S'il était si impatient, c'est parce qu'il mourait de faim, se dit-il.

Au fur et à mesure qu'il s'en rapprochait, son cœur battait d'appréhension. Quand il ouvrit la porte, il aperçut Chloe assise à sa place, arborant son petit air sage habituel.

A sa vue, une étrange exaltation l'assaillit. Il retint un sourire.

Sage, calme et paisible, Chloe l'était, bel et bien…

Mais il savait qu'il pouvait transformer la douce jeune fille en une femme ardente et passionnée !

Fier de son pouvoir sur elle, il s'assit avec une hâte fiévreuse.

Quand elle le salua d'un léger mouvement de tête, il crut apercevoir une légère rougeur sur ses joues pâles. Mais son regard n'en resta pas moins calme et serein.

Le petit déjeuner se déroula dans son atmosphère habituelle.

Kit qui n'en était plus à un paradoxe près, était à la fois agacé et ravi de l'apparente sérénité de Chloe. Par pure vanité masculine, il aurait voulu qu'elle soit troublée, rougissante et intimidée par sa présence. Il avait même envie de provoquer un nouveau tête-à-tête galant. Mais il n'en était pas question ! L'heure n'était plus à la bagatelle.

Si Chloe restait au manoir, malgré la scène de la nuit dernière, il avait tout intérêt à se comporter en gentleman.

Il ne souffla mot de l'incident de la veille. Chloe fit de même.

Après le petit déjeuner, Kit avait prévu de se replier dans ses appartements pour lire ou faire sa correspondance. Il avait même prévu de rappeler à Chloe qu'il n'avait besoin ni d'elle ni de ses services. Cette mise en garde empêcherait tout tête-à-tête, dorénavant, pensait-il.

Mais le temps était si beau que Kit ne résista pas au désir de proposer une promenade à la jeune fille.

Les beaux jours d'automne ne dureraient plus longtemps et il aurait bien l'occasion de rester au manoir quand viendraient la pluie et la neige. De plus, il gardait un bon souvenir de leur sortie de la veille.

Ils firent une longue promenade silencieuse. Ils avaient beau faire comme si rien ne s'était passé la nuit précédente, Kit ressentait une subtile modification dans la nature de leurs rapports.

Un lien ténu les unissait. Ils partageaient un secret qui pesait lourdement entre eux.

Mais ça n'était pas tout.

Chaque fois que Kit contemplait les cheveux bruns de Chloe, il se souvenait de leur douceur sous ses mains et sous ses lèvres. Le moindre soupir de la jeune fille lui rappelait ses gémissements, alors qu'il la tenait dans ses bras et la couvrait de baisers. Et sa subtile odeur, que lui apportait la légère brise, lui rappelait l'enivrement de ses sens quand il humait l'odeur de sa peau.

Tout au long de leur promenade, Kit fut ainsi envahi par le souvenir de cette nuit brûlante dans la gloriette.

En revanche, Chloe semblait de marbre.

Comment pouvait-elle être si détachée alors qu'il mourait d'envie de la serrer dans ses bras et de reprendre leur étreinte là où ils l'avaient interrompue ?

Parce qu'elle était raisonnable et qu'elle regrettait cet instant d'abandon. Comme lui d'ailleurs ! déduisit Kit en fronçant les sourcils.

Rien n'était plus logique.

Chloe était une jeune fille bien née, une parente ruinée soumise à la volonté de sa grand-mère. Elle ne voulait pas se compromettre. Il était gentilhomme et lui devait le respect. Il avait peut-être beaucoup changé, mais il était resté un homme d'honneur. C'est l'honneur qui l'avait maintenu en vie, ces derniers terribles mois.

Et en homme d'honneur, il devait s'excuser. Une légère culpabilité l'envahit quand il prit la parole :

— Je suis désolé si notre rencontre de la nuit dernière vous a plongée dans le désarroi. Mon attitude ne mérite aucune excuse…

— Je l'excuse quand même, déclara Chloe avec sa sérénité habituelle. Néanmoins, je ne crois pas que cette… intimité soit nécessaire pour votre guérison. De plus, cela n'entre pas dans les attributions d'une dame de compagnie !

— Ma guérison ? demanda Kit ébahi. Vous pensez vraiment que vous me prodiguez des soins pour me guérir ?

Il fut un instant partagé entre l'irritation et l'amusement. Ce fut l'amusement qui l'emporta quand il songea aux dons de guérisseuse si particuliers de Chloe !

— J'aurais aimé avoir votre présence auprès de moi, lorsque j'étais en Belgique, blessé et malade ! Vos fameux dons auraient fait merveille !

Il se tut, et se laissa un instant distraire par quelques pensées concupiscentes. Celle de Chloe appliquant des baisers sur son corps blessé lui plut particulièrement.

— Vous avez dû passer des moments difficiles..., dit-elle soudain avec le plus grand sérieux.

Kit fronça les sourcils alors que des images moins agréables l'envahissaient.

— Certes, mais j'ai eu beaucoup de chance, avoua-t-il.

Curieusement, c'est la première fois qu'il en prenait conscience.

Il culpabilisait d'être en vie, mais il était heureux de compter parmi les survivants et de se promener au côté d'une femme jeune et belle dont les yeux de biche et la bouche pulpeuse auraient pu se faire damner un saint...

— Racontez-moi...

Kit sursauta, arraché à la contemplation du visage de Chloe.

— Raconter quoi ?

— La guerre.

— Je ne peux pas.

Malgré la paix de la forêt, il se sentait tendu comme la corde d'un arc. Il détourna les yeux.

— Vous le devez ! insista Chloe.

Elle se drapa étroitement dans sa cape, s'assit au pied d'un chêne, juste sous un rayon de soleil et leva les yeux sur lui.

Kit prit une inspiration.

Personne ne l'avait jamais interrogé sérieusement sur la guerre. Il était à la fois terrifié et tenté par la question de Chloe.

Il avait envie d'y répondre, mais cette envie était tempérée par sa répugnance à évoquer des faits et des événements qui auraient blessé la sensibilité de la jeune fille.

Certes, de nombreuses femmes avaient suivi leurs maris sur le front et les avaient sauvés de la mort au péril de leur vie, parfois. Mais Chloe n'avait entendu ni le bruit des canons ni les hurlements des blessés. Elle n'avait pas vu non plus le carnage sur les champs de bataille. Kit ne voulait pas lui infliger un récit qui serait parfois à la limite du supportable.

Mais le besoin de parler le tourmentait. Il savait qu'il ne pourrait pas se contenir plus longtemps.

Les mots se précipitaient sur ses lèvres, et bientôt, il narrait la bataille de Waterloo. D'abord, il parla lentement, mais les souvenirs affluaient de plus en plus vite, et les mots jaillirent de sa bouche.

Après un moment, comme sa jambe commençait à le faire souffrir, il s'assit à côté de la jeune fille. Enfin, plus tard, beaucoup plus tard, il se tut.

Il avait épuisé ses souvenirs. Il était exténué.

Toujours calme et paisible, Chloe ne s'était pas détournée de lui quand il avait raconté les pires moments de cette guerre. Et quand il eut fini, elle le prit dans ses bras. Il posa sa tête contre sa gorge et pleura comme un enfant.

Kit ne savait pas très bien ce qui lui avait pris… Il était rentré au manoir après s'être arraché aux bras de Chloe. Une fois dans ses appartements, il s'était écroulé sur son lit et avait sombré dans un profond sommeil.

Il s'était réveillé l'esprit plus vif, et plus léger. Il avait l'impression de s'être déchargé d'un lourd fardeau…

Pourtant, rien n'avait vraiment changé…

En dépit de son bien-être soudain, il ressentait de la honte à la pensée de s'être donné en spectacle devant Chloe. Il redoutait de la revoir, après cela.

Seigneur, que devait-elle penser de lui, maintenant ?

Il se prépara au pire.

Chloe se trouvait déjà dans la salle à manger quand il y entra. Elle l'accueillit avec un large sourire. Méfiant encore, Kit scruta son visage, mais il n'y lut aucune condamnation. La jeune fille l'observait, amicale. Fière et admirative, même…, se dit-il, étonné. Mais quelle femme pouvait admirer un homme qui pleurait ?

Pas sa grand-mère, en tout cas…, pensa-t-il en tournant les yeux vers cette dernière.

Elle le regardait avec son expression habituelle de mépris.

— Mais où étais-tu donc passé ? J'ai envoyé tous les domestiques à ta recherche ! Sawyer est arrivé de Londres et il a besoin de te voir en ce qui concerne la manufacture.

— Je me reposais, répondit Kit froidement.

Il se dirigea vers la fenêtre pour admirer le paysage automnal.

— Te reposer ! C'est tout ce que tu sais faire depuis que tu es rentré ! lui reprocha la vieille comtesse. Il faut que tu reprennes les rênes de la maison ou elle va disparaître, Hawthorne !

— Je rencontrerai M. Sawyer.

C'était Chloe qui avait parlé.

La comtesse et Kit la regardèrent, bouche bée.

Kit ne put s'empêcher de sourire face à sa force tranquille. Rien décidément ne faisait peur à Chloe. Ni les histoires de guerre, ni les soldats en larmes, ni les colères d'une douairière.

Evidemment, sa grand-mère ne fut pas le moins du monde impressionnée par l'attitude de la jeune fille. Elle afficha un air de suprême dédain.

— Comme si nous avions besoin qu'une orpheline spoliée donne des conseils à notre homme d'affaires !

Elle se leva et l'écrasa de l'un de ses regards impérieux et glacials, puis elle donna un coup de canne sur le plancher.

— Je te laisse, Hawthorne, puisque tu te dérobes à tes responsabilités, dit-elle à son petit-fils.

Puis elle se tourna vers Chloe et lui lança un regard dur.

— Vous, vous n'avez rien fait pour mériter vos gages ! tonna-t-elle avant de sortir de la pièce.

Kit ouvrait la bouche pour prendre sa défense, mais Chloe l'en empêcha.

— Laissez-la, Kit, elle est trop vieille pour mériter vos reproches, dit-elle d'une voix basse et anxieuse.

Il fut surpris. Il n'était pas certain de l'avoir bien comprise.

— Trop vieille ? C'est le démon en personne !

Mais Chloe ne sourit pas.

— Observez-la bien, Kit, et vous verrez qu'elle est sur le point de lâcher prise…

— C'est stupide. Elle est plus solide qu'un bloc de marbre.

— C'est ce qu'elle veut nous faire croire. N'avez-vous jamais pensé que c'était sa façon de tenir le coup ?

Cette fois, Kit éclata de rire.

Mais Chloe restait grave. Elle haussa les sourcils en signe de désapprobation.

— Je ne crois pas me tromper. Je pense que si votre grand-mère se laissait aller à pleurer son mari, son fils, votre frère, ou encore votre jeunesse gâchée, elle serait brisée… Elle tire sa force de sa fierté, et c'est ce qui lui permet de tenir, en dépit de l'âge, des infirmités et des déceptions. C'est pourquoi elle est si altière et si méprisante… C'est par désespoir.

Kit l'avait écoutée avec stupéfaction. Il était prêt à argumenter, mais il y renonça.

Chloe n'aimait pas discuter. Elle disait son avis à sa façon sage et raisonnable, puis elle attendait patiemment qu'il se rallie à son point de vue.

Il réfléchit et reconnut qu'elle avait raison…

Il avait beau détester sa grand-mère, il redoutait de la voir s'effondrer. Elle était le solide pilier, le dernier bastion de sa famille…

Consciente que son silence équivalait à un aveu, Chloe reprit la parole.

— Je pense aussi que vous et votre grand-mère, vous n'êtes pas si différents, en réalité. Vous avez en commun votre amour pour vos terres, la même fierté envers votre héritage et la même loyauté. Mais vous refusez de l'admettre, Kit, et vous vous faites du mal. Et vous lui faites du mal… Elle vous aime à sa façon.

Kit se laissa tomber dans le sofa.

Comme à son habitude, Chloe l'incitait à méditer sur sa conduite. Non seulement il faisait souffrir ceux qui l'aimaient, mais il négligeait les terres familiales, ce qui avait de graves conséquences sur les fermiers et les villageois qui les habitaient.

Si les imprécations de sa grand-mère étaient tombées dans l'oreille d'un sourd, les sages paroles de Chloe le firent réfléchir. Il savait que la jeune fille partageait son amour de la campagne. Alors qu'elle parlait des fermiers qui se trouvaient sur ses terres, il ressentit soudain un peu d'intérêt pour ses futures tâches.

Chloe continuait de parler. Il ne l'écoutait plus, mais il ne la quittait pas des yeux. Il admirait ses cheveux soyeux, ses cils épais, le velouté de ses joues, ses gestes et ses attitudes. Et son souffle devenait plus court…

Il se souvenait en détail des formes de la jeune fille, et il ne désirait rien tant que de poursuivre leur découverte, avec ses yeux, ses mains et sa bouche…

— Pensez à ce que vous ressentez, Kit, acheva la jeune fille. Soyez honnête envers vous-même… C'est tout ce que je vous demande.

Il retint un sourire. Il savait parfaitement ce qu'il ressentait pour l'instant, il pouvait même mettre un nom sur ce sentiment dévastateur : il ressentait le plus violent des désirs pour sa dame de compagnie.

Il se souvint [illegible] quand des [illegible] de l'[illegible], [illegible] rien tant que [illegible] ouvrir leur [illegible] verte à [illegible] yeux, ses mains et [illegible].

— Pensez à ce que vous [illegible]. Elle [illegible] la rare fille [illegible] donner [illegible] consentement. C'est tout ce que je [illegible].

Il [illegible] que, il savait parfaitement ce qu'il ressentait pour l'instant. Il pouvait [illegible] un nom sur [illegible]. Il [illegible] la pure [illegible] de désir [illegible] la compagnie.

5.

Chloe lisait dans le cabinet de travail.

Du moins, elle essayait. Elle était en effet distraite par la pluie qui ruisselait, dehors, et par Kit assis en face d'elle.

Il étudiait avec attention les documents que M. Sawyer lui avait communiqués. La jeune fille craignait tant de le déranger qu'elle retenait presque sa respiration.

La douairière l'avait accusée de ne pas avoir rempli sa mission, mais elle savait que Kit allait chaque jour mieux. Chloe savait que ses progrès étaient infimes et elle comprenait l'impatience de la vieille femme. Elle aurait voulu lui dire que toute guérison nécessitait du temps, de la persévérance et des efforts. Quand il s'agissait de guérir une âme tourmentée, c'était encore plus long.

Si la vieille comtesse ne la renvoyait pas, Chloe parviendrait à convaincre Kit d'assumer son rôle de maître de Hawthorne. Certes, la grand-mère et le petit-fils ne cesseraient sans doute jamais de se disputer, mais au moins Kit serait-il redevenu lui-même.

Qu'adviendrait-il d'elle, ensuite ?

Si Chloe était heureuse de chaque pas qui menait Kit vers la guérison, sa joie était tempérée par la tristesse… Une fois que le jeune homme serait guéri, plus rien ne la retiendrait à Hawthorne…

Ironie du sort, elle avait failli en repartir, sitôt arrivée, mais rien ne lui aurait fait quitter le manoir, maintenant.

Elle y avait trouvé l'amour…

L'amour ? Non, le mot était trop fort…, pensa la jeune fille, l'écartant timidement de ses pensées. Mais elle était troublée. Au fond de son cœur, elle savait qu'elle avait commis la plus grave erreur que puisse commettre une dame de compagnie, une gouvernante, ou toute autre personne rémunérée pour s'occuper de quelqu'un…

Elle avait pris sa tâche trop à cœur. Elle était tombée amoureuse de son patient.

A son arrivée à Hawthorne, elle avait songé que son existence serait misérable, qu'elle ne serait qu'un fardeau pour la douairière. En fait, elle avait trouvé un défi à relever, un homme qui avait besoin de compassion et de compréhension.

Après la mort de son père, la jeune fille ne s'était guère fait d'illusions sur son avenir. Elle serait dame de compagnie et vivrait solitaire, sans mari, ni enfants ni famille. Contre toute attente, elle avait trouvé une famille à Hawthorne. De plus, elle aimait le vieux manoir, ses grandes pièces élégantes, son décorum. Elle était également tombée sous le charme de la campagne du Yorkshire, des parcs et des jardins paysagés. Elle s'était attachée à l'irascible douairière, et surtout, à son petit-fils.

Chloe reporta son regard sur ce dernier. Son cœur battit plus vite.

La pâle lumière de cette journée d'automne tombait sur lui. Sa chevelure prenait de chauds reflets qui éclairaient son teint pâle. Kit avait repris un peu de poids et perdu de son indolence, ces derniers temps. Mais jamais il ne retrouverait sa vigueur physique d'antan, à cause de sa jambe sans vie.

Kit avait été un jeune homme séduisant et sans défaut, il était maintenant un homme aguerri, toujours beau mais vulnérable. Sa forte personnalité forçait son admiration. Son antipathie des premiers jours s'était totalement transformée...

Chloe rougit de le contempler avec tant d'impudeur. Gênée, elle plongea les yeux dans son livre et essaya de penser à autre chose. En vain... Son attention et ses pensées revenaient toujours à Kit. Elle ne cessait de penser à lui, de s'inquiéter à son propos et de se poser des questions.

Elle en faisait trop.

A la différence d'une gouvernante ou d'une dame de compagnie ordinaires, ses actes et ses pensées étaient liés à ses sentiments pour Kit. C'était dangereux.

Chloe évitait d'y penser. Elle avait d'ailleurs si bien repoussé le souvenir de cette scène qu'elle s'apparentait presque à un rêve, maintenant.

Kit l'avait sans doute oubliée, après lui avoir présenté ses excuses en gentleman. Il avait même oublié ce moment d'égarement dans la gloriette avec une facilité déconcertante...

Chloe lui en était reconnaissante, mais elle était tout de même déçue.

La jeune fille fronça les sourcils, agacée. Puis elle essaya de donner à cet incident une explication logique et objective.

Au fond, plus la guérison de Kit progressait, plus il retrouvait son tempérament et ses habitudes d'autrefois, dont une attirance naturelle envers le beau sexe. Elle avait été présente au bon moment, quand il avait pris conscience qu'il pouvait de nouveau s'intéresser à une femme et la désirer.

Chloe ne voyait pas d'autre explication à ce qui s'était passé.

Quand Kit serait tout à fait guéri, il reprendrait sa vie sociale et mondaine. Il choisirait une comtesse pour épouse, conformément aux vœux de la douairière. Il se marierait, il fonderait une grande famille et perpétuerait l'héritage de Hawthorne. Il oublierait sa dame de compagnie.

Chloe entrevoyait un bel avenir pour lui et s'en réjouissait. Néanmoins, elle avait un petit pincement au cœur chaque fois qu'elle y pensait.

Cette douleur s'accentua au point que sa gorge se noua. La jeune fille se mit à tousser.

Kit releva aussitôt la tête.

— Hm ?

Elle fut gênée d'avoir interrompu sa lecture. Mais au fond, elle se réjouissait d'avoir attiré son attention. Un seul regard de Kit suffisait à la rendre heureuse. Elle aurait voulu être tout le temps au centre de ses pensées.

— Chloe ? Que se passe-t-il ? l'interrogea Kit, intrigué par son silence.

Elle se troubla.

— Je pensais à votre ex-fiancée…, s'entendit-elle répondre.

Mon Dieu, qui lui avait soufflé une réponse aussi stupide ? se demanda-t-elle en rougissant violemment.

Elle se ressaisit. N'avait-elle pas évoqué des sujets plus pénibles avec lui ? En quoi celui-ci était-il différent ?

La réponse lui apparut aussitôt. Elle était jalouse de la femme que Kit avait aimée. Elle mourait de curiosité d'en savoir plus sur celle qui lui avait brisé le cœur.

Kit ne disait rien.

Le silence qui tomba de nouveau entre eux devint si profond que Chloe comprit qu'il ne lui répondrait pas. Elle allait changer de sujet quand il prit enfin la parole.

— Julia et moi, nous ne faisions pas partie du même monde. Elle était frivole, mondaine et futile. Seigneur, que tout cela me semble lointain, maintenant…

Perdu dans ses pensées, Kit regardait au loin.

— Julia appartient à la fine fleur de la société. Elle est fille de duc. Elle est belle et très courtisée… J'ai naturellement été très flatté qu'elle s'intéresse à moi. Elle savait que je n'étais que le cadet de la famille Hawthorne, que je ne posséderais jamais ni les terres ni le domaine, mais ça lui était égal. Elle ne cessait de répéter qu'elle m'avait choisi parce que j'étais un fringant officier de cavalerie. C'est peut-être mon uniforme qu'elle admirait ?

— A moins que ce ne soit la façon dont vous le portiez ? jeta Chloe.

Kit sursauta et parut découvrir sa présence. Le premier instant de surprise passé, il se mit à rire. Ses yeux verts brillaient de malice.

— C'est certain ! Tous les officiers ne portaient pas l'uniforme aussi bien que moi !

Chloe se trémoussa sur son siège, de nouveau troublée par l'intensité de son regard sur elle.

— En tout cas, vous avez raison, Chloe, elle aimait seulement mon apparence… Quand je suis revenu en Angleterre, changé, et surtout, beaucoup moins élégant dans mon uniforme, elle a décidé de jeter son dévolu sur un homme avec plus de prestance…

Chloe eut soudain honte d'avoir malgré elle réveillé des souvenirs douloureux et ravivé sa peine.

— Je suis désolée, Kit, je ne voulais pas…

Il l'interrompit d'un geste.

— Ne vous inquiétez pas, ça n'a plus du tout d'importance, maintenant.

Il paraissait songeur. Il lui adressa soudain un sourire qui la chavira.

— Non, vraiment, ça n'a plus aucune importance…, répéta-t-il doucement.

Ils passaient presque tout leur temps ensemble.

Kit était conscient de leur complicité grandissante. Il en était heureux mais inquiet. Chloe n'était plus seulement sa dame de compagnie, mais sa confidente et son amie. Elle représentait une menace pour la solitude qu'il recherchait. Mais il avait besoin d'elle. Seule Chloe parvenait à l'apaiser avec son calme et ses conversations raisonnables.

Kit tentait de se convaincre du contraire. En vain.

Il était moins torturé quand elle était auprès de lui. Pourtant, elle était parfois si discrète qu'il oubliait sa présence à son côté. Quand il levait les yeux et la voyait près de lui, immobile et calme, il était réconforté.

Il suffisait qu'il croise son regard sombre et plein de compassion, jamais de pitié, pour se sentir mieux. Il croyait y voir briller une lueur d'espoir. L'espoir qu'il guérisse ?

Certains jours, il décidait de prendre ses distances. Mais bizarrement, c'était toujours à ces moments-là qu'elle touchait son bras, d'un geste affectueux et rassurant. Envahi par un délicieux plaisir, Kit renonçait à sa résolution…

Quand le temps était trop mauvais pour sortir, ils restaient au manoir. Parfois, ils jouaient aux cartes, d'autres, Chloe lisait à haute voix, à moins qu'elle ne fasse sa correspondance pendant qu'il étudiait les affaires de son comté. Il y parvenait seulement quand la jeune femme était présente… Mieux, grâce à elle, il réussissait à oublier qu'il occupait la place de Garrett. Il était étonné de voir avec quelle facilité il assumait ses nouvelles responsabilités.

Chloe, elle, n'en était pas surprise. Elle lui avait fait remarquer à maintes reprises qu'il avait commandé des hommes sur le champ de bataille, planifié des combats et géré des stocks de ravitaillement. Pourquoi n'aurait-il pas été capable d'exploiter ses dons de stratège pour la gestion de ses propres terres ?

Poussé par la jeune fille, Kit avait réuni ses fermiers pour leur faire la promotion de nouvelles techniques agricoles, comme Garrett avant sa mort. Il assurait la correspondance avec des parents éloignés également à la tête de grandes et vastes exploitations. Il aimait les défis qui se présentaient à lui.

Mais quand il était seul dans son bureau, Kit sombrait dans le marasme et ses angoisses le reprenaient. Il avait de nouveau l'impression de trahir la mémoire de Garrett avec ses nouvelles idées. Il demandait souvent son avis à Chloe. Ce n'est que lorsqu'il comprit qu'il ne pouvait plus du tout se passer d'elle qu'il eut vraiment peur.

Kit s'adossa à sa chaise et pressa sa main sur sa nuque douloureuse. Il aurait dû aller se promener au lieu de rester assis dans ce cabinet de travail avec cette pile de documents indigestes. Il avait besoin de respirer un peu d'air frais, de s'éclaircir les idées, de sentir le vent sur son visage, de galoper dans la campagne jusqu'à ce qu'il soit loin de sa grand-mère, de ses responsabilités de jeune comte, mais surtout, pour fuir la femme qui avait envahi sa vie et l'avait transformée.

Au même instant, la porte s'ouvrit doucement. Kit se préparait à protester contre cette intrusion, mais il ravala son irritation en reconnaissant Chloe.

Une douce allégresse l'envahit. Ses tensions s'envolèrent immédiatement.

Puis, sans comprendre ce qui lui arrivait, il s'assombrit et prit brusquement une décision. Il fixa Chloe avec l'un de ces regards qui terrorisaient son entourage et il lâcha prise.

— Je ne peux pas faire ce travail de gestionnaire ! annonça-t-il froidement.

Et du bras, il balaya l'amoncellement de papiers et de documents qui recouvraient son bureau. Toute autre personne aurait été horrifiée par ce geste inconsidéré et violent. Pas Chloe.

— Alors faites autre chose, lui dit-elle avec sa simplicité habituelle.

Sur ce, elle alla s'asseoir sur le petit divan.

Sa placidité eut le don de mettre Kit hors de lui. Il perdit le peu de bon sens qui lui restait.

— Que me proposez-vous, mademoiselle la conseillère ?

Il était en colère contre elle, contre le monde entier. Il avait envie de l'insulter, de la faire sortir de ses gonds.

En fait, il était frustré parce qu'il la désirait et qu'elle restait impassible.

Des images concupiscentes surgirent dans son esprit. Leur évocation fut si précise qu'il en eut le souffle coupé.

Manifestement inconsciente des tourments qui l'agitaient, Chloe le regardait toujours avec calme.

— Avez-vous trouvé une raison de vivre ? demanda-t-elle d'une voix désespérément neutre.

Kit lui lança un regard dur pour lui faire comprendre que ce genre de conversation n'était pas appropriée pour l'instant. Elle l'ignora.

— Vous avez survécu à la guerre. Ne pensez-vous pas que vous pourriez vous mettre au service d'une cause ?

— Vous n'avez donc pas entendu ma grand-mère ? Je suis à Hawthorne pour gérer les affaires familiales et pour perpétuer la lignée.

D'ailleurs, si Chloe l'aidait à assumer la première tâche, pourquoi ne l'aiderait-elle pas pour la deuxième ? songea-t-il crûment.

— Je ne parle pas de ces missions-là, lui répondit la jeune femme. A l'évidence, vous êtes de mauvaise humeur, aujourd'hui. Quoi qu'il en soit, je pense sincèrement que vous aimez gérer vos terres. Cela dit, je ne vois pas pourquoi le fait de perpétuer votre lignée vous pose un problème… Ce n'est pas une question de vie ou de mort, ou même une obligation morale. Au lieu de vous lamenter sur votre sort, vous pourriez peut-être aider ces milliers de soldats qui ont quitté l'armée et la marine après la bataille de Waterloo. Ils n'ont rien pour vivre… J'en ai vu de nombreux sur les routes. Ils acceptaient le moindre travail, ils étaient humiliés et maltraités alors qu'ils avaient été vainqueurs, à Waterloo. Vous pouvez aider ces hommes qui ont sauvé votre vie et notre pays. Pensez-y.

Avant de lui laisser le temps de répondre ou de protester, elle se leva, comme si ce qu'elle venait de lui dire n'était que de piètre importance.

Mais cela en avait au contraire beaucoup ! songea Kit.

Il comprenait de quoi elle parlait. Quand il était rentré de Londres, et les rares fois où il s'était aventuré hors du manoir, il avait vu ces anciens soldats qui avaient risqué leur vie à la guerre, mais qui n'avaient plus rien pour vivre.

Chloe avait raison. Elle avait toujours raison.

A la différence de sa grand-mère, elle n'élevait pas la voix et n'essayait pas de le convaincre.

Elle disait les choses avec des mots simples, une logique imparable et implacable. Elle suggérait toujours, n'imposait jamais. Ensuite, elle attendait qu'il prenne la décision qui s'imposait. Elle venait une fois de plus d'agir de cette façon.

Mais aujourd'hui, il n'était pas d'humeur à se faire manœuvrer… Il était énervé qu'elle manipule ses pensées et ses émotions à son insu.

C'en était trop !

Kit avait atteint les limites de la patience.

Ainsi, au lieu de méditer les paroles de Chloe comme il le faisait d'habitude, il bondit sur ses pieds, furieux qu'elle ait quitté le bureau sans son consentement. Il était frustré qu'elle ne comprenne pas ses sentiments pour elle, il était furieux de ne pouvoir les lui dire. Il ne supportait plus qu'elle lui dicte sa façon d'agir, comme s'il était un gamin inconséquent. Il était comte de Hawthorne !

Bouillonnant de colère, Kit sortit de son bureau et rejoignit la jeune fille dans le salon. Il l'appela d'un ton si impérieux qu'elle se retourna brusquement. Elle le regarda avec ce calme qui le mettait hors de lui.

— N'avez-vous jamais pensé que je n'avais pas envie de méditer vos leçons de morale, pour une fois ? s'écria-t-il. Je n'ai jamais voulu que vous soyez ma… dame de compagnie. Vous outrepassez vos fonctions et il est temps pour vous d'empocher vos gages et de partir au diable, miss Chloe Gibbons !

Kit crut l'avoir blessée en voyant la lueur qui zébra son regard d'ordinaire si doux. Mais il s'acharna.

C'était peut-être sa dernière chance de la faire quitter Hawthorne, de la faire sortir de sa vie pour toujours. Il s'accrocha à cet espoir et lui jeta les pires ignominies au visage.

— Qui a jamais entendu parler d'une dame de compagnie destinée à un homme ? Il n'y a qu'une chose qu'un homme désire d'une femme comme vous, et ce n'est certes pas sa compagnie ou sa conversation ! Vous comprendrez aisément de quoi je veux parler si vous vous souvenez de cette nuit dans la gloriette, quand j'ai posé ma bouche et mes mains sur vous, quand j'ai voulu vous caresser...

Elle s'empourpra, mais il n'y accorda aucune attention. Il était emporté par une telle fureur qu'il ne pouvait plus se contenir.

— Dois-je vous expliquer comment vous pourriez me guérir ? Dois-je vous dire ce que j'attends vraiment de vous ?

Elle hocha la tête négativement.

Mais Kit le lui dit.

Il utilisa pour cela les mots les plus crus et les plus inconvenants.

Quand il eut terminé, Chloe vacilla comme s'il l'avait frappée et devint d'une pâleur mortelle.

— Je sais très bien ce que vous essayez de faire, Kit, dit-elle enfin, et je refuse de vous écouter plus longtemps.

Elle s'éloigna avec cette dignité qu'il ne pouvait plus supporter et qui attisa sa colère. Il voulut la rattraper, mais elle marchait plus vite que lui et atteignait déjà le grand escalier.

Kit accéléra la pas, exaspéré, impatient d'en finir une bonne fois pour toutes. Mais sa jambe invalide le ralentissait, ce qui décuplait sa fureur.

Il pestait. Il aurait tout donné pour courir jusqu'à Chloe, sans trop savoir ce qu'il ferait ensuite, d'ailleurs.

La serrer dans ses bras ou la mettre à la porte de Hawthorne ?

Kit n'eut pas le temps de s'interroger plus longtemps, car il glissa et tomba. Il resta ensuite immobile, assailli par une peur aussi violente qu'instinctive. Il n'osait plus respirer. Pendant un instant, il crut être revenu sur le champ de bataille de Waterloo. Il était prisonnier sous sa monture et regardait le cheval pendant que ses compagnons tombaient ou se battaient tout autour de lui. Il allait mourir…

— Kit !

La voix de Chloe le ramena immédiatement à la réalité.

Il ouvrit les yeux et vit son visage inquiet.

— Ça va ? demanda-t-elle de cette voix chaude qui promettait le plaisir et donnait le réconfort.

A cet instant précis, il choisissait le réconfort, mais il avait diantrement besoin qu'elle lui donne du plaisir…, se dit-il.

Kit referma les yeux. Il n'osait bouger, de peur de découvrir qu'il était blessé. Soudain, il songea à tous les hommes qui étaient restés paralysés ou qui avaient été amputés à cause de la guerre.

Il n'aurait voulu échanger sa place contre nulle autre au monde. Pour la première fois depuis son retour en

Angleterre, il choisissait de croquer la vie à pleines dents, avec Chloe. Il voulait faire sa vie avec elle.

Il eut honte de sa violence envers elle. Toutes les raisons qu'il avait invoquées pour faire fuir la jeune fille lui semblèrent soudain absurdes.

Chloe était son ange gardien…

Elle ne l'avait pas seulement tiré des abîmes où il se morfondait, mais elle était la plus belle rencontre de toute son existence. Il espérait seulement qu'il n'était pas trop tard pour la retenir à Hawthorne, et enfin aller de l'avant.

— Que se passe-t-il, Kit ? Vous êtes blessé ? murmura Chloe.

Elle s'agenouilla à son côté, l'effleurant délicieusement de son buste. Il fut ravi de découvrir que sa virilité s'éveillait au désir.

Il esquissa quelques mouvements prudents et constata avec soulagement qu'il n'était pas blessé. Seule sa jambe invalide le faisait souffrir plus que d'habitude.

— Voulez-vous que je fasse venir un médecin ? demanda la jeune fille.

— Seulement s'il vient me chercher pour m'enfermer dans un asile psychiatrique… C'est tout ce que je mérite.

Chloe parut alarmée par ces derniers mots. Il se força à sourire et se souleva sur ses coudes.

— Donnez-moi ma canne, s'il vous plaît…

Un valet de pied, attiré par le bruit de sa chute, se précipitait déjà pour la lui ramasser. Kit posa la main sur l'épaule de Chloe alors qu'il se relevait en s'appuyant sur sa jambe valide. Il apprécia son contact et sa proximité. Mais quand il regarda la jeune femme, il fut frappé par l'expression sévère de son visage, et il se rembrunit.

— Je suis désolé, Chloe..., lui dit-il, sachant qu'elle n'avait aucune raison de lui pardonner son éclat.

Il saisit sa canne et, d'un geste, ordonna au valet de s'éloigner. Il se tenait toujours à l'épaule de Chloe. Il refusait qu'elle le laisse. Après avoir tant voulu lui faire quitter le domaine, il craignait qu'elle ne le quitte de son propre chef, maintenant.

— Vous devriez avoir honte ! lui dit-elle, confirmant ses pires craintes. Vous auriez pu vous rompre le cou !

Kit la regarda avec surprise. Elle était en colère parce qu'il lui avait fait peur en tombant.

— Vous avez été ignoble, Kit ! Je ne sais pas si je dois accepter vos excuses.

Il était quand même rassuré. Après tout, sa première pensée avait été pour lui... Kit sentit l'espoir, si longtemps absent de sa vie, s'insinuer en lui.

Il essaya de s'appuyer sur sa jambe invalide. Il grogna quand elle se déroba sous lui.

Le cri qu'il poussa fit tressaillir Chloe. Une expression anxieuse apparut aussitôt sur son beau visage.

— Il vaudrait mieux que vous alliez baigner votre jambe, dit-elle, baissant les yeux sur sa jambe avec des airs de propriétaire, ce qui émoustilla délicieusement la virilité retrouvée de Kit.

— Non, je vais bien...

Il se sentait même mieux qu'il ne l'avait été depuis des années !

Chloe ignora ses protestations.

— J'ai une idée, s'exclama-t-elle, le regard soudain brillant. C'est l'occasion idéale pour vous de tester vos sources d'eau chaude ! Par chance, le temps est magnifique aujourd'hui, et vous ne risquez pas d'attraper un rhume. De toute façon, l'eau de ces sources est si chaude… Je suis certaine que cela vous fera le plus grand bien.

Kit grogna, mais ce ne fut pas de douleur cette fois.

Se baigner dans ces eaux boueuses et malodorantes était bien le dernier de ses désirs, mais avec Chloe à son côté… il risquait de perdre la tête. Il n'eut pas le cœur de protester.

Il pensait à sa virilité retrouvée, au désir qui tirait son entrejambe, à la femme qui provoquait cette excitation… Il n'avait jamais ressenti autant d'allégresse ! Etait-ce de l'amour ? Quoi qu'il en soit, il était heureux…

Chloe l'aida à sortir du manoir, puis lui proposa de se rendre dans la clairière dans un attelage. Mais Kit objecta qu'il serait difficile de le manœuvrer dans les sentiers étroits et boueux de la forêt. En revanche, il se sentait tout à fait capable de monter à cheval.

— Il faudrait créer une allée jusqu'aux sources si vous avez l'intention de les utiliser souvent, ce que je vous conseillerai d'ailleurs, déclara Chloe.

Elle lui lança un long regard, qui, tout sévère qu'il fût, eut seulement pour effet d'attiser le délicieux désir physique de Kit.

Il aimait être l'objet de tant d'attention…

— Et vous devriez même encourager les fermiers à l'utiliser ! continua-t-elle, impitoyable.

— Vous avez raison…

Mais Kit n'avait pas la moindre intention d'inviter tout le Yorkshire dans ce petit bois, lieu de prédilection de ses promenades à cheval, pour venir se baigner chez lui. Il n'aimait guère ces sources dont l'odeur de soufre l'écœurait, mais il aimait le calme des bois et de ses terres.

Mais il ne pouvait rien refuser à Chloe.

Dès qu'ils pénétrèrent dans le sous-bois, Kit sentit l'habituelle sensation de sérénité et de paix l'envahir. Quand ils atteignirent les sources et qu'ils descendirent de leur monture, il attacha les chevaux. Tous deux se dirigèrent vers les sources.

La journée était étonnamment chaude, aussi Kit retira sa redingote sans regret et l'étendit sur l'herbe pour que Chloe puisse s'y asseoir et admirer le paysage environnant.

A moins qu'elle ne l'admire lui pendant qu'il ferait ses ablutions ?

Kit déboutonnait sa chemise quand il surprit le regard de la jeune fille sur sa jambe invalide. Il fut déçu, il aurait aimé qu'elle s'intéresse à sa musculature… Il retira une botte, puis s'attaqua à l'autre, mais sans succès cette fois. Cette tâche était déjà difficile lorsque sa jambe ne le faisait pas souffrir, mais aujourd'hui, avec la douleur qui le taraudait, elle était quasi impossible.

— Voyons, laissez-moi vous aider, souffla Chloe.

Kit sentit alors sa respiration s'accélérer alors qu'elle s'agenouillait devant lui et posait les mains sur sa jambe. Une vague de chaleur le parcourut aussitôt, l'emplissant d'une telle légèreté qu'il flottait avant même d'entrer dans l'eau.

Il contempla ses cheveux sombres et soyeux, puis son visage, sa gorge. Une autre vague de chaleur se répandit dans ses veines, véritable prélude au plaisir des sens…

Il en rêvait, qu'attendait-il ?

S'il fut un instant distrait par la douleur de sa jambe, quand elle retira sa botte, il sentit de nouveau la soif du désir l'envahir quand elle posa la main sur son mollet.

— Laissez-moi examiner votre jambe, dit alors la jeune fille.

Sur ces mots, elle lui retira doucement son bas.

Ce geste était plus sensuel et plus intime qu'une étreinte. Kit retint un gémissement à la sensation de ses doigts qui couraient sur sa peau. Tout son sang affluait vers son sexe.

Inconsciente du supplice qu'elle lui infligeait, elle se mit à masser sa jambe.

Cette fois, c'en fut trop.

Kit rejeta la tête en arrière et ne put retenir un gémissement de plaisir. Chloe massa sa jambe malade longuement, puis, sans mot dire, elle lui retira son autre bas.

Le silence entre eux devint alors total.

Kit sortit de sa torpeur érotique et entrouvrit les yeux. Chloe était toujours agenouillée devant lui, les yeux maintenant fixés sur son entrejambe ! Son érection devait être visible, mais curieusement, Chloe y paraissait indifférente. En fait, c'est sa cuisse blessée qu'elle examinait avec tant d'attention..., remarqua-t-il.

Elle fronça les sourcils et leva les yeux sur lui.

— Votre blessure est à la cuisse, n'est-ce pas ?

Il hocha la tête, et elle afficha une expression déterminée.

— Alors je pense que vous devez retirer votre pantalon pour que le traitement soit plus efficace.

S'il restait à Kit un dernier doute sur la vigueur de sa virilité, il disparut à ces mots. Son sexe était si étroitement comprimé dans son pantalon qu'il craignait de ne plus pouvoir tenir longtemps.

— Ecoutez, Chloe..., commença-t-il d'une voix rauque.

Mais elle l'interrompit.

— J'ai découvert que mon père ressentait plus de soulagement quand il plongeait toute sa jambe dans l'eau chaude. Je crains que votre pantalon ne vous comprime trop.

C'est exactement ce que Kit pensait, mais il doutait que Chloe, dans son innocence, pensât à la même chose que lui. A l'évidence, elle n'avait pas idée de son excitation sexuelle. Elle ne se souciait que de sa blessure...

— J'ai constaté à Bath, et partout ailleurs, que les baigneurs étaient vêtus de sarraus. C'est dommage que nous n'en ayons pas. De toute façon, personne ne nous dérangera puisque nous nous trouvons dans votre propriété..., continua-t-elle.

Kit la regarda, confondu.

Elle songeait toujours à ces maudits soins. Elle était complètement inconsciente de ce qui l'attendait s'il se déshabillait.

— Voulez-vous que je vous aide ?

— Seigneur, non ! marmonna Kit.

Chloe déboutonnant son pantalon... Ce serait plus qu'il n'en pourrait supporter !

Il avait oublié la douleur à sa jambe, maintenant supplantée par le plaisir douloureux qui pulsait à son entrejambe. Il se releva du rocher sur lequel il était assis en s'aidant de ses mains, et il fut agréablement surpris par la sensation de l'herbe fraîche sous ses pieds. Peut-être que le fait de se baigner n'était pas une si mauvaise idée, en fin de compte...

Mains sur les hanches, Chloe l'observait avec le sérieux d'une infirmière face à un patient récalcitrant et attendait qu'il lui obéisse.

D'humeur facétieuse, Kit retira sa chemise au lieu de son pantalon et la jeta sur l'herbe.

Maintenant au moins, il avait toute son attention.

— Mais... que faites-vous ? lui demanda Chloe, d'une voix tremblante qui lui était inhabituelle.

Il se mordit les lèvres pour ne pas sourire et lui répondit, copiant son air si raisonnable.

— Je retire ma chemise, comme vous le constatez.

— Mais ça n'était pas utile..., balbutia-t-elle.

Sa voix se noua. Chloe n'eut plus d'yeux que pour son torse.

Kit était ravi de l'avoir enfin troublée. Il avait certes un peu maigri, il avait une jambe malade, mais il possédait toujours ce corps magnifique qui provoquait l'admiration des femmes, autrefois.

— Vraiment, Kit, je ne pense pas qu'il soit nécessaire de vous dévêtir entièrement, reprit la jeune fille.

Elle était rouge comme une pivoine, constata-t-il, euphorique. Depuis le premier jour, il pouvait compter sur les doigts de la main les occasions où la jeune fille avait paru perdre contenance.

Il sourit.

— Il faut toujours terminer ce que l'on a commencé, quel qu'en soit le prix, dit-il ensuite sentencieusement.

Sur ce, il déboutonna la braguette de son pantalon, sans cesser de la regarder. Il était si impatient de voir sa réaction. Il vit bientôt le rouge lui monter aux joues, et se réjouit du regard admiratif dont elle l'enveloppa.

L'ambiance devenait torride et l'émoustillait au plus haut point.

Kit continua de se déshabiller, ravi d'avoir réussi à mobiliser son attention. Son sexe rigide était douloureux contre la peau de daim de son pantalon.

Le jeune homme fit une pause, savourant cette nouvelle expérience qui consistait à se déshabiller devant une femme.

Autrefois, c'étaient les femmes qui se dévêtaient devant lui, ce dont il retirait un plaisir fou. Il était ravi d'avoir inversé les rôles. Son désir croissait à chaque instant, à chaque geste. Il était excité par la respiration un peu courte de Chloe, son regard sombre et intense.

Il se sentait divinement bien, en dépit de sa jambe invalide qui ralentissait ses mouvements. Il prenait tout son temps, malgré l'impatience qui le faisait trembler à chaque bouton qu'il défaisait.

Chloe humectait ses lèvres sèches. Elle poussa un soupir, et il sourit. Comme il ne portait rien sous son pantalon, il savait que la jeune fille verrait sa nudité et son sexe érigé. Il en fut si excité qu'il ferma les yeux.

Il les rouvrit au moment où Chloe détournait la tête.

Kit soupira, déçu. Mais son excitation ne tomba pas pour autant. Il prit plusieurs longues inspirations pour se ressaisir, se dégagea de son pantalon et s'approcha du bassin naturel d'où s'élevaient des volutes de vapeur.

Il essaya d'oublier l'odeur de soufre et trempa le pied dans l'eau. Puis prudemment, il se laissa glisser dans l'eau, gardant un bras sur les roches pour prendre appui.

Etait-ce les années qui avaient creusé ce bassin naturel ou la main de l'homme ? En tout cas, le cadre était agréable et l'effet de l'eau sur ses muscles endoloris, extraordinaire. Kit n'avait jamais été aux eaux de Bath ou de Turnbridge, mais il commençait à comprendre pourquoi elles étaient si prisées. Il se demanda soudain pourquoi jamais personne n'avait utilisé les eaux de Hawthorne à des fins thérapeutiques.

Son corps était à moitié dans l'eau chaude, et Kit éprouva une sensation de volupté et de détente telle qu'il poussa un grognement de plaisir et s'immergea jusqu'au menton..

— Kit ? Que se passe-t-il ? Vous allez bien ?

Sa dévouée infirmière s'accroupissait au bord du bassin. Nullement intimidée, elle regardait dans l'eau comme si elle redoutait que sa jambe ne se mette à enfler comme une montgolfière.

Kit lui fit son plus beau sourire. Il était heureux…

Si son attention avait été un instant distraite par l'effet bienfaisant des sources, il la reporta très vite sur sa compagne qui le contemplait, bien impudiquement, lui sembla-t-il.

Alors son désir revint, plus violent, et son sexe se dressa aussitôt. La chaleur de l'eau et la sensation de sa nudité contribuaient à son excitation.

C'était son premier véritable instant de détente physique depuis longtemps. Jamais il ne s'était senti si léger…

L'air anxieux, Chloe attendait qu'il réponde, mais soit par espièglerie, soit par pure paresse, il resta silencieux. Enfin, il dit la première chose qui lui passait par l'esprit :

— Vous devriez venir, l'eau est délicieuse…

— Vous avez besoin d'aide ? souffla-t-elle.

Leurs regards se croisèrent.

Celui de Chloe était brillant et intense.

Kit tressaillit. Ses dernières tensions se dénouaient, il était libéré de ses angoisses et de ses souffrances.

— Oui…, répondit-il.

Rougissante, Chloe agit comme s'il y avait urgence en retirant ses bottines et ses bas à la hâte. Puis elle souleva ses jupes avec précaution et plongea la pointe de son orteil dans l'eau.

— C'est chaud…, constata-t-elle, de sa voix rauque et sensuelle.

Son pied était petit et parfait.

Kit ne put résister à la tentation de presser la bouche sur sa cheville. La jeune fille se mit à trembler. Puis il s'enhardit et embrassa chacun de ses doigts de pied. Cette fois, elle gémit doucement, tout en se laissant glisser dans l'eau.

Tout naturellement, Kit posa les mains sur ses jambes et retroussa ses jupes sur ses cuisses. Sous ses jupons, elle portait une fine chemise de dentelle qui le fit sourire.

Chloe le contemplait, indécise et troublée. Il soutint son regard.

— Vous n'avez plus besoin de votre robe. Retirez-la !

Il voulait la voir nue. Rien d'autre ne comptait plus à cet instant.

Il s'attendait à des protestations de sa part, mais il savait aussi qu'il pouvait s'attendre à tout, de la part de Chloe.

Elle hésita. Tout à coup, son regard étincela.

— Au diable ma robe, mais je garde ma chemise !

Elle écarta ses mains de ses cuisses. Kit les retira, docile, et nagea plus loin pour l'admirer tout à son aise.

Alors Chloe se déshabilla.

Kit sut qu'il n'oublierait jamais la sensualité de cet instant. Sa pudique dame de compagnie retirait sa robe noire et apparaissait dans sa chemise toute de dentelle. Elle ressemblait à une nymphe des forêts.

Le temps suspendit son vol.

Il n'y avait plus que la forêt avec sa parure d'automne, les volutes de vapeur s'élevant du bassin et l'adorable jeune fille qui semblait tout droit sortir du royaume des fées.

Un rayon de soleil déchira soudain les nuages et tomba sur Chloe en chemise. La lumière l'enveloppa et rehaussa la blancheur de sa chemise et de sa peau délicate. Kit devinait ses hanches, ses seins et son ventre sous la dentelle.

Enfin, elle rejeta sa robe sur l'herbe d'un mouvement gracieux, comme si elle n'avait jamais rien fait d'autre de toute sa vie.

Elle entra tout à fait dans l'eau. Kit continuait de la dévorer des yeux.

Les derniers nuages qui assombrissaient son esprit se dispersaient enfin. C'était grâce à Chloe. Elle avait apporté beauté et lumière dans sa triste vie. Aujourd'hui, l'avenir, qu'il voyait froid et sans espoir, s'ouvrait soudain devant ses yeux, précieux et plein de promesses.

Kit tendit la main à la jeune fille.

Ils se regardèrent longtemps. Enfin, pour sa plus grande joie, elle accepta sa main tendue et vint auprès de lui.

— Vous avez pied ?

— Ne craignez rien, le bassin n'est pas très profond, même au centre.

— Comment va votre jambe ? lui demanda-t-elle, comme toujours préoccupée par son bien-être.

Elle était si généreuse… Elle donnait sans compter. Mais lui, que lui avait-il donné en retour ?

Rien. Aujourd'hui, cependant, il allait lui donner le plaisir, l'émerveillement, et son amour inconditionnel.

— Bien..., répondit-il. En fait, je ne me suis jamais senti aussi bien de ma vie.

Sans lui laisser le temps d'hésiter ou de s'éloigner, il l'attira dans ses bras. D'un geste souple, il défit ses cheveux. Sa chevelure retomba à flots sur ses épaules. Kit en saisit une mèche dans laquelle il enfouit son visage. Leurs respirations palpitantes se mêlaient. Il explorait le corps de Chloe alors qu'ils se mouvaient doucement dans l'eau comme s'ils dansaient.

Mais cette danse était plus sensuelle qu'une valse de salon.

Chloe épousait ses moindres mouvements avec enthousiasme et ingénuité. Elle laissait ses mains courir sur son torse, l'embrassait partout où elle le pouvait, l'excitant par son ardeur juvénile.

Kit trouva une anfractuosité creusée dans le roc et s'y assit. Il installa la jeune femme sur ses genoux et l'admira.

Sa fine chemise lui collait à la peau, révélant les pointes de ses seins que le plaisir avait durcies. Il les caressa jusqu'à ce qu'elle rejette la tête en arrière avec un gémissement sourd.

Il prit ensuite l'un des tétons dans sa bouche, puis l'autre, tout en l'attirant à lui pour qu'elle sente contre son ventre son sexe dur. Doucement d'abord, puis avec de plus en plus d'insistance.

Elle prononça son prénom dans un gémissement, pendant qu'il lui avouait son désir sans cesser d'embrasser ses seins.

— Chloe, mon amour, ma toute belle…, disait-il, animé par un désir qu'il n'avait jamais ressenti de toute sa vie.

Et dire qu'il avait un jour cru qu'il ne pourrait plus être capable de faire l'amour à une femme !

C'était dans une autre vie !

Kit tenait Chloe fermement contre lui alors que le désir palpitait dans son sexe tendu. Puis n'y tenant plus, il pressa ses doigts entre ses jambes, se frayant le chemin de son plaisir. Il effleura sa féminité, la caressa, doucement, puis plus passionnément, jusqu'à ce que Chloe perde toute mesure, jusqu'à ce qu'elle soit en son pouvoir, jusqu'à ce que ses bras se raidissent autour de son cou et qu'elle exhale sa joie…

Il la serra fort dans ses bras et murmura son prénom dans ses cheveux. Il ondulait doucement contre elle, savourant la sensation de ses hanches, de son ventre et de ses seins contre ses hanches, contre sa virilité dressée.

Il ne voulait plus seulement se lover et ondoyer contre elle, mais en elle. Alors il la pénétra. Un plaisir inexprimable l'envahit. Il ferma les yeux, et commença à aller et venir en elle.

Kit ne se hâtait pas, il savourait chacun de ces instants. Tout était lent, simple, chaud et sulfureux…

De la même façon que l'eau avait créé ce bassin de pierre avec insistance et douceur, il prit tout son temps pour venir en elle et la posséder, brisant toutes ses défenses, jusqu'à ce qu'elle crie de plaisir.

Ses sens étaient en éveil, aiguisés au-delà de l'imaginable. Et quand enfin il jouit en elle avec un long cri rauque, elle fut avec lui. Chloe était son cœur, son âme et son corps.

6.

Chloe était assise à table, tête inclinée, mains nouées sur les genoux, si fort que ses jointures avaient blanchi. Elle serait bien restée dans ses appartements, mais la peur de provoquer des ragots l'en avait fait sortir.

Les domestiques avaient remarqué son apparence pour le moins étrange, lorsqu'elle était rentrée à la maison avec Kit. Ses cheveux étaient mouillés et sa robe, dans un état indescriptible…

Par chance, personne ne pouvait deviner qu'elle ne portait plus de chemise. Mais elle, elle le savait…

Kit lui avait retiré sa chemise, avant que…

Le visage en feu, Chloe se revit nue dans l'eau si chaude, gémissant sous les caresses incandescentes de Kit.

C'était comme un rêve étrange…

— Chloe ? Vous avez pris un coup de soleil ?

La voix aigre de la douairière la tira de ses pensées.

Chloe leva les yeux, l'air coupable.

Sans même attendre sa réponse, la vieille femme continua :

— C'est parce que vous ne portez jamais votre chapeau ! Seigneur, comment garder votre teint clair en ces conditions ? De mon temps, une femme ne sortait jamais sans son chapeau et ses gants !

Pour une fois, au moins, les bavardages de la douairière avaient le mérite de divertir la jeune fille de ses pensées.

Dieu, si elle savait…

Ça n'était pas le soleil qui avait rougi son visage et son buste, mais la barbe naissante de Kit, quand il la couvrait de baisers. Et si elle était si rouge, c'est aussi parce qu'elle avait honte.

Depuis des heures, Chloe tentait de s'expliquer la raison de ses actes…

Elle se disait qu'elle s'était donnée à Kit parce qu'il la désirait, parce qu'elle avait voulu lui prouver qu'il était encore un homme. Elle avait pensé que leur union charnelle aiderait à le guérir.

Mais elle ?

Comme toujours, elle avait pensé au bien-être de Kit avant de penser au sien propre. Quoi qu'il en soit, c'est aussi son propre désir pour Kit qui l'avait poussée à le rejoindre dans l'eau.

En vérité, elle était émerveillée d'avoir fait l'amour avec l'homme qu'elle aimait.

Il y avait eu cette escalade voluptueuse, puis l'explosion d'un plaisir si violent qu'elle avait un instant pensé qu'elle allait mourir, foudroyée. Mais elle avait connu l'oubli pour renaître, plus vivante qu'elle ne l'avait jamais été.

Ce n'était pas seulement le plaisir qui l'avait envoûtée, mais la communion de leurs âmes et de leurs corps.

Comment deux êtres pouvaient-ils être si proches, de cœur et d'esprit ?

Chloe avait une notion vague des relations physiques, mais elle était loin de s'imaginer qu'elles pouvaient être si intenses, si fusionnelles. Elle avait encore du mal à revenir sur terre après cet instant parfait où ils s'étaient unis dans les sources d'eau chaude.

L'étonnement, l'allégresse et la honte combattaient en elle. Elle était heureuse, mais elle ne devait pas oublier qu'elle s'était gravement compromise. Elle s'était pourtant juré que jamais plus elle ne favoriserait de tels rapprochements avec Kit… Leurs baisers dans la gloriette lui apparaissaient bien innocents, après leurs ébats passionnés de tout à l'heure.

Chloe était maintenant une femme perdue…

La jeune fille retint un gémissement de désespoir. Elle était orpheline, sans le sou. Elle n'avait jamais éprouvé une quelconque attirance envers ses anciens chevaliers servants, mais elle venait de succomber à un homme inaccessible…

Pire, elle en était follement amoureuse.

— Alors ?

Le martèlement de la canne sur le plancher tira de nouveau Chloe de ses pensées.

Elle se figea en croisant le regard d'aigle de la douairière. Seigneur, elle avait perdu le fil de la conversation… Confuse de sa distraction, elle sourit à la vieille femme et tenta de se ressaisir.

C'est l'instant que Kit choisit pour entrer.

Il était en retard pour le dîner, mais la douairière avait insisté pour qu'elles commencent à manger sans l'attendre.

Ce retard laissait présager le pire..., s'était dit Chloe. Kit avait dû s'enfermer dans ses appartements, avec l'intention de ne pas paraître au dîner de ce soir. Il devait avoir honte de ce qui s'était passé entre eux et devait se sentir incapable de lui faire face.

Mais quand elle leva les yeux sur lui, la jeune fille fut frappée par son aisance, son charme et sa grâce. Il avait l'air confiant, fier. Il n'avait plus rien de l'homme morose, blessé des premiers jours de son arrivée au manoir. Chloe ne savait si elle devait se réjouir de cette étonnante transformation.

Peut-être n'avait-il pas tant changé, peut-être le voyait-elle simplement avec les yeux de l'amour ?

La jeune fille essaya d'être plus objective et soupira. Réflexion faite, ce soir, Kit semblait plus imposant, plus séduisant et plus altier que jamais. Il semblait sur le point de conquérir le monde. Hélas, il n'y avait aucune place pour elle dans l'avenir qui l'attendait, songea Chloe, la gorge serrée.

A cet instant, il lui adressa son plus beau sourire, puis il prit sa place au bout de la grande table avec son aisance coutumière. Jamais il n'avait tant ressemblé au maître de Hawthorne que ce soir...

Chloe leva son verre de vin et but, espérant déloger la boule qui obstruait sa gorge.

— J'ai beaucoup pensé aux sources d'eau chaude..., annonça tout à coup Kit.

Chloe faillit en avaler de travers.

Par chance, ni Kit ni sa grand-mère, qui pour une fois le couvait d'un chaud regard, ne la regardaient.

La jeune fille déglutit avec difficulté et attendit la suite.

— Je pense que nous devrions les mettre à profit…

Il lança un regard si provocant à Chloe qu'elle faillit de nouveau s'étrangler.

— Je pense que l'idéal, ce serait de créer une petite station thermale, comme à Bath ou à Turnbridge, mais beaucoup plus raffinée, puisqu'elle se trouvera sur notre domaine. Nous possédons presque toute la région, mais je pense acheter des terres aux alentours pour empêcher ces petits commerces qui poussent comme des champignons aux abords des stations thermales et qui enlaidissent le paysage.

Il se tut et chercha son regard.

Chloe se figea, alarmée par son expression qui devenait soudain plus sombre.

— Comme Chloe me l'a rappelé, je dois agir pour mes camarades qui sont revenus de Waterloo, mais qui n'ont pas eu ma chance… Pour mon projet, j'ai besoin de nombreux employés et j'ai bien l'intention d'engager tous les anciens soldats qui le désirent.

A ces mots, le désarroi de Chloe céda la place à la fierté.

Il n'était pas étonnant qu'elle soit tombée amoureuse de cet homme. Elle aimait son esprit d'entreprise… Elle n'avait jamais douté de lui.

La jeune fille reposa son verre, envahie par une chaleur qui n'avait rien à voir avec le vin…

La brillante idée de Kit ne paraissait pas recevoir l'approbation du troisième convive, à l'autre extrémité de la table. Un bref instant s'écoula avant que la douairière ne donne un violent coup de canne sur le sol.

— Je n'ai jamais entendu pareille sottise de toute ma vie ! s'écria-t-elle.

— Les stations thermales ont été créées vers les années 1500, reprit Kit paisiblement. Quand on a découvert que les sources d'eau chaude avaient des propriétés curatives, on les a mises à profit… Tout le monde en bénéficiait, le propriétaire comme les malades….

— Ces stations sont parfaites pour un opportuniste avide d'argent, mais pas pour un comte de Hawthorne ! s'écria de nouveau la douairière.

Kit l'ignora et se tourna vers Chloe.

— Il y a déjà quelques stations thermales dans la région, mais je me rends compte qu'en donnant du cachet à celle des terres de Hawthorne, nous aurons un immense succès.

— Il n'en est pas question ! intervint de nouveau la douairière qui essaya d'attirer l'attention de son petit-fils avec un autre coup de canne. Moi en vie, il n'y aura jamais une chose pareille sur les terres de Hawthorne ! Tu ne vas pas ternir l'héritage familial en cédant à un esprit mercantile !

La réaction de la comtesse était à son image, brusque et colérique, mais Chloe avait toutefois l'impression que la vieille femme n'y mettait pas son énergie habituelle. Elle semblait seulement protester pour la forme. Serait-elle lasse de se battre sans cesse ? se demanda la jeune fille.

Elle l'observa avec attention et remarqua avec tristesse que la douairière était si diaphane qu'elle ne semblait exister que par la force de sa personnalité.

— Mais moi, j'aime cette idée de mercantilisme, répondit Kit à sa grand-mère avec sérénité.

Chloe le regarda sans cacher sa surprise.

Kit ne parlait jamais à la douairière qu'avec du ressentiment dans la voix. Ce devait être la première fois depuis son arrivée qu'il lui adressait une parole qui ne ressemblait pas à un grognement ou à une critique.

— Vous vouliez que j'assume mon rôle de comte, vous m'avez forcé à prendre mes responsabilités, et c'est ce que je fais, maintenant. J'use de mon autorité pour réaliser un projet qui me tient à cœur.

— Mais pour qui ? Pour quelle racaille ? demanda la comtesse. As-tu pensé à notre réputation ? A nos terres ?

— Les terres m'appartiennent, le nom aussi. Je suis le seul héritier de Hawthorne. Je fais ce qui me plaît. Et si cela vous contrarie, tant pis pour vous. Vous vouliez que je reprenne goût à la vie, n'est-ce pas ? Vous n'avez pas ménagé vos efforts pour cela, et vous y avez réussi, alors ne vous plaignez pas du résultat…, ajouta-t-il avec un regard sec à l'adresse de sa grand-mère.

La douairière haussa les épaules, manifestement déconcertée, puis elle le regarda avec insolence.

— J'ai seulement engagé la demoiselle, tu as fait le reste.

Kit tourna son beau visage vers Chloe. Quand son regard vert rencontra le sien, elle y vit briller une lueur.

— Et Chloe a su me redonner goût à la vie…, dit-il d'une voix douce.

La jeune fille rougit de plaisir.

Mais elle se rembrunit en songeant à l'avenir. Il est guéri, maintenant, se dit-elle. Leurs chemins allaient se séparer, il allait vivre sa vie. Sans elle.

A cette pensée, sa gorge se serra et son cœur se brisa. Elle eut un vertige et craignit de s'évanouir. Mais autour d'elle, le monde continuait de tourner, car elle entendit la douairière qui reprenait la parole.

— Attention, jeune homme, ou je vais penser que tu me remercies…

— Cela ne fait pas le moindre doute, grand-mère.

— Je n'aurais jamais cru entendre ces mots de ta bouche, que tu les penses ou non, d'ailleurs…

Mais Kit ne l'écoutait déjà plus.

— Je veux que mon projet soit couronné de succès, et avec vos talents de persuasion, vous m'y aiderez, Chloe, fit Kit sans un regard pour sa grand-mère.

Prise entre deux feux, la jeune fille ne souffla mot.

— Jeune insolent, tu mériterais que je te casse ma canne sur le dos ! s'écria la douairière.

Elle se leva et traversa la pièce, furieuse d'avoir perdu la manche.

Inquiète, Chloe se précipita à la suite de la vieille femme qui s'appuyait lourdement sur sa canne.

Elle s'arrêta devant une des fenêtres du salon. Elle n'avait pas entendu Chloe s'approcher, car elle resta immobile. Des larmes coulaient sur son visage parcheminé.

— Milady, vous allez bien ? demanda la jeune fille, inquiète de la voir pleurer.

Elle se retourna vers Chloe, soudain en colère.

— On ne peut donc pas rester seul un instant dans cette maison sans être suivi pas à pas ! dit-elle en sortant un mouchoir de sa poche.

La jeune fille ignora le reproche.

— Le projet de Kit vous contrarie donc tant ?

— Qu'avez-vous à geindre ? demanda-t-elle à Chloe, ses larmes déjà taries.

— Je vous parle des sources, reprit Chloe. Vous ne vous…

Mais la douairière l'interrompit avec violence.

— Ma parole, vous êtes stupide, ma fille ! Je me moque bien de ce que vous pouvez faire avec ces eaux puantes !

— Alors, pourquoi pleurez-vous ?

Un instant, Chloe crut que la vieille femme ne lui répondrait pas. Mais cette dernière prit une grande inspiration et lui lança un regard éloquent.

— Vous avez réussi…, dit-elle dans un murmure presque imperceptible.

Chloe crut que son cœur allait éclater en mille morceaux. Malgré son émoi, elle prit les mains de la vieille comtesse entre les siennes.

— *Nous* l'avons sauvé…, la corrigea-t-elle.

Kit allait bien. Il était guéri…

Chloe n'en doutait plus. Son apparence, son attitude et ses projets pour l'avenir le lui prouvaient, comme son soudain rapprochement avec sa grand-mère.

Chloe était si fière, si heureuse pour lui qu'elle essayait d'oublier sa peine à l'idée de leur inéluctable séparation.

La jeune fille était seule dans ses appartements. Elle n'avait plus aucune raison d'ajourner son départ, et elle l'avait déjà annoncé à la douairière. Elle allait avoir du mal à couper les liens qu'elle avait noués au manoir de Hawthorne.

Comme une gouvernante qui avait enseigné tout ce qu'elle savait à son élève ou un médecin qui avait guéri son patient avec succès, Chloe avait mené sa mission à bien.

Kit renaissait à la vie et acceptait d'assumer ses responsabilités. Il effectuerait des voyages d'affaires à Londres. Peut-être même y passerait-il quelques mois par an pour reprendre sa vie mondaine. Il n'avait nul besoin d'avoir auprès de lui une orpheline, une petite provinciale pour lui servir de dame de compagnie.

Et en ce qui concernait les autres aspects de leur relation…

Chloe sentit ses joues s'empourprer. Sa respiration devint plus courte. Les premiers temps, Kit l'avait accusée d'avoir été engagée pour son plaisir. Des paroles prémonitoires…

Chloe porta les mains à ses joues brûlantes et se regarda dans le miroir. Elle avala sa salive et essaya d'afficher une expression déterminée.

Elle ne serait jamais la maîtresse d'un homme. Même d'un homme comme Kit.

D'ailleurs, Chloe n'était pas certaine qu'il veuille encore d'elle… En son for intérieur, elle soupçonnait même que leurs relations physiques avaient fait partie de son processus de guérison.

Mais elle entendait encore ses mots d'amour. *Chloe, mon amour, ma toute belle…*

Avait-il été conscient des paroles qu'il avait prononcées ?

Cela n'avait aucune importance, de toute façon, se dit-elle. L'essentiel, c'était qu'il aille bien…

Il ferait la cour à une jeune fille bien née et l'épouserait pour donner à sa grand-mère les héritiers qu'elle lui demandait. Il ferait un beau mariage pour avoir des enfants. Il perpétuerait ainsi le nom et la lignée… Enfin, Kit et sa grand-mère se réconcilieraient définitivement…

L'image de Kit entouré d'enfants nés d'une autre femme qu'elle lui fut si pénible qu'elle se mit à trembler. Elle se laissa tomber sur son lit avec un sanglot.

Non, vraiment, il valait mieux qu'elle parte maintenant plutôt que d'être témoin de scènes si pénibles.

Chloe prit une grande inspiration et s'en tint à sa résolution. Elle ne manquerait sans doute à personne ici, même à la douairière, qui avait pourtant tant insisté pour qu'elle reste. Chloe s'en était étonnée, elle aurait en effet juré que la vieille femme aurait été ravie de se débarrasser d'elle, sitôt Kit guéri. Si la comtesse avait su ce qui s'était passé entre son petit-fils et sa dame de compagnie, elle l'aurait mise à la porte de Hawthorne sans ménagement, comme une vulgaire traînée.

La douairière avait insisté pour que Chloe reste, sous prétexte que Kit n'était pas encore tout à fait guéri et qu'il avait besoin d'elle.

Elle avait autant besoin de lui…

Pas pour qu'il lui offre le mariage ou encore une fonction au sein de Hawthorne… Elle n'y pensait même pas.

Chloe soupira et songea à tout ce qu'elle allait perdre.

Kit et sa grand-mère lui avaient donné un toit, certes bien différent du foyer qu'elle avait eu quand son père était encore de ce monde, mais tout aussi agréable et chaleureux. De plus, Kit l'avait arrachée à sa nature rêveuse et contemplative en la mettant face à des défis et en l'initiant à l'amour.

Quoi qu'il arrive, où qu'elle aille, elle savait qu'elle n'oublierait jamais.

Que disait la chanson au fait ? *Mieux vaut avoir aimé et perdu que…*

Chloe se leva, rassembla son courage et continua ses bagages. Elle avait passé la nuit à sangloter et la matinée à errer dans l'indécision. Maintenant, elle avait pris sa résolution.

Mais où irait-elle ? Elle n'en avait aucune idée… Elle savait seulement qu'elle ne pouvait rester…

On frappa soudain à la porte.

Arrachée à ses pensées, la jeune fille fronça les sourcils. Kit était venu frapper un peu plus tôt, pour lui demander si elle allait bien, mais elle n'avait pas eu le cœur de lui ouvrir. Elle redoutait de perdre toute sa volonté en le voyant, et d'ajourner son départ.

C'était sans doute lui qui revenait. Elle entendit sa voix s'élever derrière la porte.

— Chloe ? Que faites-vous ?

— Je suis occupée, je descendrai plus tard..., dit-elle, espérant ainsi repousser leur confrontation le plus tard possible.

— Chloe, ouvrez cette porte ou je la défonce ! Je me moque de la porte mais je risque de blesser ma jambe. Et cela nous entraînera de nouveau dans les sources. C'est ce que vous voulez ?

Sur ce, il se tut.

— Réflexion faite, n'ouvrez pas la porte ! Je préfère l'enfoncer d'un coup d'épaule.

Chloe s'empressa de lui ouvrir la porte et se figea. Le capitaine Kit Armstrong, comte de Hawthorne, en imposait.

Son regard se posa sur sa malle.

— Que faites-vous, Chloe ?

— Ma mission est terminée, je m'en vais, répondit-elle avec tout le calme dont elle était capable. Vous êtes guéri, Kit, je suis satisfaite et je n'ai plus rien à faire ici. Je dois chercher une autre position...

— Eh bien, moi, je ne suis pas satisfait ! déclara Kit, d'un ton impérieux.

Il s'approcha.

— Je doute de jamais l'être si vous partez...

Puis, d'un geste possessif, il caressa une boucle de ses cheveux. Chloe craignit aussitôt de perdre toute contenance.

— Vous n'avez pas à chercher une autre position, vous en avez déjà une, ici.

Chloe secoua la tête, bien décidée à ne pas succomber à cet homme si diablement séduisant, à son amour pour lui.

— Tu vas devenir ma femme, Chloe...

Pendant un instant, la jeune fille se laissa aller à l'extraordinaire euphorie que suscitaient ces mots. Puis la raison lui revint, et elle baissa les yeux.

— Je ne suis pas comtesse, Kit, murmura-t-elle d'une voix tremblante et à peine perceptible. Je suis une femme aux goûts simples qui ne désire rien d'autre qu'une famille et une vie tranquille.

— Et je suis un homme aux goûts simples. Comme toi. J'ai les mêmes désirs que toi, répliqua Kit. Je veux aussi des enfants, ajouta-t-il avec un soupir qui fit battre son cœur plus fort. Je veux tout cela, mais seulement avec toi, Chloe... Tu es aussi nécessaire à ma vie que l'air que je respire... Tu ne peux refuser de devenir ma femme.

Chloe hésitait, ne sachant ce qui motivait sa proposition. De l'amitié ou un sentiment plus fort ?

Kit posa sa main sur son menton, la forçant ainsi à relever la tête pour qu'elle le regarde. Son visage avait l'air sombre.

— A moins que tu ne ressentes rien pour moi...

Elle posa sa main sur ses lèvres.

— Je t'aime, Kit, et...

— C'est tout ce que je voulais entendre, l'interrompit-il avec un sourire triomphant et irrésistible. Je t'aime aussi, Chloe, et si tu m'aimes malgré tout ce que j'ai subi, alors je n'ai pas peur de l'avenir avec toi... Je ne peux pas te promettre que je serai toujours un homme doux et affable, l'homme que j'étais avant Waterloo, mais je te promets que je ferai de mon mieux pour te rendre heureuse dans ces vallons du Yorkshire que nous aimons tous les deux. Nous formerons une famille harmonieuse avec notre amour et nos enfants… Le reste n'a aucune importance.

Les yeux de Chloe s'embuèrent. Le visage de Kit s'estompa à travers le voile de ses larmes.

Il embrassait ses joues humides quand la voix de la douairière les fit sursauter.

— Si vous refusez de l'épouser, ma fille, alors vous êtes encore plus sotte que je ne le pensais !

Et elle martela ses mots par un coup de canne sur le plancher.

Chloe leva les yeux sur la vieille dame sur le pas de la porte. Elle faisait une espèce de grimace qui pouvait s'apparenter à un sourire.

— Vous savez que je veux des petits-enfants, alors faites vite !

Pour une fois, Kit ne la contredit pas.

— Nous allons nous en occuper, alors si vous voulez bien nous laisser seuls…

Sans attendre sa réponse, il referma la porte doucement. Puis il souleva la malle de Chloe et en déversa le contenu par la fenêtre.

— Tu n'en auras plus jamais besoin ! dit-il à la jeune fille partagée entre l'indignation et l'amusement.

Elle commençait à découvrir que Kit, parfois si sérieux, avait un penchant pour l'extravagance. Qu'allait-il faire maintenant ? se demanda-t-elle avec curiosité.

L'impatience et le désir lui firent retenir son souffle alors qu'il s'approchait. Puis elle oublia tout et succomba entre ses bras.

ronne une famille harmonieuse avec notre amour et nos enfants... La seule n'a jamais supporté [illegible]

Les yeux de Chloé s'arrondirent. Le visage de Kit s'assombrit. [illegible]

Il caressa du bout des doigts [illegible] quand la voix de la domestique les fit sursauter.

— Si vous parlez de l'épouser, ma fille, alors vous êtes encore plus sotte que je ne le pensais !

Et elle marcha [illegible] sur le plancher.

Chloé leva les yeux. La vieille était sur le pas de la porte. Elle faisait une espèce de grimace qui pouvait s'apparenter à un sourire.

— Vous avez eu de beaux petits enfants, alors faites vite !

Pour une fois, Kit ne la contredit pas.

— Nous allons nous en occuper, alors si vous voulez bien nous laisser seuls...

Sans attendre sa réponse, il referma la porte doucement. Puis il souleva la main de Chloé [illegible] par la fenêtre.

— Tu n'en auras pas encore besoin [illegible] la jeune femme partagée entre l'émotion et l'amusement.

Elle commençait à découvrir que Kit, parfois si sérieux, avait un penchant pour l'extravagance. Où allait-il [illegible] maintenant ? se demanda-t-elle avec curiosité.

L'impatience et le désir lui firent oublier son scrupule lorsqu'il s'approcha. Puis elle oublia tout et succomba entre ses bras.

JULIA JUSTISS

La voie du cœur

HARLEQUIN

COUP DE CŒUR

Cet ouvrage a été publié en langue anglaise
sous le titre :
AN HONEST BARGAIN

Traduction française de
VÉRONIQUE MINDER

83-85, boulevard Vincent-Auriol, 75013 PARIS — Tél. : 01 42 16 63 63
Service Lectrices — Tél.: 01 45 82 47 47

1.

Bryan Langford, lieutenant au 20e régiment des dragons de Dunbar, entrait dans la tente de l'état-major quand l'aide de camp l'interpella.

— Ah, Bryan… Tu veux bien venir une seconde, s'il te plaît ? Je dois absolument te parler.

L'air soucieux, le lieutenant Marsden posa sur la table le rapport qu'il lisait et se leva, sourcils froncés.

Bryan secoua la boue de ses bottes et interrogea l'officier, un ami, du regard.

— Si je me souviens bien, Jeremy Saybrooke, lieutenant au 95e, est un ami d'enfance ? reprit ce dernier.

La surprise de Bryan s'accrut encore plus.

— En effet, nous avons grandi ensemble.

Il sourit à l'aide de camp.

— Si tu cherches un bon joueur, tu ne pouvais pas mieux choisir. Mais il va falloir que tu retrouves Jeremy par tes propres moyens ! Je ne l'ai pas vu depuis que nous avons repris Lisbonne aux Français !

« Autant dire, une éternité… »

Bryan se tut comme il se faisait cette remarque. Puis son sourire disparut et son expression devint mélancolique. Cette longue séparation n'était pas due au hasard, mais elle résultait d'un choix délibéré de sa part. Il avait ses raisons. De bonnes raisons.

Les sentiments qu'il éprouvait pour l'épouse de Jeremy allaient au-delà de l'amitié. Ni Jeremy ni Audra n'avaient jamais deviné son amour secret, mais Bryan avait toutefois décidé de mettre de la distance entre lui et le jeune couple pour oublier que son meilleur ami était marié à la femme de sa vie. La vue de leur bonheur ne ravivait que trop la douleur d'une blessure à jamais ouverte.

— Il ne s'agit pas de cela, Bryan, reprit le lieutenant Marsden d'une voix lente. J'ai une mission désagréable à accomplir… En fait, le lieutenant Jeremy Saybrooke est mort à Talavera, hier. Je suis désolé, Bry…

Bryan reçut cette nouvelle comme un coup de poing dans l'estomac. Le souffle coupé, il garda un silence stupéfait.

« Jer mort ? »

Non, c'était impossible !

Depuis le début de la campagne d'Espagne, Jeremy avait échappé à la mort à plusieurs reprises avec une chance incroyable. A croire qu'il avait passé un marché avec la camarde ou vendu son âme au diable ! De l'avis de Bryan, si quelqu'un devait survivre à cette maudite guerre contre les Français, c'était bien l'élégant et brillant Jeremy Saybrooke !

Le premier choc passé, Bryan songea à Audra, maintenant veuve. La jeune femme devait être plongée dans la plus profonde affliction.

« Audra… »

Ses pensées s'égarèrent vers un lointain passé. Il la revit, jolie et rayonnante de bonheur, le jour de son mariage avec Jeremy. Une union qui avait ruiné tous ses espoirs.

Bryan se ressaisit. Le passé était le passé. Pour l'instant, son amie d'enfance devait être folle de chagrin. Il devait se rendre auprès d'elle pour la soutenir.

Sa décision prise, il réfléchit aux détails pratiques.

— Sais-tu quand aura lieu l'enterrement de Jeremy ?

— Demain matin… Je suis désolé. C'était un bon officier.

— Je dois y assister ! Sa femme est aussi une amie d'enfance, et je ne peux pas la laisser seule dans un moment pareil. Marshall s'occupera de la compagnie, pendant mon absence. Je vais prendre mes affaires. Tu peux avertir le colonel que je le verrai plus tard pour lui demander une permission ?

— Dis plutôt que je dois l'informer de ton départ imminent pour rejoindre la compagnie de Jeremy Saybrooke.

Bryan eut le bon esprit de sourire.

— Tu as raison. Merci, Charles.

Il salua le lieutenant et sortit de la tente sans attendre, l'esprit occupé.

Il allait aider Audra à mettre ses affaires en ordre, organiser son retour jusqu'à Lisbonne et de là, en Angleterre. Il était certain qu'elle ne resterait pas en Europe. Jeremy mort, elle n'avait plus rien à y faire.

En même temps, une autre pensée s'insinua en lui, l'envahit peu à peu, et fit battre son cœur à grands coups. Il était certes triste pour son ami, mais un immense espoir se levait en lui.

« Audra est libre, maintenant. »

Une vive émotion l'assaillit, une bouffée de bonheur vivifiant comme une brise de printemps après un hiver glacé l'inonda.

Audra priait devant son mari, dont le cercueil avait été placé dans une chapelle ardente de fortune. Elle ne pouvait toujours pas croire à la mort de Jeremy. S'il y avait un homme qui aurait dû tromper la mort, pendant cette terrible guerre, c'était bien lui…

« Jeremy trompait si bien son monde… »

Audra eut honte d'avoir pareille pensée à un tel moment, et elle passa sa main tremblante sur sa joue. Que pouvait-elle y faire si ses pensées s'égaraient ? L'année passée lui avait apporté son lot de fatigue et de souffrances. Elle était exténuée, moralement et physiquement. D'où son état d'abattement profond. Mais malgré les mauvais souvenirs, elle avait aimé Jeremy. Une partie de son être le pleurait.

Elle effleura le visage froid de son mari. On ne voyait plus aucune trace de la blessure mortelle provoquée par une lance. Audra avait fait la toilette mortuaire de son mari et l'avait revêtu de son uniforme. N'eût été la pâleur de son visage, Jeremy aurait pu paraître profondément endormi. Il semblait si paisible…

Cet homme qu'elle avait aimé à la folie n'était plus qu'un corps sans vie, inerte et déserté par son âme.

Où errait son esprit malin, maintenant ? Sur le champ de bataille de Talavera ? Dans les limbes ? Déjà aux enfers ? De son vivant, Jeremy avait été facétieux, brillant, fascinant et charmeur. Mort, il n'était qu'une statue de cire désincarnée.

Plus jamais il ne ferait de mal, maintenant.

« Oh, Jer, j'espère que l'amour que je t'ai autrefois porté effacera tout le reste, tous les mauvais souvenirs... Je voudrais tant ne garder que les meilleurs moments», soupira Audra alors qu'une larme coulait le long de sa joue.

Soudain, un cliquetis d'éperons la fit sursauter. Elle retira aussitôt la main du visage de son mari et essuya sa joue humide. Comme elle se détournait, elle aperçut le lieutenant Allensby, du 95e régiment, 3e bataillon, ami inséparable de Jeremy, noceur, cavaleur et joueur impénitent.

Il la salua. Elle se contenta simplement d'incliner la tête.

— Je suis désolé, Audra... C'était un bon soldat et un ami exceptionnel. Il va beaucoup me manquer.

Audra opina de nouveau, incapable de trouver les mots pour répondre à cet homme qu'elle n'aimait pas. Pour elle, Allensby était le mauvais génie de Jer. Il l'avait encouragé à jouer et à parier, malgré la chance qui tournait. C'était à cause d'Allensby si leur situation financière était maintenant catastrophique.

Ces derniers temps, l'humeur de Jer avait changé. Il rentrait, la nuit, exubérant et délirant comme s'il brûlait d'une mauvaise fièvre. Audra avait vite compris que la chance l'avait quitté. Cette exaltation fiévreuse n'était que l'expression du désespoir de Jeremy face à l'ampleur de ses pertes. Il espérait « se refaire », comme il disait. Mais il ne s'était pas refait...

Jeremy avait ainsi perdu des sommes colossales au jeu. Audra devait maintenant payer les dettes de son mari à Allensby et aux autres soldats. Comment ? Elle n'en avait aucune idée... Le pire, c'est qu'elle ne savait pas non plus comment elle allait subsister jusqu'à Lisbonne et payer son retour en Angleterre.

— Ecoutez, Audra, je sais que la mort subite de Jeremy vous met dans une situation difficile, reprit Allensby, l'air soucieux. Pour parler franc, il me doit une petite fortune.

— Combien ? demanda la jeune femme affolée.

La somme qu'il énonça dans un murmure la laissa sans voix. C'était encore pire que ce qu'elle pensait. Avec sa maigre solde, comment Jeremy avait-il amassé tant de dettes ?

Choquée, elle resta silencieuse. Allensby secoua la tête et reprit :

— J'ai bien peur qu'il n'en doive autant aux autres officiers, Audra... Vous savez comment était Jer. Même quand il perdait, il continuait à jouer. Il était persuadé que la chance tournerait de nouveau en sa faveur et qu'il gagnerait. Cela arrivait, parfois.

« Mais de moins en moins souvent... », pensa Audra. Le cœur serré, elle songea aux autres dettes de Jeremy dont elle avait déjà connaissance : factures impayées et reconnaissances de dettes.

— Je suis votre ami, Audra, et c'est en tant que tel que je m'inquiète. Pourrez-vous payer ces dettes ? Vous savez aussi bien que moi que les dettes de jeu sont des dettes d'honneur.

— Je sais, répondit-elle d'un ton brusque.

Elle connaissait parfaitement ce stupide code d'honneur sans le comprendre.

— Et... ?

Allensby laissa sa question en suspens, la ponctuant d'un lever de sourcil inquisiteur.

— Je ne voudrais pas vous paraître indélicat en insistant, Audra, reprit-il, mais quand pensez-vous rembourser ces dettes ?

— Figurez-vous que je n'ai pas encore étudié le problème, laissa-t-elle tomber du bout des lèvres. Vous m'excuserez, mais j'ai été très occupée depuis l'annonce de la mort de Jeremy.

Il s'approcha, un sourire mielleux sur le visage.

— Je dois vous paraître sans cœur...

Il posa sa main sur son épaule, mais Audra recula aussitôt. Le sourire d'Allensby s'élargit.

— Nous sommes beaucoup à nous demander pourquoi Jeremy avait tendance à... vous délaisser. Vous êtes si jolie... Tout le régiment est au courant de votre désarroi, mais aussi de votre détresse sur le plan financier. Vu les circonstances, je veux être le premier à vous proposer une solution pour régler vos problèmes d'argent. Ce faisant, je crains de vous paraître grossier et maladroit. Si vous acceptiez de rester sous ma... disons protection, je pourrais effacer les dettes de Jer. Vous êtes un joli brin de fille et vous avez aussi été une excellente épouse.

Audra se figea et le regarda avec surprise. Puis elle comprit. Sa tristesse céda la place à la colère et l'indignation. Elle serra les poings.

— Comment osez-vous… ? siffla-t-elle. Mon mari vient de mourir. Il est là, devant vous, et vous avez l'impudence de me faire une telle proposition. Il faudrait que je paie de mon corps les dettes de mon mari…

Sentant sa voix trembler, elle s'interrompit. Puis elle reprit avec un effort pour se maîtriser :

— Vous n'êtes qu'un vil…

Allensby s'inclina devant elle. Insolent mais respectueux.

— Je doute que Jeremy soit en état de se plaindre, l'interrompit-il d'un ton paisible.

— Sortez ! s'écria-t-elle. Sortez avant que je ne perde mon sang-froid et que je vous gifle de telle façon que vous garderez les marques de mes doigts sur votre visage insolent…

Allensby continuait de sourire.

— J'apprécie les femmes qui ont du tempérament, alors frappez-moi. Mais comme vous le souhaitez, madame, je vais me retirer. Pour l'instant du moins… Je ne doute pas que nous nous reverrons très bientôt. Mon offre tient toujours. Je conçois fort bien que ma proposition vous mette en colère, pour l'instant, mais vous reviendrez vite à la raison quand vous vous apercevrez que vous n'avez pas le choix… Réfléchissez-y… Je précise aussi que si je vous ai fait cette offre, le corps de Jeremy à peine refroidi, c'est pour être le premier sur la place…

Audra ne répondit pas. Elle lui tourna délibérément le dos, se refusant à le saluer.

— Au revoir, madame Saybrooke, reprit Allensby avec amusement. Et à très bientôt, surtout… J'espère être à vos ordres. Vous êtes si ardente que ce sera un plaisir de vous obéir.

Audra resta immobile jusqu'à ce qu'elle entende la porte se refermer doucement derrière lui. Mais une fois seule, elle se laissa tomber sur une chaise, le souffle court, incapable de recouvrer ses esprits après la violence de cette scène et l'intensité des émotions qui l'avaient balayée.

Comment Allensby avait-il eu l'audace de lui faire si vile proposition à un moment pareil ! Alors qu'elle était épuisée, seule et sans défense...

Elle le détestait. Il avait insinué qu'elle n'était qu'une faible femme, sous la coupe d'un mari volage dont elle avait pardonné les frasques. Par pitié ou par faiblesse ? A moins que ce ne soit par lâcheté... Audra avait honte de sa complaisance envers son mari et elle était humiliée que personne ne l'ait ignorée.

« Jeremy... Qu'as-tu fait de moi ? »

Audra frissonna et eut soudain un sursaut de haine envers son époux. Elle haïssait l'amour qui l'avait enchaînée à lui, qui l'avait rendue esclave de Jer, de ses désirs et de sa sensualité. L'amour n'était qu'illusion ; la passion, la voix de la folie étouffant celles de la raison et du bon sens. L'amour et la passion permettaient à un homme de façonner une femme selon son désir et son bon plaisir. C'est à cause de l'amour passionné qu'elle portait à Jeremy qu'elle était devenue faible, sans défense, une proie idéale pour tous les Allensby du monde.

Puis tout à coup, Audra fut frappée par une pensée. Un espoir fragile s'insinua en elle comme un rayon de soleil filtre à travers un ciel couvert de nuages sombres.

La mort de Jeremy la libérait de ses chaînes. De l'amour et de la passion. Pour toujours.

Elle ne suivrait pas un autre officier pendant cette campagne d'Espagne. Elle se débrouillerait pour réunir l'argent nécessaire afin de regagner Lisbonne. Elle allait fuir l'humiliation du présent et les tourments du passé. Elle rentrerait chez elle, dans la douce tranquillité du Hampshire.

Seule.

2.

Le dos droit, les épaules rejetées en arrière et figée, Audra se recueillait devant la tombe de Jeremy. Son courage n'était qu'apparent. Intérieurement, elle n'était que chaos et désespoir.

Ce matin, un peu avant l'enterrement, elle avait vendu le cheval, le fusil, les pistolets de son mari, son uniforme ainsi que la plupart de ses bijoux, par l'entremise de sa servante, Maria.

La somme qu'elle avait tirée de ces ventes n'avait couvert qu'une partie des dettes exorbitantes de Jer. Pire, Audra avait découvert de nouvelles reconnaissances de dettes dans son écritoire, lesquelles s'ajoutaient à celles dont elle connaissait déjà l'existence. La situation était dramatique. Comment trouverait-elle l'autre moitié de la somme pour éponger le reste des dettes et payer les factures en souffrance accumulées par Jeremy pendant leur séjour à Lisbonne ?

Nerveuse, Audra fit rouler son alliance autour de son annulaire amaigri. Il faudrait sans doute qu'elle vende aussi son alliance…, pensa-t-elle soudain.

Au même instant, elle releva les yeux et surprit sur elle le regard du lieutenant Allensby. Il paraissait lire dans ses pensées et affichait un sourire insolent. Un sursaut de révolte né de ses angoisses et de son impuissance agita Audra. Elle préférait mourir que d'accepter son ignoble proposition de se soumettre à sa volonté. Jamais elle ne retomberait sous la coupe d'un homme !

Pour l'instant, en dépit des sous-entendus d'Allensby, elle n'avait pas reçu de propositions de ce genre de la part d'autres officiers célibataires.

Discrètement, la jeune femme étudia les visages sombres des hommes rassemblés autour de la tombe. Lesquels considéraient la veuve de Jeremy Saybrooke comme une proie facile ? Lesquels d'entre eux oseraient lui proposer un marché aussi odieux ? Effacer les dettes de son mari en échange de sa personne ?

L'humiliation rendit son chagrin plus violent.

Depuis la mort de Jeremy, Audra souffrait de la compassion qu'elle lisait sur les visages des autres femmes d'officier. Quand ces dernières croisaient le regard de la jeune femme, elles détournaient la tête avec gêne ou s'efforçaient de sourire. Certaines remarques scabreuses étaient aussi venues aux oreilles d'Audra. Des officiers essayaient en effet de savoir si la jeune veuve éplorée du lieutenant Saybrooke souhaitait un peu de consolation ou de compréhension de leur part…

Audra s'attendait donc à des propositions similaires à celle que lui avait faite Allensby. Elle n'aurait pas la force d'endurer cette humiliation.

« Oui, mais ai-je le choix ? » se demanda-t-elle dans un accès de faiblesse. Vu l'état désastreux de ses finances, comment se nourrir jusqu'à Lisbonne ?

Démoralisée, la jeune femme eut un instant envie de rejoindre Jeremy dans son cercueil en pin pour se dérober à son affreuse réalité. Ne plus ressentir ni peine, ni chagrin, ni tourments…

Audra fit un gros effort pour se ressaisir et sursauta en sentant une main se poser soudain sur son épaule. Si c'était Allensby, elle doutait de se maîtriser et de garder le flegme qui s'imposait lors d'un enterrement ! Elle ne supporterait même pas de l'entendre renouveler ses hypocrites condoléances sur un ton de circonstance.

— Mon Dieu, Audra, je suis tellement désolé…, entendit-elle.

Elle était si angoissée, perdue dans ses pensées, qu'elle mit un temps avant de reconnaître cette voix familière et empreinte d'une véritable compassion.

Elle ouvrit les yeux, lentement, puis demeura stupéfaite.

— Bryan ?

Et elle se jeta dans ses bras.

Pour Bryan, l'expression « avoir le cœur chaviré » avait toujours été un cliché éculé, voire une image un peu étrange. Du moins, jusqu'à ce qu'il s'avance vers la tombe de Jeremy et voie Audra.

Tête inclinée, yeux fermés, la jeune femme semblait plongée dans une profonde affliction et perdue dans de sombres pensées. La gorgé serrée par la vue de celle qu'il aimait et atterré par le spectacle de sa souffrance, Bryan avait eu le cœur chaviré…

Il s'était avancé, puis il avait posé une main tremblante sur l'épaule de son amie d'enfance. Il pensait qu'il ne pourrait pas parler. Mais les mots étaient venus tout seuls.

La réaction d'Audra à sa vue l'étonna.

Elle se jeta contre lui et noua ses bras autour de son cou, comme s'il était le seul élément tangible dans son univers en déroute, son unique planche de salut, le seul être capable de la comprendre et de la consoler sur cette terre.

Dérouté, Bryan la serra dans ses bras. Il fut ému par son imperceptible odeur de violette, la tiédeur de son corps contre le sien. Il ne regrettait pas d'avoir insisté pour être présent à l'enterrement de Jeremy, malgré les problèmes que sa courte absence posait dans son régiment. Il croyait rêver, en dépit des tristes circonstances de leurs retrouvailles. La femme de sa vie était dans ses bras. Elle tremblait comme un faon apeuré. Elle était sur le point d'éclater en sanglots et de s'effondrer. Elle se raccrochait à lui.

Au même instant, Bryan revit leur toute première étreinte avec une précision et une netteté incroyables. C'était l'été de son retour d'Oxford. Jeremy l'accompagnait. Tous deux avaient été stupéfaits de constater que la gamine rebelle qu'ils connaissaient depuis toujours s'était transformée en une belle jeune fille. Ses boucles folles avaient été disciplinées, elle avait maintenant une coiffure à la mode. La petite fille mince d'autrefois avait cédé la place à une demoiselle aux courbes souples et féminines.

Par jeu, il avait été son chevalier servant. Par jeu aussi, elle avait joué les coquettes et s'était laissé embrasser une fois. L'intensité de leur baiser les avait tous deux étonnés. Audra avait écarquillé ses grands yeux noirs et s'était aussitôt reculée. Bryan se souvint à regret que cet innocent petit jeu avait seulement eu pour but d'exciter la jalousie de Jeremy. Audra en était déjà très amoureuse, à cette époque.

Ce jour-là, il avait compris que jamais il n'égalerait l'irrésistible, le brillant Jeremy Saybrooke aux yeux d'Audra. Ce jour-là aussi, il avait compris qu'il n'oublierait jamais leur bref baiser. Il avait donné son cœur à Audra pour toujours. Elle n'en saurait jamais rien, mais lui, il l'aimerait jusqu'à son dernier souffle.

Bryan avait enfoui son amour dans son cœur. Témoin impuissant de la cour que Jeremy avait faite à Audra, il avait souffert en silence. Leur flirt s'était transformé en une relation très sérieuse. Le jour de leur mariage s'était gravé de façon indélébile dans sa mémoire, comme une marque au fer rouge. Bryan avait embrassé Audra sur le front pour lui souhaiter tout le bonheur possible, sachant que pour lui, il n'y aurait jamais de bonheur, nulle part sur cette terre.

Ensuite, comme il craignait de raviver ses souffrances en la revoyant, il avait pris ses distances. Ça n'avait pas été difficile. La guerre contre les Français les avait séparés. Il avait choisi de servir dans un autre régiment que celui de Jeremy.

Mais pour chasser Audra de son esprit, Bryan s'était efforcé de s'intéresser à d'autres femmes. Anglaises, Portugaises et Espagnoles avaient toutes été ravies d'attirer l'attention du bel officier aux cheveux sombres, si beau dans son uniforme rouge.

Aucune d'entre elles n'égalait Audra ni en beauté ni en intelligence. Audra était la seule femme au monde qui existait à ses yeux. Bientôt, il cessa de regarder les autres.

Puis, il avait appris avec surprise qu'elle avait suivi Jeremy et son régiment sur le continent. Il avait été incapable de résister au désir de passer à Lisbonne pour savoir si elle allait bien et si elle était heureuse. Cette rencontre avait été un véritable choc. Audra était l'incarnation même du bonheur, d'autant qu'elle était enceinte. Ravie de le revoir, elle l'avait invité à renouveler ses visites, mais il n'en avait plus jamais fait.

Bryan ouvrit les yeux, revint à la réalité et relâcha la jeune femme à contrecœur.

— Bryan, je ne savais pas que ton régiment était dans la région ! s'exclama ensuite Audra. Merci d'être venu… Jeremy aurait été si heureux de te savoir ici.

Jeremy… Toujours Jeremy.

Bryan s'éclaircit la voix.

— Je suis désolé de ne pas être venu vous rendre visite plus tôt, Audra. Quand j'ai appris que tu avais perdu le bébé, j'ai été vraiment triste. Je n'ai pas pu aller te voir, mais sans doute as-tu reçu ma lettre ?

La jeune femme déglutit avec difficulté. Une ombre passa sur son visage déjà altéré par le chagrin et la fatigue.

— Oui, je l'ai eue, Bryan. Je te remercie, elle m'a fait beaucoup de bien…

— C'est arrivé après la retraite de Corunna ? Un instant terrible…

— Mon cheval a été touché et nous sommes tombés. Selon le médecin, j'ai eu beaucoup de chance d'être encore en vie…

Un petit rire contraint ponctua ses paroles. Son regard se perdit dans le lointain.

— Parfois, je me demande si c'est de la chance ou de la malchance. Peu importe… Viens, Bryan, le service va commencer…

Il lui prit la main après un instant d'hésitation. Audra la lui serra. Bryan la garda dans la sienne tout le temps du service funéraire. Il la lui pressa plus fort au moment où le colonel de Jeremy prononça un dernier hommage et quand elle jeta la première motte de terre sur le cercueil.

Audra ne manifesta aucune résistance quand il l'entraîna ensuite hors du cimetière. Une fois qu'ils eurent atteint l'auberge du village, il remarqua non sans plaisir qu'elle avait retrouvé ses couleurs.

— Veux-tu rester pour le déjeuner de deuil, Bry ? Ce n'est rien d'exceptionnel, mais avec les autres femmes, nous avons préparé un petit repas, comme c'est l'usage. De plus, le vin est très bon dans la région.

— Je n'ai pas l'intention de déjà te laisser seule ! déclara Bryan indigné. Je comptais bien rester. Au fait, si je peux t'aider en quoi que ce soit, n'hésite pas. Je pense que tu as l'intention de rentrer en Angleterre le plus tôt possible, n'est-ce pas ? Je serai ravi de t'emmener à Lisbonne et de vendre…

Il s'interrompit et reprit avec plus de délicatesse.

—… de disperser tous les objets dont tu n'auras plus besoin.

Le regard d'Audra se voila. Elle se figea.

— Je te remercie de ton offre, Bry, mais j'ai déjà vendu les affaires de Jeremy, dit-elle, plaquant un sourire sur son visage. Je suis une excellente femme d'officier, pratique et organisée…

Tout était sans doute déjà prêt pour son retour en Angleterre…, songea Bryan sans la quitter des yeux. Mais l'amertume qui avait percé dans ses derniers mots et surtout, son regard fixe et impénétrable l'étonnèrent. Il aurait voulu lui poser des questions, mais l'arrivée du cortège funèbre l'en empêcha.

Audra invita tout le monde à entrer dans l'auberge pour se restaurer. Elle s'entretint ensuite avec les officiers présents et leurs épouses.

Perplexe, Bryan ne la quittait pas des yeux. Il essayait de comprendre le sens caché de ses dernières paroles quand il surprit une scène qui l'intrigua.

Audra venait de prendre à part sa femme de chambre et lui parlait à voix basse. A la fin, elle tira un diamant de dessous sa cape et le lui glissa furtivement. La femme de chambre opina, fit une petite révérence et sortit à la hâte sans se faire remarquer.

Il ne fallut que quelques instants à Bryan pour comprendre de quoi il retournait. Jeremy avait toujours été un joueur invétéré. Il gagnait plus souvent qu'il ne perdait, mais la chance l'avait peut-être quitté ? Peut-être laissait-il Audra ruinée et dans une situation désespérée ? Soudain pris de colère, il décida de suivre la femme de chambre pour en avoir le cœur net.

Pour rien au monde il ne laisserait Audra vendre ses bijoux pour payer le repas de funérailles de son mari !

Il sortit en catimini de l'auberge et vit la femme de chambre qui s'engageait dans les rues du village. Comme Bryan le redoutait, elle s'arrêta devant une petite boutique qui portait l'enseigne d'un orfèvre. Il accéléra le pas, la rejoignit et posa la main sur son épaule avant qu'elle n'ait eu le temps d'entrer dans la boutique.

La jeune fille poussa un petit cri et fit volte-face.

— C'est votre maîtresse qui vous a demandé de vendre ce fermoir en diamant ? demanda Bryan sans détours.

— Si, senior, j'allais le vendre… Je ne l'ai pas volé, je le jure !

— Je vous crois…, répondit-il à la hâte, redoutant qu'elle ne fonde en larmes en pleine rue et n'attire l'attention sur eux.

Il prit le fermoir qu'elle lui tendait, les mains tremblantes.

— Ne craignez rien, je suis un ami de votre maîtresse et de son mari.

Comme elle acquiesçait, il continua.

— Le lieutenant Saybrooke n'aurait pas aimé que sa femme vende ses bijoux…

Il tira ensuite plusieurs pièces de sa bourse.

— Prenez cet argent et donnez-le à Mme Saybrooke. Cela suffira ?

— Oh oui, senior, c'est plus que l'orfèvre n'aurait donné !

— Alors c'est parfait, mais surtout, ne lui dites pas un mot de ce qui vient de se passer entre nous.

— Je vous le promets, senior. Que Dieu vous bénisse.

Elle lui fit un petit salut et retourna en courant vers l'auberge.

Bryan lui emboîta le pas sans hâte. Son malaise empirait. Jusqu'à quel point la situation d'Audra était-elle désespérée ? Dès l'instant où elle aurait regagné Lisbonne, la famille de Jeremy ferait le nécessaire pour couvrir les frais de son retour en Angleterre, mais en attendant, elle était obligée de vendre des babioles pour vivre.

Bryan eut soudain la certitude qu'elle n'avait pas de quoi assurer sa subsistance jusqu'à Lisbonne.

Il ne repartirait pas tant qu'elle ne lui aurait pas exposé sa situation.

De retour à l'auberge, il vit Audra toujours occupée avec les anciens compagnons de Jeremy. L'atmosphère n'était plus compassée, comme au début, mais bon enfant. Le vin coulant à flots, la plupart des officiers étaient déjà éméchés. Ils portaient des toasts aux soldats tombés au champ d'honneur, au régiment, à la santé de leurs souverains et aux valeureux généraux de l'armée, surtout Wellington.

Audra était plus mince que dans ses souvenirs, mais tout le monde ici l'était, les vicissitudes de la campagne militaire dans une région ingrate et rocailleuse ayant marqué tous ceux qui y participaient.

Des boucles de ses cheveux noirs s'échappaient de sa coiffe. Dans son visage amaigri, les pommettes saillaient et rehaussaient l'éclat de ses yeux noirs, soulignés de bistre. Audra se tenait un peu voûtée, comme si ses épaules ployaient sous un fardeau trop lourd. Bryan percevait son poignant désespoir même quand elle souriait.

Dès qu'il le pourrait, il la ferait quitter la salle de l'auberge et insisterait pour qu'elle monte dans sa chambre pour se reposer.

Il remarqua soudain qu'il n'était pas le seul homme à la regarder avec insistance... Un jeune fusilier blond de haute taille, assis au bar, un verre toujours à la main, suivait ses moindres mouvements.

Le petit sourire suffisant sur le visage de cet homme ne plaisait pas du tout à Bryan. Il n'appréciait pas non plus son air arrogant. Chaque fois qu'Audra passait devant lui, il lui glissait quelques mots. Bryan était trop loin pour entendre ce que le fusilier lui disait, mais ses paroles rendaient manifestement la jeune femme nerveuse.

Bryan réussit enfin à intercepter Audra quand elle passa près de lui.

— Veux-tu bien t'asseoir un instant avec moi, Audra ?

— Je suis désolée, je n'avais pas l'intention de te négliger, Bryan... Tu as fait tant de chemin pour me voir. Mais dès que tout le monde sera parti, nous aurons une longue conversation, je te le promets.

Bryan repensa à la femme de chambre devant la boutique de l'orfèvre. Il soupira.

— Nous devons en effet parler... Au fait, qui est le fusilier assis au bar ?

Audra lui répondit sans regarder dans la direction de l'homme.

— Le lieutenant Mark Allensby, dit-elle d'un ton contraint. Un ami de Jeremy.

« Mais pas le mien », laissait-elle sous-entendre.

A cet instant, le colonel de Jeremy et son épouse se dirigèrent vers eux.

— Nous devons partir, ma chère, annonça cette dernière. Mais auparavant, j'aimerais savoir quelles sont vos intentions ? Allez-vous rentrer en Angleterre ?

— Pour y retrouver la pluie et le brouillard, quelle horreur ! enchaîna le colonel avec un haussement d'épaules. Je vous conseille de rester en Espagne où il fait bon et chaud.

— Si je rentre en Angleterre, cette vie en plein air va me manquer, avoua Audra.

La femme du colonel poussa un cri d'étonnement.

— Vraiment ?

— Vous savez, je suis une véritable gitane..., reprit Audra avec humour. J'adore galoper, échevelée, la robe déchirée, pendant des heures sous un soleil brûlant et dormir la nuit sous un plafond d'étoiles.

Sur ce, elle se détourna vers Bryan.

— Interrogez le lieutenant Langford, il vous confirmera mon tempérament rebelle... C'est mon ami d'enfance et celui de Jeremy.

— Audra vous dit vrai, convint Bryan, souriant au souvenir des aventures qu'ils avaient tous trois partagées. Enfant, elle était un vrai garçon manqué.

— Garçon manqué ou pas, vous appréciez comme tout le monde de dormir dans un vrai lit, d'avoir assez d'eau chaude pour faire votre toilette et ne pas vous soucier de quoi sera fait le prochain repas, fit remarquer la femme du colonel.

Audra fronça imperceptiblement les sourcils.

— Je reconnais que ce confort me manque, parfois…

— Quoi qu'il en soit, si vous rentrez en Angleterre, vous allez nous manquer, déclara la femme du colonel.

Elle jeta un coup d'œil à son mari et ajouta :

— S'il y a quoi que ce soit que nous pouvons…

— Laissez-moi vous raccompagner, l'interrompit vivement Audra.

Elle prit le bras de la femme du colonel après un dernier regard à Bryan.

« Je reviens, attends-moi », lut-il dans ses yeux.

Puis elle s'éloigna avec le couple.

Le colonel était manifestement conscient de ses problèmes, se dit Bryan. L'esprit préoccupé, il resta dans son coin, s'exhortant à la patience. Le repas de funérailles tirait à sa fin, et la plupart des officiers prenaient congé. Bientôt, il ne resta plus que quelques hommes manifestement bien décidés à terminer la soirée à boire jusqu'à plus soif.

Le fusilier blond n'avait pas quitté le bar. Il semblait attendre son heure, lui aussi. En tout cas, il fit la grimace quand il remarqua que Bryan restait et attendait leur hôtesse.

Bryan fronça les sourcils, et espéra qu'il ne partirait pas avant le lieutenant en uniforme vert.

Finalement, Audra vint se laisser tomber sur une chaise à côté de lui, l'air exténué.

— C'est enfin terminé… J'espère que tu ne vas pas partir tout de suite ? Maintenant que nous sommes tranquilles, parle-moi un peu de toi.

Bryan survola du regard la salle de l'auberge, les soldats éméchés, le serveur qui traînait. Et le fusilier qui les fixait toujours d'un regard d'aigle prêt à fondre sur sa proie.

— J'aimerais que nous parlions, mais dans un endroit plus calme... Tu as une idée ?

— Pas vraiment... A moins que tu ne veuilles monter dans ma chambre ?

Elle lui fit un sourire timide.

— Je dois t'avouer que je redoute d'y remonter seule.

Bryan lui prit le bras.

— Allons-y.

Ils atteignaient l'escalier lorsque le fusilier se leva et se dirigea vers eux.

— Madame Saybrooke, puis-je vous parler ?

— Pas ce soir, lieutenant.

— Je crois que je...

— Je crois que Mme Saybrooke a refusé de vous parler, coupa Bryan, s'interposant entre le fusilier et la jeune femme.

Ce dernier le toisa.

— A qui ai-je l'honneur ?

— Lieutenant Bryan Langford, intervint Audra. Un ami d'enfance. Et un ami d'enfance de Jeremy.

Puis elle continua à contrecœur.

— Bryan, je te présente le lieutenant Mark Allensby du 95e régiment d'infanterie.

Le fusilier blond toisait Bryan d'un air plein de mépris.

— Je suppose que cet officier m'a devancé ? demanda-t-il. A moins que son offre ne soit plus valable que la mienne ?

Il se mit à rire.

— J'en doute, ma chère Audra. Nous nous verrons demain, ou plus tard… Vous savez déjà que je suis un homme patient.

Et avec une assurance étonnante malgré la quantité de vin qu'il avait bue, il s'inclina devant la jeune femme.

— Vous pouvez toujours en retarder le moment, mais nous finirons bien par avoir une petite conversation, vous et moi.

« Seulement après avoir goûté de mon épée », songea aussitôt Bryan dont la colère montait au fur et à mesure que l'homme parlait.

Il l'interrompit.

— Mme Saybrooke vous souhaite une bonne nuit, dit-il pour Audra.

Il monta l'escalier, la jeune femme à son bras. Ils n'échangèrent pas un mot jusqu'à la chambre.

La pièce était petite et nue. Un coffre, une table de toilette et un secrétaire en constituaient l'unique ameublement. Un lit se tenait en son milieu. A sa vue, Bryan tourna la tête et s'interdit de penser aux ébats qui s'y étaient déroulés. Il marcha vers le secrétaire et s'assit sur un coin de la table, laissant l'unique chaise à Audra.

Cette dernière paraissait épuisée et désespérée. Il aurait voulu la prendre dans ses bras, la porter sur le lit, s'y allonger avec elle et la tenir contre lui pour la réchauffer de sa tendresse pendant cette longue nuit solitaire à venir.

Bryan sourit à cette pensée incongrue. L'aurait-il tenue dans ses bras dans ce grand lit qu'il aurait eu envie de lui faire l'amour, en dépit des tristes événements de ces derniers jours et de son désir sincère de la consoler.

Audra étant à bout, il répugnait à l'interroger sur sa situation, mais il fallait qu'il en ait le cœur net. Sinon, il ne repartirait pas l'esprit tranquille, ce soir. Le temps lui était compté, car il n'avait obtenu qu'un jour de permission. Il ne pouvait donc différer son retour plus longtemps, son colonel ayant été intraitable sur la durée de son absence. Bryan n'avait pas envie d'encourir ses foudres en rentrant au campement avec du retard.

— Que vas-tu faire, maintenant, Audra ?

— Suivre l'expédition jusqu'à Lisbonne et rentrer en Angleterre...

— Avec quel argent ? l'interrogea Bryan rudement.

Sans lui laisser le temps de répondre, il posa sur la table le fermoir en diamant.

— Que feras-tu quand tu n'auras plus de bijoux à vendre pour payer ta nourriture pendant ton voyage ?

Un silence tomba.

— Tu as suivi Maria, tout à l'heure ?

Elle détourna les yeux, incapable d'affronter son regard brillant et intense. Puis elle exhala un long soupir.

— Jeremy t'a laissé un peu d'argent ? reprit Bryan, intraitable. Tu ne dois pas avoir grand-chose en poche si tu as payé le dîner des funérailles avec un bijou.

Elle leva les yeux sur lui. Il lut la honte et l'incertitude sur son visage.

— Dis-moi la vérité, Audra. Jeremy était mon ami, il aurait voulu que je t'aide. Si c'était moi qui étais confronté à une situation difficile, tu voudrais m'aider, n'est-ce pas ?

Un faible sourire éclaira les traits tirés de la jeune femme.

— Oui, bien sûr... En fait, Jeremy ne m'a rien laissé, sauf des dettes exorbitantes. J'ai vendu son uniforme et ses armes ainsi que la plupart de mes bijoux. Mais cela n'est pas suffisant pour éponger toutes ses dettes...

— Comment vas-tu faire ? Comment vas-tu survivre jusqu'à Lisbonne ?

Elle ferma les yeux et appuya sa tête contre sa paume.

— Je n'en sais rien, Bry...

Une bouffée de colère contre Jeremy envahit Bryan. Il reprit la parole, la voix dure :

— Il faut trouver une solution, Audra ! Tu viens de me dire que tu as vendu presque tout ce que tu possédais. A moins que tu n'aies des pierres précieuses cachées sous ton matelas, je vois mal comment tu pourras aller jusqu'à Lisbonne !

— Je n'ai pas encore vendu mon cheval..., prononça-t-elle d'une voix hésitante.

— Tu n'en tireras rien.

— Il me reste encore quelques bagues et des bracelets.

— Ce sera insuffisant.

Elle le dévisagea, les yeux brillants de larmes.

— Je ne sais pas, Bryan ! Bon sang, je n'en sais rien !

Elle n'acheva pas, un sanglot lui échappa. Puis, comme si elle avait épuisé toutes ses ressources, elle enfouit sa tête entre ses mains et se mit à pleurer.

Bryan fut aussitôt pris de remords.

— Audra… Je suis désolé. Le ciel m'est témoin que je ne voulais pas…

Mais ses excuses se perdirent dans ses sanglots déchirants. Elle pleurait si fort qu'elle en tremblait de tous ses membres.

Au bout d'un instant, chaviré par sa détresse, Bryan ne put rester sans agir. Il s'approcha d'Audra, la souleva dans ses bras et la porta jusqu'au lit. Il s'y assit et la garda sur ses genoux pendant qu'elle continuait de pleurer. Toute la colère de Bryan contre Jeremy s'évanouissait maintenant qu'il la tenait contre lui, impuissant, le cœur rempli d'émotion. Enfin, Audra cessa de pleurer. Elle sembla faire un gros effort sur elle pour se reprendre.

— Je suis désolée, Bry…, hoqueta-t-elle.

— Chut… ça n'est rien, Audra.

Il essuya ses joues humides. Elle se laissa faire, confiante, visage offert.

Un silence tomba.

Après un instant, elle rouvrit les yeux. Puis elle sembla se rendre compte de l'endroit où elle se tenait, de ce qu'elle faisait. Au plus vif regret de Bryan, elle s'empourpra violemment.

— Je suis désolée…

Bryan posa la main sur le lit.

— Assieds-toi, maintenant. Ce lit est plus confortable que cette méchante chaise. Nous devons décider de ce que nous allons faire.

Elle lui sourit à travers ses dernières larmes.

— Je te reconnais bien là, Bry. Direct et sans détour.

— Nous sommes amis, Audra, alors inutile de tourner autour du pot en se faisant des politesses.

Bryan se leva, prit la carafe de vin sur la table de nuit et se remplit un verre.

— Laisse-moi t'aider. Je vais calculer le montant total des dettes de Jeremy. Je les épongerai et je te ramènerai à Lisbonne. Et si tu écris à lord Cranmore, je suis certain qu'il t'avancera la somme nécessaire pour rentrer en Angleterre.

— Le frère de Jeremy me déteste. Il n'a jamais accepté que j'épouse Jer.

— Mais il t'enverra l'argent nécessaire pour ton retour…

— Sans doute. Mais je ne me fais pas d'illusion sur l'accueil de ma belle-sœur Amelia, Bryan, reprit Audra avec lassitude. Elle est mauvaise comme la gale. Elle aussi, elle ne m'a jamais aimée.

Bryan imaginait très bien le sort que la femme du frère aîné de Jeremy réserverait à Audra. Fille de duc, Amelia n'avait jamais caché son dédain pour Audra, fille d'un pasteur de campagne que Jeremy avait eu la folie d'épouser. Le vieux comte aimait

Audra qu'il trouvait vive et spirituelle. Il ne supportait pas l'air raide et compassé de la femme de son fils aîné, toute duchesse et fortunée soit-elle. Mais le vieux lord Cranmore était maintenant mort. Il ne pourrait pas protéger Audra du mépris de la nouvelle comtesse.

— Es-tu certaine que tu ne voudrais pas plutôt rester en Europe ? reprit Bryan.

— Je ne sais pas. En fait, j'aurais aimé retourner vivre auprès de mon père, mais je doute qu'Amelia accepte… Je suis veuve de Jeremy, après tout, j'appartiens à sa famille. Ecoute, Bry, nous sommes amis depuis longtemps, mais je refuse que tu m'avances cet argent pour payer les dettes de Jeremy. Je peux m'arranger avec la femme du colonel et avec les autres femmes d'officier pour voir ce que je peux leur emprunter. Et en vendant ce qui me reste, je parviendrai à réunir la somme nécessaire pour assurer ma subsistance jusqu'à Lisbonne.

— Tu n'y arriveras pas. Les autres femmes ne disposent pas de beaucoup d'argent, crois-moi. N'oublie pas que nous sommes au milieu de nulle part, en pleine campagne militaire…

Bryan secoua la tête.

— Laisse-moi m'occuper de tout. Je vais me faire rembourser certaines dettes de jeu pour disposer de la somme nécessaire. J'ai plus de chance que toi de la rassembler. Et puis, je sais que tu me rembourseras, un jour ou l'autre.

— Il y a autre chose, Bry…

Audra marqua une pause. Elle semblait gênée.

— Tout le monde au régiment sait que Jeremy est criblé de dettes. Tu es mon ami et tu agis par amitié, mais les soldats de son régiment verront la situation d'un autre œil. Si on s'aperçoit que tu as payé les dettes de Jeremy pour moi, tout le monde pensera que j'ai accepté un marché en échange de cet argent. Un marché pas très honorable… Et c'en sera fait de ma réputation.

Elle s'efforça de sourire.

— Et lord Cranmore aura toutes les raisons de me laisser pourrir à Lisbonne.

La vision du fusilier blond traversa l'esprit de Bryan.

— Ce fusilier t'a proposé un tel marché ?

Elle détourna le visage. Son silence fut plus éloquent qu'une réponse.

« Je vais tuer cet homme », se dit aussitôt Bryan. Mais au même instant, il se rendit compte que cette situation lui permettait de réaliser son rêve le plus secret. L'espoir qui couvait dans son cœur depuis qu'il avait appris la mort de Jeremy devenait bien réel. Pourquoi ne pas tenter sa chance, maintenant ?

— Tu as raison, Audra. Il n'y a qu'une solution honorable : épouse-moi.

3.

Audra écarquilla les yeux.

— Me marier avec toi ? Voyons, Bryan, c'est ridicule ! Je ne veux pas te blesser, mais ce serait trahir notre amitié que d'accepter. Tu te sacrifierais pour m'aider à résoudre un problème qui ne te concerne en rien ?

De quel sacrifice parles-tu ? Ça n'en est pas un… J'envisage de me marier un jour, et tu es la seule femme à laquelle j'ai envie de lier mon destin. De plus, je suis certain que notre longue amitié et nos nombreux souvenirs feront de notre union un mariage heureux. Nous n'avons besoin de rien d'autre pour être bien ensemble.

— Même pas de l'amour ?

Audra cilla, puis ferma les yeux.

Bryan lut la douleur de son deuil récent, la perte de son amour sur son visage aux traits tirés.

— Tu as droit à l'amour, Bryan…, reprit-elle d'une voix lente.

« Et pas celui de te sacrifier pour une amie d'enfance… »

Audra ne l'aimait pas. Elle ne l'aimerait jamais. Jeremy serait toujours entre eux. Une boule se forma dans la gorge de Bryan, et un instant, il regretta de lui avoir proposé le mariage.

Il surmonta sa déception et poursuivit :

— Si les circonstances avaient été différentes, tu sais que je ne t'aurais jamais demandé de m'épouser. Il n'est pas question d'amour dans ce mariage, seulement d'amitié. Tu souffres parce que Jeremy est mort, moi aussi. Peut-être pouvons-nous nous soutenir pour surmonter notre chagrin. Le temps fera son travail, et tu iras mieux. Moi aussi...

Il s'interrompit, puis hésita.

— Si tu deviens ma femme, tu pourras aussi rester avec moi en Europe au lieu de rentrer vivre en Angleterre, auprès d'Amelia et du frère de Jeremy.

— Voilà en effet qui mérite réflexion ! avoua-t-elle avec un petit sourire.

— Certes, je ne prétends pas être fils de comte, mais...

— Comme si les titres et la fortune avaient de l'importance à mes yeux !

— Mais Glenwoods est un domaine prospère, continua Bryan sans prêter attention à son intervention. Tu ne manqueras jamais de rien et tu seras reçue à bras ouverts partout.

— Je n'en doute pas une seconde. Ecoute, Bry, ne crois pas que je n'apprécie pas ton offre ou que je mésestime la noblesse de ton cœur. Je sais que ce serait la fin de mes problèmes si j'acceptais... Mais je pense aussi à l'avenir. Peut-être regretteras-tu ce mariage si un jour tu rencontres une femme dont tu tombes vraiment amoureux.

« Mais c'est toi que j'aime depuis tes seize ans. C'est toi que je demande en mariage parce que tu es la seule femme que j'aime et que j'aimerai jamais. »

Seules la peur et la prudence firent tenir sa langue à Bryan. Ce serait du pire mauvais goût de faire cet aveu à Audra alors que son mari était fraîchement enterré. Sa réaction serait sans doute désastreuse, voire hostile. Si elle était consciente de la profondeur de ses sentiments à son égard, la connaissant, elle refuserait catégoriquement de l'épouser et de fonder leur futur ménage sur un tel déséquilibre.

Mieux valait lui laisser penser que leur mariage était basé sur une affection mutuelle.

— Je sais ce que je veux, reprit-il. Je ne rencontrerai jamais une femme envers laquelle j'aurai autant d'amitié que toi…

Ce qui était la stricte vérité.

— Les hommes sont pragmatiques, mais j'imagine que les femmes ont une vision infiniment plus romantique du mariage et de l'amour ?

— Moi je ne l'ai plus…, convint-elle d'un air triste.

— Alors épouse-moi.

— Je ne sais vraiment pas, Bry. Ce mariage n'est pas raisonnable. En général, d'ailleurs, le mariage ne l'est pas…

— Comment peux-tu dire une chose pareille ? Tu as été mariée pendant deux années à Jeremy !

Audra fit une grimace.

Bryan s'en voulut d'avoir prononcé son prénom et de raviver ainsi son chagrin tout récent. Il essayait de trouver des mots réconfortants quand elle prit la parole.

— Tu ne peux pas comprendre, Bry. Je ne peux pas me marier avec toi, c'est tout…

Elle rougit et se tut. Bryan l'observait, étonné et sceptique. Soudain Audra soupira, puis se jeta à l'eau.

— Le mariage implique un certain nombre de choses. Les hommes attendent de leur femme que… Tu vois ce que je veux dire ? Et je ne pourrai jamais.

Bryan fut presque soulagé de cette confession. Il s'attendait à pire. Mais là, rien n'était encore perdu.

— Mon Dieu, Audra, quel homme crois-tu que je sois ! Je ne suis pas un monstre ! Je ne te demanderai pas de…

Il s'interrompit. Elle détourna les yeux.

— Mais un jour ou l'autre, tu désireras des enfants…

— Sans doute, prononça-t-il d'une voix prudente.

« Je ne veux pas d'autre mère que toi pour mes enfants… », acheva-t-il en silence.

— Je ne suis pas certaine que je pourrai un jour…

Elle s'interrompit, puis reprit :

— Non, Bry, ça n'est vraiment pas possible. Oublions cela…

Il prit son visage entre ses mains.

— Je te comprends, Audra. Ce mariage est une décision difficile, mais tu as le temps d'y réfléchir. Si tu trouves une autre solution pour arriver à Lisbonne et payer les dettes de Jeremy, libre à toi. Je veux seulement te rendre service, pas te mettre le couteau sous la gorge.

Elle ferma de nouveau les yeux, puis les rouvrit.

— En fait, il y a peut-être une autre solution..., murmura-t-elle d'une voix lente.

Bryan sentit son cœur se décrocher dans sa poitrine, mais il se ressaisit. Il se battrait pour convaincre Audra de l'épouser. Il réussirait. Il était sur le point de lier son existence à celle de la jeune femme, le rêve de sa vie, un espoir qui avait volé en éclats quelques années plus tôt. Le destin aurait été cruel de lui retirer cette chance incroyable maintenant.

— Le mariage est à mon avis la seule solution honorable, expliqua Audra. Mais pourquoi ne pas faire un marché honnête qui nous préserve tous les deux de l'avenir ? Si tu peux m'accompagner à Lisbonne, j'accepte de t'épouser et j'accepte aussi que tu paies les dettes de Jeremy. Mais à une condition. Notre mariage sera un mariage de convenance temporaire... Sans me vanter, je crois pouvoir te dire que je suis une excellente femme d'officier. Je m'occuperai de tes billets de logement, de l'entretien de ton équipement, de tes repas pendant toute l'expédition. Mais quand nous arriverons à Lisbonne, je veux que ce mariage soit annulé. Tu retrouveras ta liberté, je retrouverai mon honneur. Hormis l'argent que je te devrai, nous serons quittes.

Bryan écoutait avec attention. Il n'avait pas du tout prévu cette solution... Mais il essaya de faire bonne figure et émit la seule objection capable d'ébranler la volonté de la jeune femme.

— Il n'en reste pas moins que ton avenir demeurera incertain, Audra.

— J'aurai le temps d'y réfléchir jusqu'à Lisbonne. Je crois vraiment que c'est la solution idéale, Bry ! Je n'accepterai pas ce mariage à d'autres conditions, un point c'est tout.

En dépit de l'extrême fatigue de la jeune femme, Bryan reconnaissait sa résolution. Le menton levé avec un air de défi, le regard étincelant, il retrouvait l'ancienne Audra, rebelle et indomptable. Depuis l'enfance, elle avait cette obstination. A dix ans, par exemple, elle avait affiché la même détermination pour monter un pur-sang, alors qu'elle était trop petite pour mettre les pieds dans les étriers. Il connaissait trop bien ce regard. Il savait qu'elle n'en démordrait pas.

Que faire, sinon accepter les termes de ce marché, même s'ils ne lui convenaient pas ? Il ne pouvait tout de même pas laisser Audra à la merci d'un Allensby ou de lady Amelia Cranmore ?

Puis un nouvel espoir s'insinua en lui. Rien n'était perdu. Audra lui avait dit qu'elle réfléchirait à l'avenir jusqu'à Lisbonne.

Mais cet espoir restait bien fragile. Le voyage serait court, de plus, il craignait qu'Audra, inconsolable, ne prenne pas conscience de sa tendresse et de son amour pour elle. Quelle femme jetterait les yeux sur un autre homme après le deuil récent d'un mari bien-aimé ? Mais Bryan n'avait pas le choix. Il n'avait que trois semaines pour conquérir une jeune femme éprouvée...

Il se montrerait affectueux, compréhensif et attentionné. Au moment où ils arriveraient à Lisbonne, elle serait peut-être conquise par sa patience et peut-être capable d'entendre sa déclaration d'amour. Qui sait si elle n'accepterait pas de donner une véritable chance à leur mariage ?

C'était mieux que rien, alors il se rendit à sa décision.

Bryan posa un genou devant Audra et sourit.

— Madame Saybrooke, acceptez-vous de devenir ma femme ?

— Et vous, lieutenant Langford, acceptez-vous un marché honnête, un mariage temporaire qui prendra fin quand nous arriverons à Lisbonne ?

— J'accepte cet honnête marché, dit-il avec un sourire contraint.

— Alors, lieutenant Langford, j'accepte de devenir votre femme avec joie.

Il était presque minuit. La lune brillait dans le ciel quand Bryan regagna son campement. Comme il s'y attendait, les lampes brûlaient toujours sous les tentes de l'état-major. Profitant du beau clair de lune, de nombreux soldats discutaient dehors ou jouaient aux cartes. Bryan fut heureux de reconnaître Charles Marsden parmi eux.

— Bienvenue au bercail, Bryan ! Et de nouveau, toutes mes condoléances pour la mort de ton ami… As-tu aidé sa jeune veuve à mettre ses affaires en ordre ?

— D'une certaine façon, oui. Ecoute, Charles, je vais te paraître bien impatient ou brusque, mais je vais avoir besoin de cet argent que je t'ai prêté à Roiça. De plus, j'aimerais que tu demandes à Henry et à Richardson qu'ils me remboursent leurs dettes de jeu. Peux-tu me dire où se trouve le chapelain, ce soir ?

— Je pense qu'il est dans la tente de l'infirmerie avec les blessés. Tu as besoin de réconfort ? Je te comprends...

Mais Bryan sourit d'un air contraint.

— Pas vraiment. Je dois lui demander un petit service. En fait, je me marie demain.

Marsden éclata de rire. Mais il s'arrêta net, quand il s'aperçut que Bryan restait sérieux comme un pape.

— Toi te marier..., dit-il enfin incrédule. Tu es sérieux !

— Oui. Peux-tu faire prévenir le chapelain ? reprit Bryan. J'ai tellement à faire jusqu'au mariage.

— Tu es donc vraiment sérieux... Et puis-je savoir qui est l'heureuse élue ?

Le lieutenant se tut aussitôt. Ses yeux s'agrandirent. Il avait compris.

— Bon sang, Bryan, ne me dis tout de même pas que tu vas épouser la veuve de Jeremy Saybrooke !

— Eh bien, si.

— Mais pourquoi ? Et surtout, pourquoi avec cette hâte ?

Bryan résuma la situation d'Audra en quelques mots.

— J'applaudis ta grandeur d'âme, Bry, mais tu ne crois pas que tu pousses l'amitié un peu loin ? C'est tout de même une décision qui t'engage définitivement.

—J'espère bien que ce mariage durera toute la vie, Charles ! Mais rassure-toi, je ne suis pas complètement fou. J'épouse Audra Saybrooke parce que je l'aime depuis des années. Depuis ses seize ans. Je n'ai jamais voulu épouser une autre femme...

Marsden médita ses dernières paroles.

— Vu sous cet angle, en effet, c'est différent. Je comprends mieux ta décision. Mais connaît-elle tes sentiments ?

— Tu es fou ! Comment lui faire une déclaration d'amour le jour où elle enterre son mari, alors qu'elle est plongée dans l'affliction !

— C'est vrai, cela aurait été malvenu, convint Charles. Mais que se passera-t-il, plus tard, quand tu découvriras que cette jeune femme ne répond pas à tes sentiments avec la même intensité ?

— J'essaie de ne pas y penser et j'espère un miracle...

Bryan se refusait à confesser à Charles, pourtant l'un de ses meilleurs amis, la nature du marché qu'il avait passé avec Audra.

— De toute façon, vu les circonstances, qu'aurais-tu fait à ma place ?

Charles soupira.

— Ce que l'honneur me demandait de faire... Quand aura lieu le grand événement ?

— Je ramènerai Audra au campement demain et la cérémonie aura lieu aussitôt après.

— Eh bien, il ne me reste plus qu'à te présenter mes meilleurs vœux de bonheur...

Bryan serra la main que son ami lui tendait.

— Merci, Charles... J'espère que je serai heureux...

Et il pria de tout son cœur pour que ses bonnes intentions suffisent.

Bryan n'avait jamais pensé à la façon dont se déroulerait sa nuit de noces, mais il n'aurait jamais imaginé qu'il la passerait à calculer le total des reconnaissances de dettes et des factures de Jeremy Saybrooke dans une chambre d'auberge pendant que son épouse silencieuse, assise à son côté, était en train de brosser sa veste.

Le total des dettes était si élevé que Bryan en fut effaré. Il savait que Jeremy jouait et pariait, comme tous les officiers, mais il n'aurait jamais pensé que son ami se montrerait aussi imprudent avec une femme à charge et surtout, qu'il continuerait de jouer malgré ses pertes croissantes. Il n'en croyait vraiment pas ses yeux. Il comprenait mieux pourquoi Audra était si bouleversée le jour des funérailles.

La colère contre Jer lui serrait la gorge et se mêlait à d'autres troublantes sensations. Gêne, timidité et passion. Depuis que les amis officiers de Bryan les avaient laissés seuls, après l'échange de leurs vœux et une brève réception, le silence était tombé entre lui et Audra. Bryan était intimidé. Audra semblait triste et pensive.

Il soupira. Il aurait tant aimé une cérémonie joyeuse, avec leurs amis et leur famille et une fin de dîner ponctuée par des félicitations, des vœux de bonheur et des baisers.

Afin d'apaiser la tension qui croissait entre eux depuis le début de la soirée, Bryan tendit à Audra une facture à l'enseigne d'un célèbre bijoutier de Lisbonne.

— Jeremy n'a jamais réglé ces boucles en diamants… Imagine un peu, elles vont me coûter le prix de leur achat et celui de leur rachat à Sanchez, l'orfèvre du village ! Je vais les payer deux fois !

Audra cessa de brosser sa veste et observa le papier vélin gaufré, facture d'un grand orfèvre de Lisbonne. Pendant un instant, elle se figea, puis elle se remit à brosser le vêtement sans mot dire. Mais ses mains tremblaient imperceptiblement.

— Une fois seulement, Bry…, dit-elle, une légère ironie dans la voix. Ces boucles en diamants ne comptent pas parmi les bijoux que Maria a vendus à Sanchez.

Il fronça les sourcils, interrogateur.

— Je n'ai jamais vu ces boucles en diamants, reprit Audra. Elles ne m'étaient pas destinées.

Bryan mit un instant pour comprendre ce qu'elle sous-entendait.

— Tu veux dire que Jeremy avait une autre femme dans sa vie ? demanda-t-il éberlué.

Audra continuait de brosser sa veste avec des gestes mécaniques. A sa question, elle eut un rire sans joie.

— Une femme ? Non, *des* femmes… Des Espagnoles, des Portugaises, des femmes de chambre, des lingères. Je crois même qu'il a conquis une comtesse. Voyons, tu ne savais pas que Jer me trompait, Bryan ?

Elle prit une grande inspiration.

— C'est curieux, tout le monde le savait, pourtant ? Sa réputation de joli cœur avait dépassé les limites de son régiment.

Bryan la fixait, les yeux écarquillés et bouche bée. Il semblait vraiment choqué par cette nouvelle.

— Je te jure que je n'en savais rien... Je suis confondu, je ne sais pas quoi dire, Audra...

Elle haussa les épaules, lui faisant ainsi comprendre qu'il n'y avait rien à dire. Elle continua tranquillement de brosser sa veste. Ses mains ne tremblaient plus, elle s'était ressaisie.

— Jeremy n'avait pas l'intention de m'emmener sur le continent, au début de la guerre, raconta-t-elle d'une voix paisible. C'est moi qui l'en ai supplié. A cela, une explication... J'étais enceinte de trois mois quand nous nous sommes mariés, et je ne voulais pas affronter seule l'étonnement des gens lorsque le bébé naîtrait six mois seulement après notre mariage. Je ne voulais pas non plus lire la déception et la honte sur le visage de mon père. Je n'aurais pas supporté la réprobation du vieux lord Cranmore et le mépris d'Amelia. Elle aurait dit qu'elle s'y attendait, qu'elle se doutait que ce mariage précipité cachait quelque chose. Qu'une fille de vicaire ne pouvait pas impunément prendre le cœur du fils d'un comte sans qu'il y ait anguille sous roche...

Elle eut un rire forcé.

— Je pensais que ce voyage en Europe serait une grande aventure. J'étais jeune, folle amoureuse de Jer...

Sa voix se brisa. Elle s'interrompit.

— Mon Dieu, je l'aimais tellement..., reprit-elle d'une voix étouffée. Je pensais que cet amour suffirait à nous rendre heureux. Mais je me suis trompée...

Bryan n'en croyait pas ses oreilles. Jer avait trahi Audra et les vœux de leur mariage. Il pensait à la honte que la jeune femme devait éprouver. Au fur et à mesure qu'elle lui confiait sa pénible histoire, il avait envie de la réconforter.

— Je suis désolé, Audra... Je ne sais pas quoi dire... Je n'ai malheureusement aucune explication à te donner pour justifier le comportement de Jer. En tout cas, je sais qu'il t'aimait.

Audra s'essuya les yeux et se tourna vers lui. Son visage afficha une légère ironie.

— Oh, vraiment ? Jer disait tant de choses, Bry... Chaque fois que je découvrais une nouvelle... défaillance, il me suppliait de lui pardonner. Il me promettait de ne plus jamais recommencer. Du moins au début... Après...

Son regard se voila, et se perdit dans un monde de souvenirs douloureux qui n'appartenaient qu'à elle. Elle sourit avec mélancolie.

— Tu sais comment était Jer... Si gai, si séduisant et si charmeur... Il attirait la sympathie des hommes, et les femmes l'adoraient. Il était incapable de leur résister. Peut-être pensait-il qu'il ne serait pas un gentleman s'il les repoussait.

Un peu d'amertume transparut dans ces derniers mots. Sa voix fléchit.

— Il suffit qu'un homme prononce le mot « amour » à une femme pour qu'elle perde la tête et accepte tout de lui... Ce mot, c'était le sésame de Jeremy...

A son regard lointain, Bryan comprit qu'elle ne faisait pas allusion aux écarts de Jeremy, mais à elle-même. Deux ans plus tôt, Audra était une jeune fille fraîche, vive et spontanée. Aujourd'hui, elle était une femme brisée, trompée et endeuillée. Parce que Jer l'avait trahie et avait joué de ses sentiments.

La rage s'empara de Bryan. Si son ami n'avait déjà été mort, il l'aurait étranglé !

Il n'eut pas le temps de se ressaisir et de trouver les mots pour réconforter Audra. Déjà elle secouait la tête comme si elle voulait rompre le charme du passé. Son expression redevint neutre.

— Maintenant, tu comprends pourquoi je répugnais à me remarier... Surtout avec un homme qui n'est pas amoureux de moi, dit-elle. Grâce à Dieu, nous avons toujours été amis, Bry. Les meilleurs amis du monde, n'est-ce pas ? La situation est embarrassante, mais nous y ferons face. Je te remercie encore pour ta générosité...

Un petit silence tomba.

— Je te laisse. Je vais voir si l'aubergiste ne peut pas nous faire servir du thé.

Serrant les dents, Bryan la regarda s'éloigner. Il refrénait avec peine le désir de la prendre dans ses bras et de la serrer contre lui, un peu comme hier, quand elle avait éclaté en sanglots après les funérailles de Jeremy. Il aurait voulu lui démontrer que l'amour d'un homme pouvait être plus profond et pas seulement basé sur des relations physiques.

Mais en évoquant leur amitié, Audra avait érigé un mur entre eux. Bryan pressentait que s'il lui faisait un aveu imprudent, elle ne le supporterait pas.

Il saisissait une autre facture quand il fut assailli par une pensée lugubre. En cachant ses véritables sentiments pour elle et en se montrant simplement fraternel, n'avait-il pas commis une erreur ? Exprimer son amour aurait été déplacé, hier, mais au moins aurait-il été sincère. Audra aurait peut-être apprécié sa franchise même si elle aurait réprouvé ses sentiments ?

Puis Bryan songea aux jours à venir, à leur voyage jusqu'à Lisbonne.

La rumeur disait que Soult marchait pour rejoindre les généraux français déployés contre les troupes anglaises. En dépit de la victoire des Anglais à Talavera, Wellington allait devoir abandonner son projet initial de marcher sur Madrid pour se replier sur la forteresse de Badajoz, au Portugal.

De Badajoz, il faudrait une nuit pour atteindre la capitale portugaise.

Bryan soupira. Il aimait Audra, mais il avait prétendu que leur mariage serait placé sous le signe de l'amitié. Il avait aussi accepté que leur union soit temporaire. Il avait menti sur ses sentiments et sur ses intentions.

Audra souffrait dans sa chair et dans son corps. Elle pleurait un mari infidèle et elle avait peur de l'amour comme d'une maladie incurable.

Une difficulté imprévue qui compliquait la situation…

Ils seraient à Lisbonne dans trois semaines. En si peu de temps quelles étaient ses chances de convaincre la seule femme qu'il ait jamais aimée de faire de leur mariage temporaire un mariage pour la vie ?

4.

Audra était dans la cuisine de l'auberge. Elle plaça la théière et les tasses sur un plateau. Ses mains tremblaient, mais sans doute ce tremblement s'expliquait-il par son immense fatigue ? Elle était épuisée après trois nuits sans sommeil et toutes ces émotions accumulées.

Durant cette journée, elle avait réussi à garder son calme au prix d'un gros effort et en se persuadant qu'elle était à l'extérieur des événements qui se déroulaient. Certes, elle y jouait le premier rôle, certes ces événements étaient d'une importance capitale et décidaient de son avenir, mais elle n'avait cessé de se répéter qu'elle vivait un rêve. Sa fatigue qui la faisait vaciller lui permettait d'entretenir cette illusion. Mais la réalité la rattrapait doucement…

Elle avait désespérément besoin de dormir après cette longue journée pleine de péripéties.

Elle avait quitté le régiment de son mari pour celui de Bryan, sans joie ni regret. Elle ne verrait plus ces faces de carême, ces visages apitoyés et ces regards embarrassés qui saluaient son passage. Tout le monde savait que Jeremy l'avait trompée, qu'il lui laissait de nombreuses dettes et qu'elle était sans le sou. En quittant le 95e régiment, elle quittait des souvenirs, le passé… Elle repartait de zéro.

Maintenant, elle avait rejoint le régiment de Bryan. Elle se retrouvait dans la chambre de Bryan. Si elle voulait dormir, elle devait s'allonger dans le lit de Bryan.

Pourquoi avait-elle accepté de l'épouser ?

La partie de son cerveau encore lucide et épargnée par la fatigue lui soufflait qu'elle ne devait pas chercher à comprendre. Elle avait agi poussée par le désespoir, elle avait été irrationnelle.

Audra ferma les yeux et revit la cérémonie de son mariage avec Bryan. Elle se remémora les vœux qu'elle avait prononcés devant le chapelain. Elle se rendait compte de l'énormité de ses actes. La peur et l'inquiétude tapies dans un coin de son esprit durant cette journée étaient revenues l'assaillir dès qu'elle avait pénétré dans la chambre de Bryan, sombre et pleine d'ombres angoissantes. Comme celles qui envahissaient en son esprit épuisé. Elle avait peur, elle se sentait vulnérable comme jamais.

Audra regarda le sceau gravé de la chevalière que Bryan lui avait donnée, faute d'alliance. Seigneur, elle était mariée avec Bryan Langford ! En dépit de l'accord qu'ils avaient passé, aux yeux de la loi des hommes et de Dieu, elle appartenait à Bryan Langford. Ce dernier pouvait disposer de ses biens et de son corps…

Audra prit une grande inspiration et s'exhorta au calme.

Bryan lui avait promis qu'il ne la toucherait pas. Bryan ne mentait jamais. Elle en avait eu plusieurs fois la preuve, durant leur enfance et leur adolescence. Il avait même déclaré avoir choisi de servir chez les dragons de Dunbar à cause de leur devise : « Vérité et bravoure. »

Bryan était un homme d'honneur et de parole, il ne romprait pas sa promesse. Mais trop fatiguée pour réfléchir posément, Audra fut soudain assaillie par un affreux doute. Le lui avait-il vraiment promis ou avait-il seulement promis de la délier de leur mariage à leur arrivée à Lisbonne ?

C'était terrible, elle ne se souvenait plus.

En revanche, une autre image lui revenait avec une netteté troublante. Elle se revoyait nichée contre lui, le soir de l'enterrement de Jer, le menton contre sa veste de whipcord. Bryan était plus grand et plus fort que Jeremy. S'il décidait d'exercer son droit conjugal, elle ne pourrait rien faire pour l'en empêcher. Elle n'avait aucun ami, aucune alliée dans ce régiment. Maria, sa femme de chambre, l'avait suppliée de la laisser avec ses amies du 95e régiment. Audra était seule, et elle n'était pas assez forte pour se mesurer à Bryan. Et une femme qui se refusait à un homme attisait son désir au lieu de le refroidir. Elle le savait d'expérience, hélas.

Un éclair de lucidité lui fit de nouveau recouvrer ses esprits.

Elle était ridicule ! Jamais Bryan n'userait de sa force contre elle. Il avait sauvé sa réputation et son honneur. Elle était plus en sécurité avec Bryan qu'avec n'importe qui. Elle n'avait, en effet, aucune illusion sur le sort qui lui aurait été réservé si elle avait accepté l'offre du lieutenant Allensby.

De plus, Bryan n'était pas un compagnon de beuverie et de ribaude de son mari, mais un ami d'enfance. Elle le connaissait bien, elle ne risquait rien avec lui. Mais de nouveau, une légère angoisse revint étreindre son cœur.

Elle ne l'avait guère vu, durant ces deux dernières années. La guerre pouvait changer un homme. Comme elle pouvait aussi changer une femme... Et puis, avant son mariage, elle pensait aussi connaître Jeremy.

Audra soupira. Grâce à un souvenir d'enfance, elle trouva l'image idéale qui résumait son existence. Petite fille, elle avait un jour emprunté le châle de sa grand-mère sans sa permission et avait joué avec. Sa sœur l'avait surprise et avait voulu le lui prendre. Une dispute s'était ensuivie. Quand sa sœur le lui avait arraché des mains, Audra avait résisté. C'est avec désespoir qu'elle avait vu le galon frangé du beau châle se défaire sur toute la longueur...

Ainsi en était-il de sa vie.

Effrangée, effilochée, il n'en restait plus qu'un lambeau...

Dieu, elle était épuisée, elle délirait. Il fallait qu'elle dorme. Quoi que le destin lui réserve, cette nuit, elle ne pourrait l'éviter. Alors Audra étouffa un soupir, prit le plateau et remonta jusqu'à la chambre de Bryan.

Quand elle entra, il était toujours assis à son bureau devant une pile de factures et de reconnaissances de dettes. Concentré, il ne leva pas les yeux sur elle. Audra fut mal à l'aise. Peut-être avait-elle commis une erreur en lui révélant que Jeremy était un noceur et un cavaleur.

Bryan devait avoir pitié d'une femme qui n'avait pas été capable de quitter un mari qui la trompait ouvertement. Il devait penser qu'elle n'avait plus ni estime de sa personne ni force de caractère en dépit de sa bravoure…

Puis la jeune femme s'arracha à ses pensées et jeta un regard d'envie et d'appréhension sur le lit. Quoi qu'il arrive, elle ferait face. Ces deux dernières années lui avaient prouvé qu'elle pouvait résister à tout.

— Le thé est prêt…, dit-elle pour rompre le silence.

Bryan releva aussitôt les yeux. Son visage s'éclaira à sa vue. Sous son regard franc, l'anxiété d'Audra s'apaisa.

— Pose le plateau ici, lui dit-il. Il n'y a guère de place ailleurs.

Il fit un peu de place sur le bureau.

Audra obéit, en évitant soigneusement de le regarder. Elle sentit ses yeux peser sur elle alors qu'elle servait le thé. Sa tâche accomplie, elle s'éloigna, refusant la chaise que lui offrait Bryan. Elle resta debout auprès de la fenêtre, redoutant de s'asseoir sur le lit. Son geste aurait pu être interprété comme une invitation de sa part… Elle voulait éviter toute ambiguïté.

Bryan fit la conversation pendant qu'ils buvaient le thé, Audra répondait du bout des lèvres, sans réfléchir.

A la fin, Bryan posa brusquement sa tasse sur le bureau.

— Tu es épuisée, Audra. Pourquoi ne te couches-tu pas ?

Elle humecta ses lèvres.

— Tu as raison… Je crois que je vais me coucher…, murmura-t-elle.

— Ne t'occupe pas du plateau, je le redescendrai avant de me coucher.

Le dernier espoir d'Audra fut anéanti. Elle avait espéré qu'il ne coucherait pas dans sa chambre, cette nuit.

Le regard fixé sur son dos, elle se dirigea vers le lit et s'y assit. Elle se pencha pour retirer ses chaussures. Puis, le cœur battant avec violence, elle s'allongea.

Bryan se détourna et lui sourit.

— Tu dois vraiment être épuisée… Tu ne veux pas retirer ta robe et défaire ton chignon ? Je vais t'aider si tu veux.

— Non ! cria aussitôt Audra.

Ou du moins crut-elle avoir crié. La panique l'avait sans doute rendue muette.

Déjà Bryan venait à son côté et retirait ses épingles à cheveux.

— Non ! cria-t-elle de nouveau.

Une larme coula sur sa joue alors qu'elle interceptait son geste. Interdit, Bryan baissa les yeux sur elle. Il comprit. Tout son sang se retira soudain de son visage.

— Mon Dieu, Audra, ne me dis pas que tu as peur de moi ! J'espère que tu ne t'imagines pas que…

Il n'acheva pas et bondit du lit comme s'il s'y était brûlé. Puis, pendant qu'elle le regardait, immobile et pâle comme une statue de marbre, il se dirigea vers la table, sortit un pistolet de son holster et le lui tendit.

— Dors avec ce pistolet à côté de toi, Audra. Je le reconnais, tu es magnifique, je te désire, mais je te donne ma parole d'honneur que je ne te toucherai pas. Si je lève le petit doigt sur toi, tue-moi !

Pendant une minute interminable, Audra fixa le pistolet que Bryan lui tendait. Puis, quand la tension de ses nerfs mis à dure épreuve devint insupportable, elle parla.

— Quelle idée magnifique, Bry, persifla-t-elle entre rire et larmes. Comme cela, je serai pendue haut et court pour le meurtre de mon mari. Le viol de son épouse par son époux n'est pas illégal !

Bryan tressaillit, reposa le pistolet sur la table et éclata de rire.

Passé le premier instant de surprise, Audra joignit son rire au sien. Mais elle était si fatiguée et si nerveuse que son rire confinait à l'hystérie.

— Je suis désolée, Bry..., dit-elle quand elle reprit son souffle. Je suis désolée pour toutes ces larmes qui ne cessent de couler, pour toutes ces factures, pour tout... Je n'avais pas l'intention d'insulter ton honneur, Bry. Pardonne-moi, je ne suis pas moi-même, ce soir...

Il fit un geste vers le lit, lui demandant ainsi l'autorisation de s'y asseoir. Audra hocha la tête. Il prit place à côté d'elle. Il lui tendit gentiment la main. Elle ne le repoussa pas.

— Ne crains rien, je comprends. Tu as appris la mort de ton mari, tu l'as enterré, tu t'es remariée et tu as abandonné le régiment avec lequel tu voyageais depuis près de deux ans pour un nouveau. Je comprends que tu ne sois pas toi-même. Si tu ne réagissais pas, je penserais que tu es de marbre…

Elle eut un sourire timide et serra sa main. C'est alors qu'elle s'aperçut que les jointures de ses doigts étaient à vif. Son autre main était également blessée.

Bryan se dégagea et haussa les épaules en lisant sa question muette au fond de ses yeux.

— Ce n'est rien… J'ai eu un léger différend avec le lieutenant Allensby. Quand je lui ai remboursé les dettes de Jeremy, il n'a pas montré le respect et la reconnaissance que j'attendais de sa part.

— Tu t'es battu avec lui ? J'en suis ravie !

Bryan se mit à rire.

— Réjouis-toi surtout que je n'ai pas été mis en prison et que notre mariage ne se soit pas déroulé en présence du prévôt ! Si les amis du lieutenant Allensby ne m'avaient pas retenu, je crois que je l'aurais étranglé !

Il redevint sérieux.

— Tu es ma femme, maintenant. Je veux te protéger. De tout. Même de moi…, ajouta-t-il en caressant le pistolet.

Audra se remit à pleurer.

— Merci, Bryan, balbutia-t-elle entre ses larmes. Je n'aurais jamais dû douter de toi…

— Calme-toi.

Il lui sourit.

— Amis pour toujours ?

— Amis pour toujours…, dit-elle, scellant leur accord par le geste de reconnaissance de leur enfance.

Mais en dépit de ses efforts pour maîtriser sa nervosité, Audra laissa échapper un nouveau sanglot. Bryan l'attira à lui doucement. Elle nicha son visage contre son épaule. Elle n'avait plus peur, mais ses émotions trop longtemps contenues reprenaient le dessus.

La jeune femme pleura sur Jeremy qu'elle avait tant aimé. Elle pleura sur son innocence perdue, sur la mort de cet amour et sur les espoirs envolés. Elle pleurait de gratitude envers Bryan, cet ami si cher qui l'avait retrouvée alors qu'elle traversait l'un des moments les plus sombres de son existence. Bryan était un homme d'honneur, elle pouvait avoir confiance en lui.

Les larmes la calmèrent et pansèrent ses blessures. Un peu calmée, elle recula.

— Ta veste est humide de mes larmes. J'étais pourtant censée la brosser, pas la laver..., dit-elle avec un sourire.

— Cette veste en a vu d'autres... Et tu pourras pleurer sur cette épaule aussi souvent que tu le désires. Mais pour l'instant, je crois que tu as vraiment besoin de repos. Je vais te laisser.

Il l'embrassa sur le front et se leva.

— Tu ne restes pas ici, cette nuit ?

— Non, après tout ce qui s'est passé, tu apprécieras un peu de solitude cette nuit. Une fois que nous serons en route, tu n'en auras plus guère. Mon équipement est en ordre, ma chère petite femme, alors tu peux dormir tranquille et aussi longtemps que tu le voudras. Je serai en bas si tu as besoin de quoi que ce soit. Repose-toi, Audra.

La gratitude serra la gorge de la jeune femme.

— Comment pourrai-je un jour te remercier ?

Il lui sourit.

— En restant amis pour toujours… Bonne nuit.

— Bonne nuit, Bry, dit-elle à son tour en le regardant sortir de la chambre.

Il la laissait seule… Elle allait enfin dormir, sombrer dans un bienfaisant sommeil. Elle se dévêtit à la hâte, retira ses épingles à cheveux, et se glissa entre les draps avec un soupir de plaisir. Une dernière pensée l'effleura avant de s'endormir. Pendant tout le temps que durerait leur mariage, elle ferait tout ce qui serait en son pouvoir pour être la meilleure des amies de Bryan et, dans une certaine mesure, la meilleure des épouses…

Le petit jour se levait, gris, blafard et triste. Bryan revenait à l'auberge d'un pas vif. Il avait plutôt bien dormi dans le lit de camp de la tente de l'état-major. Après un an de campagne en Espagne et au Portugal, il pouvait dormir à peu près n'importe où. Ce matin, il s'était en plus réveillé avec un sentiment d'allégresse inhabituel. Quand les brumes du sommeil s'étaient dissipées, il s'était souvenu de la journée de la veille et de son mariage avec Audra.

Audra était maintenant sa femme. Il était si heureux qu'il rit tout seul.

Il monta dans sa chambre et s'y glissa avec mille précautions. Il ne voulait pas la réveiller. Elle avait besoin de sommeil, et, après ses angoisses de la veille au soir, il devait doublement veiller à ne pas l'effaroucher. Mais il avait besoin de la regarder pour s'assurer qu'il ne rêvait pas, qu'il avait bien épousé la femme de sa vie, que ce mariage n'était pas une illusion née d'un rêve qu'il aurait fait cette nuit.

Il s'approcha doucement du lit, et retint sa respiration, le cœur en fête. Audra dormait profondément, une main sur la joue. Son souffle était régulier. Ses longs cils ombraient ses joues parsemées de taches de rousseur. Ses épais cheveux bruns et bouclés étaient éparpillés sur l'oreiller. Masse sombre et voluptueuse sur le blanc de la taie d'oreiller.

Seigneur, Audra dormait dans *son* lit...

Il aurait aimé la réveiller et s'allonger à son côté. Mais pour l'instant, ce désir restait du domaine du rêve.

Bryan fronça les sourcils au souvenir des peurs d'Audra, la veille. Il avait pensé qu'elle avait meilleure opinion de sa personne... Mais l'armée et la guerre pouvaient métamorphoser le meilleur des hommes... Après deux ans passés en campagne, elle avait été témoin de scènes terribles. La guerre annihilait toute humanité et tuait tout sens de l'honneur chez certains soldats... Rien d'étonnant qu'elle se méfie de lui.

Il désirait Audra, comme il le lui avait avoué en tout honnêteté. Quel homme ne l'aurait pas désirée ? Mais il la respecterait et contrôlerait ses pulsions.

Audra remua. Bryan se figea. Elle soupira et se retourna sur l'autre flanc. Elle lui déroba son visage, mais lui révéla une épaule nue et blanche sur laquelle tombait le premier rayon de soleil de la journée.

Alors Bryan sentit sa bouche devenir plus sèche, son cœur battit plus fort. Un désir sourd et brûlant coulait dans ses veines et martelait ses tempes.

Il recula. Au fur et à mesure que le temps passerait, il aurait du mal à refréner son désir pour la jeune femme. Il avait bien fait de lui donner un pistolet.

Il ne pouvait commettre une seule erreur. Certes, il devait la faire revenir sur sa décision concernant la durée de leur mariage, mais il agirait tout en douceur. Il avait accepté les conditions d'Audra avec l'espoir de dévier le cours du destin. Parce qu'elle était maintenant sa femme, pour le meilleur et pour le pire. Parce qu'il ne supporterait pas de la perdre.

5.

En fin d'après-midi, quelques jours plus tard, Audra se tenait sur les hauteurs de la petite ville où l'expédition séjournait. Pensive, elle observait les dragons et les hommes de Wellington qui s'apprêtaient à lever le camp. L'agitation était à son comble.

Dès demain, soldats, chevaux, cantinières et chariots s'étendraient comme une longue chenille colorée et multicolore sur des kilomètres, sinuant entre les canyons et les montagnes rocheuses jusqu'à la forteresse de Badajoz, la dernière étape avant Lisbonne.

Audra avait un peu de temps devant elle. L'uniforme de Bryan, son équipement et son harnachement étant prêts, elle n'avait eu que quelques boutons à recoudre, du linge à laver et à ranger. En apparence, sa vie n'avait guère changé, elle avait repris ses anciennes habitudes de femme d'officier. La vie d'une armée en campagne n'avait plus de secret pour elle : les préparatifs des batailles, leur déroulement, le retour des blessés, les entraînements quotidiens des soldats et des officiers… D'un régiment à un autre, les différences étaient infimes. Seuls soldats et officiers différaient.

Audra se familiarisait ainsi avec curiosité et timidité avec les nouveaux visages qui l'entouraient.

Elle avait fait connaissance des épouses qui comme elle suivaient leur mari officier durant cette campagne d'Espagne. Elle prenait ses repas et passait ses soirées avec les couples mariés. Les premiers temps, elle avait constaté avec inquiétude que les officiers jouaient, mais très vite, elle s'était rassurée. Les hommes ne pariaient jamais de grosses sommes comme dans le régiment de Jeremy. Si Bryan jouait, au moins, il ne risquait pas de s'endetter. Mais il ne fréquentait guère les cercles des joueurs. De plus, pour la plus grande joie d'Audra, il était indifférent aux autres femmes du campement.

Bryan n'était ni joueur ni volage, c'était vraiment de bon augure.

Quand il était avec elle, il était tendre et gai. Rien ne semblait avoir changé entre eux. Ils étaient les amis de toujours. Audra avait même l'impression qu'ils vivaient une grande aventure, comme ils en avaient si souvent rêvé pendant leur enfance ! L'angoisse qui l'avait assaillie, le soir de leurs noces, se dissipait comme brume au soleil. Elle souhaitait de tout cœur que leurs relations restent aussi simples jusqu'à leur arrivée à Lisbonne.

Quoi qu'il en soit, sous cette paisible amitié perçait un sentiment qui intriguait Audra. C'était quelque chose qui ressemblait à une indicible attirance... Lorsqu'ils étaient à table, Audra surprenait parfois les yeux de Bryan sur elle, remplis d'une profonde et bouleversante tendresse. Lorsqu'elle croisait ce regard indéfinissable, Audra était étrangement émue. Elle sentait une spirale qui se tordait au creux de son estomac, une douleur inexplicable qui s'apparentait à un inexplicable plaisir... Jamais elle n'avait ressenti une telle sensation. Même avec Jeremy.

Elle commença à se poser des questions. Cette attirance avait-elle toujours existé entre eux ? Avait-elle été trop occupée par son amour pour Jeremy pour s'en rendre compte ?

Malgré ce curieux courant de sympathie qui les unissait, Bryan était simplement amical à son égard. Il n'avait jamais de gestes déplacés ou ambigus. La situation était claire, mais Audra était soulagée qu'il passe toutes ses nuits sous la tente de l'état-major.

Par un inexplicable paradoxe, elle ressentait une légère excitation quand elle songeait à cette subtile émotion qui les unissait. C'était vraiment curieux, car Bryan n'était pas amoureux d'elle. Qui aurait été amoureux d'une veuve trop mince et trop gracile, au visage tanné par le soleil ? Une vraie sauvageonne... Comme la petite fille d'autrefois ! L'élégante qu'elle avait été, avant son mariage avec Jer, n'existait plus. Le soleil brûlant d'Espagne et du Portugal avait doré son teint clair. La tourmente d'une guerre interminable contre Napoléon avait fait ressurgir son tempérament rebelle et fougueux, étouffé par une éducation stricte.

Parfois, Audra regrettait que Bryan la considère seulement comme une amie. Dans le secret de son cœur, elle aurait aimé l'attirer parce qu'elle était femme. Alors elle guettait un signe ou une preuve que l'étrange sentiment qui naissait parfois entre eux n'était pas seulement dû à leur amitié et à leur complicité.

C'était sans doute une question de vanité féminine… Idiote ! se réprimanda-t-elle, alors qu'elle se dirigeait vers la rivière, avec une serviette de toilette et du savon. Elle avait demandé à Bryan son amitié, rien d'autre. Il devait en rester ainsi !

La jeune femme emprunta le sentier qui descendait jusqu'à la rivière, à travers les fourrés épineux. Elle avait décidé de profiter du beau temps pour se laver les cheveux, avant de reprendre la route, demain matin.

Soudain, elle entendit des pas derrière elle et se retourna. Bryan la suivait. Elle ralentit pour lui laisser le temps de la rejoindre et l'observa pensivement.

C'était un bel homme, songea-t-elle, avec une fierté qui l'étonna. Il attirait le regard des femmes. Il était très grand. Son corps souple et musclé était fortifié par l'exercice journalier et le maniement de l'épée. Il était élégant dans son lourd uniforme décoré. Sous ses cheveux noirs et ses sourcils bien marqués pétillait un beau regard franc. Son menton était déterminé, sa bouche généreuse et rieuse. Il était vraiment très séduisant, son noble chevalier…, conclut la jeune femme en son for intérieur.

Un peu intimidée, elle détourna les yeux. Bryan arrivait à sa hauteur.

— Je pensais que tu étais à l'infirmerie, mais Mme Carlyle m'a dit que tu allais au bord de la rivière. J'ai pensé que je pouvais te tenir compagnie… Après l'entraînement, une bonne baignade me fera du bien !

Oh, mon Dieu, non pas cela ! pensa Audra, effrayée à la perspective de l'intimité qui allait inévitablement s'établir s'ils se baignaient ensemble, à demi nus.

— Je voulais juste me laver les cheveux, expliqua-t-elle, essayant de ne pas penser à Bryan dévêtu.

— Tu peux aussi nager si tu le désires, je serai là pour monter la garde et te signaler toute approche.

L'idée de Bryan se tenant à bonne distance de la rivière et faisant le guet, mais contemplant à la dérobée son corps ruisselant d'eau la fit frémir. De peur, certes, mais curieusement aussi, de désir. Sa sensualité s'éveilla sous cette pensée plus caressante que la main d'un homme sur son corps... Pourtant, Audra ne voulait plus jamais ressentir cette chaleur qui pulsait lentement au creux de ses reins. Elle aurait voulu que son corps se taise et n'exprime plus jamais la montée du désir.

— Je ne préfère pas, répondit-elle plus sèchement qu'elle ne l'aurait voulu. Me laver les cheveux et les démêler va déjà me prendre beaucoup de temps.

Bryan opina, mais sans paraître déçu. Se serait-elle trompée en lui prêtant de mauvaises intentions s'ils se baignaient ensemble ou s'il faisait le guet ? se demanda-t-elle, soudain perplexe.

— Je vais me trouver un petit coin tranquille. Je te laisse, Audra. A plus tard !

Sur ce, sifflotant, Bryan longea la rivière et disparut derrière une petite butte.

Alors, par un étrange revirement, Audra fut vexée qu'il ait accepté sa décision sans insister, dépitée par son indifférence et son insouciance à son égard.

Ils étaient amis, certes, mais elle était aussi une femme !

Elle était vraiment irritée contre lui. Mais c'était ridicule. Elle n'avait rien à lui reprocher !

La jeune femme secoua la tête, se débarrassa de son châle, défit son corsage et le retira pour que ses cheveux humides ne le mouillent pas, quand elle se serait lavé la tête. Avant d'ôter ses chaussures, elle écarta un caillou pointu sur lequel elle risquait de trébucher et de se blesser.

Dès qu'elle se mouilla les cheveux, l'eau fraîche apaisa son irritation. Elle regretta de ne pas avoir accepté l'offre de Bryan de se baigner et de nager. Il faisait si chaud… Ç'aurait été un vrai plaisir.

Audra se lava longuement les cheveux, les rinça et noua la serviette en turban autour de sa tête, puis elle revint sur la rive. Elle s'assit sur un gros rocher plat et lisse et rejeta la tête en arrière, offrant son visage au soleil. Après un instant de pur délice, elle commença à démêler sa longue chevelure.

La caresse du soleil était si agréable qu'elle ferma les yeux. Quand la voix de Bryan lui parvint, elle sursauta et les rouvrit aussitôt.

Il s'était approché sans qu'elle l'entende. Il se tenait maintenant devant elle. Il était seulement vêtu de son pantalon. Ses cheveux étaient humides de sa baignade. Quelques gouttes d'eau ruisselaient encore sur son torse nu.

— Je vais t'aider à démêler tes cheveux, dit-il d'une voix étrangement rauque.

Audra lui donna son peigne. Puis elle tressaillit de façon imperceptible quand il posa ses mains sur ses épaules nues et qu'il effleura sa gorge.

Il s'installa derrière elle et démêla sa chevelure sans brusquerie. Au bout d'un instant, Audra se détendit et ferma les yeux. Elle avait toujours aimé qu'on la coiffe.

Enveloppée par le bruit perlé de l'eau de la rivière, l'agréable chaleur du soleil, elle prit vaguement conscience que Bryan lâchait le peigne et utilisait ses doigts pour démêler ses épaisses mèches. Il enfouissait ses mains dans sa chevelure, lui massait le crâne et reprenait son patient démêlage.

A la fin, il s'assit et plaça ses jambes de chaque côté de la jeune femme. Elle laissa tomber sa tête contre son torse nu. Bryan plongea de nouveau ses doigts dans ses cheveux, massa ses tempes, ses oreilles, sa nuque, puis ses épaules, en enveloppant la courbe des deux mains. Il était tout près de toucher ses seins ronds et pleins.

Audra se laissait aller, confiante, au bienfait de ce massage.

Tout à coup, elle sentit son souffle chaud contre son oreille, ses lèvres qui effleuraient sa nuque et ses épaules.

— Tu es belle…, murmura-t-il.

Un souvenir remonta aussitôt à sa mémoire.

Derrière elle, une respiration incandescente lui brûlait les épaules. Un parfum bon marché lui parvenait.

« Tu me rends fou, chérie… » soufflait-il tout contre elle. Il l'arrachait à son sommeil, pressant contre ses reins sa virilité érigée et dure. Elle essayait de lui échapper et de rouler sur le côté, mais son bras, plus solide que l'acier, l'en empêchait. Il l'attirait impérieusement contre lui. Sa main audacieuse et brutale commençait à taquiner la pointe de ses seins. Sa bouche couvrait sa nuque et ses épaules de baisers...

En dépit de ses efforts incessants pour se dégager de son étreinte, il la retenait contre lui et la serrait si fort qu'il faisait d'elle sa prisonnière. Son esclave. Elle pouvait à peine respirer.

« Tes petites fesses m'excitent tellement que je n'en peux plus, tu le sens, hein ? murmurait-il, se frottant contre elle. J'ai couché avec des dizaines d'autres femmes, mais tu m'excites toujours autant... »

Son autre main s'introduisait sous sa chemise, en dépit de tous ses efforts pour l'en empêcher. Elle remontait vers ses seins, caressait son corps avec insistance, descendait vers son entrejambe, s'insinuait au centre de sa féminité...

Audra ouvrit les yeux.

— Non ! hurla-t-elle.

Elle rassembla toutes ses forces et s'arracha à Bryan, mais faillit tomber quand elle ne rencontra aucune résistance de sa part. Elle se rendit compte un peu tard qu'il n'avait pas essayé de la retenir. Le cœur battant la chamade, elle fit volte-face.

— Je ne te laisserai pas faire ! hurla-t-elle. Pas toi ! Non !

Puis Audra s'interrompit, le souffle coupé par l'humiliation et le chagrin. Affolée par les souvenirs qui la submergeaient, elle perdit toute contenance et se leva brusquement, abandonnant sa serviette, ses chaussures, son savon et son châle sur la rive.

Des larmes brûlantes l'aveuglaient, elle trébuchait contre les rochers. Elle monta la colline comme un automate alors que d'autres souvenirs affluaient.

« Oh oui, débats-toi, chérie… J'adore quand tu te débats… Et toi tu aimes aussi cela ! Regarde comme les petites pointes roses de tes seins sont déjà toutes dures… Et puis, là entre tes jambes, tu es déjà frémissante, humide, impatiente de me recevoir. Je vais encore t'exciter, chérie, jusqu'à ce que tu n'en puisses plus, que tu sois brûlante comme un volcan en fusion. Oui, oui, débats-toi, ce sera encore meilleur… »

Audra trébucha, cinglée au visage par une branche qu'elle écarta d'une main aveugle. Elle aurait voulu aussi écarter du plat de la main les souvenirs qui déferlaient comme des esprits malins dans son esprit, mais c'était, hélas, impossible.

Son corps la trahissait et s'éveillait au plaisir sous les caresses torrides de Jer. Sa résistance diminuait alors que sa main fouillait son entrejambe jusqu'à ce que finalement, elle n'en puisse plus et se presse contre lui, folle de désir.

Il la chevauchait fougueusement, elle le subissait, impuissante mais secouée par un plaisir de plus en plus fulgurant. Quand elle parvenait à l'orgasme, il jouissait en elle. Ensuite, triomphant et satisfait, Jeremy roulait sur le côté et sombrait dans un profond sommeil. Mais elle, elle restait éveillée à côté de lui, humiliée et détestant le plaisir qui avait inondé tout son corps.

Audra Mercier Saybrooke, la putain préférée de Jeremy Saybrooke !

Même lorsqu'il sortait des bras d'une autre, elle ne pouvait résister aux caresses expertes de son mari. Comme toutes les innombrables femmes avec lesquelles il avait couché, d'ailleurs…

Soudain, Audra sentit des mains sur ses épaules. Elle se débattit et donna des coups de poing à l'aveuglette. Mais il la tenait fermement et la secouait. Alors elle agita les bras, prête à griffer, mais ne rencontra que le vide. Soudain, une voix s'éleva et perça son cauchemar. Mais il fallut un instant pour que cette voix se fraye un chemin jusqu'à son cerveau et qu'elle la reconnaisse.

C'était la voix de Bryan. Pas celle de Jer.

— Audra ! Calme-toi !

Elle se raidit, hors d'haleine, le sang battant à ses tempes.

Les mains de Bryan écartèrent les cheveux de son visage. Elle aperçut son visage inquiet. Tremblante, elle revint à la réalité du présent.

Elle était au bord de la rivière… Elle venait de se laver les cheveux. Bryan s'était assis derrière elle pour les lui démêler. C'était tout. Il n'y avait rien eu. Il n'avait pas eu l'intention d'abuser d'elle.

Très lentement, comme s'il avait peur de l'effrayer, il posa la main sur son visage.

La jeune femme fit un effort pour rester immobile, malgré son envie de fuir.

— Tu t'es écorché la joue…, dit enfin Bryan d'une voix basse et émue. Mon Dieu, Audra, que s'est-il passé avec Jer ?

Elle secoua la tête. Les mots lui manquaient pour parler de ces blessures mal cicatrisées.

— Il t'a fait du mal, il t'a violentée ?

— Violentée, ça n'est pas le mot…

Elle déglutit avec difficulté.

— C'était pire… Quand il rentrait après avoir couché avec une autre, il faisait de moi ce qu'il voulait. Cela commençait par un viol qui s'achevait par mon consentement…

Puis sa voix se brisa.

— Je ne peux pas en parler…, reprit-elle. Mais sur la tombe de Jeremy, j'ai fait le vœu de ne plus jamais aimer et de ne plus jamais succomber à la passion. Je veux vivre en paix, dorénavant.

Il la regarda longuement.

— Ton pied saigne, dit-il enfin d'une voix altérée. Je vais te porter.

— Non ! Je peux marcher seule. Je vais mieux, maintenant. Pardonne-moi, Bryan… Tu ne mérites pas cela.

Elle s'efforça de lui sourire.

— Tu t'es marié avec une folle bonne pour l'asile, confia-t-elle avec un soupir. Tu vas sans doute prier le ciel pour que nous arrivions à Lisbonne le plus vite possible et te défaire des liens qui t'unissent à moi.

Sans attendre sa réponse, Audra redescendit la colline pour récupérer ses affaires. Elle examina ensuite son pied blessé et fut envahie par un sentiment de honte au souvenir de sa crise d'hystérie. Mon Dieu, et si quelqu'un s'était approché de la rivière et avait été témoin de toute cette scène ? C'était déjà bien embarrassant que Bryan l'ait vue dans un état pareil.

Il l'avait suivie en silence. Il l'aida à réunir ses affaires. Elle ne l'en empêcha pas, mais elle se raidit quand il l'aida à resserrer les cordons de sa robe. Une fois qu'elle eut remis ses chaussures, elle le remercia d'un ton contraint. Elle se dirigeait vers la colline quand Bryan posa la main sur son épaule.

Audra tressaillit. Alors il la retira aussitôt.

— Ecoute, Audra, je ne suis pas certain de comprendre ce qui s'est passé avec Jeremy. Je ne suis même pas certain de vouloir le comprendre... Tout ce que je peux faire, c'est t'aider à oublier ou à apaiser la douleur. N'hésite pas à faire appel à moi. Nous sommes amis pour la vie, tu t'en souviens ?

Audra le regarda avec amertume.

— Amis pour la vie... J'espère pour notre amitié que tu ne seras pas de nouveau témoin d'une scène aussi affligeante.

La gorge serrée par la honte et le désarroi, elle se tut et s'éloigna vers le village, portant son passé comme un fardeau.

Le lendemain matin, un peu avant l'aube, Bryan chargea son lit de camp dans un chariot, puis revint aider Charles Marsden.

— Je suppose que tu vas dresser ta propre tente en route, Bry ?

— Oui, bien sûr.

Si ce n'est pour lui, au moins le ferait-il pour Audra...

— Tu vas dormir encore longtemps dans la tente de l'état-major ? Moi, ça m'est égal, mais d'autres pourraient avoir besoin de ta place.

— Ma foi, je ne sais pas encore…, avoua Bryan, tout déconfit.

Il avait espéré partager sa tente avec Audra, une fois que l'expédition se remettrait en marche, mais après la scène d'hier, il ne savait plus à quel saint se vouer.

— Ta femme est vraiment très jolie. J'imagine que tu es impatient de…

— Forcer mon épouse à partager ma couche alors qu'elle a perdu son mari, il y a quelques jours à peine ? coupa-t-il avec humeur.

— Bon sang, Bryan, ne prends pas la mouche ! Ça n'est pas ce que je voulais dire !

Bryan chargea la dernière caisse dans le chariot.

— Je pense seulement que tu dois être impatient d'arriver à Lisbonne. Peut-être que, à ce moment-là, le chagrin d'Audra sera moins vif et vous pourrez enfin commencer à vivre votre vie ensemble.

Il lança un regard chagriné à Bryan.

— Et tu ne seras plus aussi irritable.

Bryan se sentit soudain coupable.

— Désolé, Charles… J'espère que je n'ai pas été trop désagréable, ces derniers temps.

— Tu ne mérites aucun reproche. Tu as été si longtemps sans femme… Plus longtemps que tout le monde ici ! Si j'avais une épouse aussi mignonne qu'Audra et que je ne puisse pas la toucher, je serais tout aussi grincheux.

Bryan acquiesça et Charles continua :

— En tout cas, je t'admire, tu te maîtrises si bien… Audra a de la chance de t'avoir épousé, Bryan. Je connais peu d'hommes qui auraient ta patience et ton respect.

Jeremy, par exemple…, songea Bryan. Evidemment, il se garda de tout commentaire et aida Charles à recouvrir le chariot de sa bâche.

— C'était le dernier chariot, déclara Charles. Tu es le bienvenu dans la tente de l'état-major, ce soir, si tu le désires. A tout à l'heure, je vais aller seller mon cheval.

Charles lui fit un salut amical et s'éloigna.

Bryan devait aussi seller son rouan et la jument d'Audra, mais auparavant, il voulait se rendre à l'auberge pour l'aider à rapporter les bagages au campement. Il était encore un peu tôt, mais il était certain que la jeune femme, organisée et efficace, avait déjà fait leurs bagages et qu'elle était prête au départ.

Bryan appréhendait ces retrouvailles. Après la scène de la veille au bord de la rivière, la soirée avait été empreinte de malaise. Il gardait encore le souvenir de la violence d'Audra. Il avait eu l'impression d'avoir reçu un coup de poing dans l'estomac, quand elle s'était arrachée à ses bras, le visage empreint d'un insurmontable dégoût.

Il était troublé et malheureux parce que Audra l'avait fui, lui. Il avait beau savoir que Jeremy était à l'origine de cette répulsion, cela ne le consolait pas pour autant.

Qui aurait cru que Jeremy pouvait inspirer une telle aversion à Audra ?

Irrésistible, charmant, séducteur, il avait tout pour plaire à la belle Audra… Face à tant de qualités, Bryan n'avait par cherché à lutter. Quel piètre rival il aurait fait… Il avait pensé que la mort de son ami d'enfance lui donnait toutes ses chances de conquérir Audra. Mais, ironie du sort, même mort, Jer lui volait ses chances de lui prouver son amour. Pourtant, hier, au bord de la rivière, il avait été proche de toucher son cœur.

Elle n'avait pas été insensible à ses caresses quand il la coiffait. Il avait aimé quand elle s'était laissée aller contre lui. Il s'en était même réjoui. Maintenant, il était accablé par ce nouvel obstacle qui se dressait devant lui pour parvenir au cœur d'Audra. Elle exécrait sa sensualité et l'éveil de ses sens, tout ce qui lui rappelait les assauts de Jer et leur intimité sexuelle. Une intimité dont le souvenir la dégoûtait…

Quoi qu'il se soit passé entre Jeremy et Audra, Bryan ne voulait pas y penser ou s'y appesantir… Savoir qu'Audra redoutait l'amour et les égarements de la passion lui suffisait.

Il n'avait plus guère d'espoir que leur mariage dure au-delà de Lisbonne…

Aurait-il fait une erreur en insistant pour qu'elle l'épouse ? Ignorant de sa désastreuse expérience conjugale, naïvement certain que l'affection de leur enfance et que son amour profond pour elle suffiraient à lui faire gagner son cœur, ne s'était il pas aveuglément lancé dans une aventure vouée à l'échec et qui le mettait à la torture ?

Il avait agi trop vite, comme un officier inexpérimenté qui charge ses troupes sans préparation ni renfort…

Imbécile…

Bryan hésita devant la porte de l'auberge, puis il poussa un soupir et ferma les yeux. Après le moment délicieux au bord de la rivière, il lui fallait beaucoup de courage pour reprendre le rôle de l'ami affectueux et désintéressé.

Ce rôle devenait vraiment difficile à jouer. Hier, par exemple, quand il avait été témoin de la détresse de la jeune femme, il avait dû se faire violence pour ne pas laisser son amour pour Audra reprendre le dessus. Tout son instinct lui criait de la serrer dans ses bras, de bercer son corps blessé contre le sien. Il aurait voulu la protéger et combattre tous les démons qui l'oppressaient.

Surtout du démon qui avait fait de sa vie un enfer. Jeremy vivant avait été son rival. Mort, il le restait encore…

Comment parviendrait-il à conquérir sa princesse, à la faire sortir de la sombre prison dans laquelle l'avait enfermée Jer par la seule force d'un amour avilissant ?

Bryan était démoralisé. Il avait participé à des batailles désespérées, par le passé, à l'issue incertaine. Parfois même, il avait eu l'impression de vivre son dernier jour, ses dernières heures, mais il s'en était toujours tiré par la force de sa volonté. Mais en amour, même la meilleure volonté du monde ne suffisait pas.

Il se reprit avec un soupir. Il ne renoncerait pas, il mènerait cette bataille, kilomètre après kilomètre, jusqu'à Lisbonne. Il se montrerait attentionné, dévoué et tendre. Son amour était son seul atout.

Mais le voyage était court, trop court. Il n'aurait peut-être pas le temps de panser et de soigner les blessures dont souffrait Audra. Ces blessures étaient si graves, qu'elle était prête à tomber sous la coupe de sa belle-sœur Amelia plutôt que rester mariée et avoir une vie conjugale.

En dépit de ce trop court délai, Bryan savait qu'il ne se découragerait pas pour conquérir le cœur de la femme de sa vie. Comme tout officier qui se respecte, il retrouverait son courage et sa force. D'une façon ou d'une autre, il réussirait à convaincre Audra que la sécurité ne se trouvait pas dans un bateau en partance pour l'Angleterre, mais dans ses bras. Auprès de lui.

6.

Quand elle entendit les pas de Bryan dans l'escalier, Audra s'exhorta au courage et ravala sa honte. Elle était encore embarrassée de la scène d'hier. Bryan avait été si gentil et si compréhensif avec elle, face à sa violence. Comme elle avait mal dormi, elle s'était levée aux aurores pour faire leurs bagages. Ensuite avait commencé une longue attente.

Audra avait beaucoup réfléchi. Elle avait ainsi pris conscience de la situation inconfortable de Bryan. Jeune marié mais dormant avec ses compagnons d'armes sous une méchante tente, il devait être en but aux moqueries des autres officiers.

Jeremy, lui, ne s'était jamais privé de se vanter de ses exploits sexuels auprès de ses compagnons. Non seulement il mettait les plus belles femmes dans son lit, mais en plus, sa fidèle épouse acceptait encore de partager sa couche alors qu'elle n'ignorait pas ses aventures extraconjugales ! Allensby devait croire qu'elle était une femme facile. D'où sa vile proposition, le jour de la mort de Jeremy.

Audra ne voulait plus penser à cet épisode de son existence. Elle voulait refermer cette page de son passé et aller de l'avant. Bryan ne méritait pas ce mariage blanc et temporaire ainsi qu'une épouse à demi hystérique. Il ne méritait pas non plus d'être la cible des grivoiseries des autres hommes et des tourments d'une épouse autrefois violentée. Elle avait honte de l'avoir privé d'un bon lit dans une chambre d'auberge, depuis leur mariage. Il ne retrouverait pas ce confort avant leur arrivée à Lisbonne.

A la fin, Audra se promit d'être une épouse modèle et dévouée, attentive à son bien-être et à son confort. Elle s'occuperait de ses billets de logement avec son ordonnance et s'assurerait qu'il aurait toujours du thé et des repas chauds.

Et elle insisterait aussi pour partager sa tente durant toute l'expédition.

Elle était résolue, mais un étrange malaise l'assaillit à cette pensée. Tant pis..., se dit-elle. Bryan avait été si patient, hier, qu'il méritait bien qu'elle fasse un effort, de son côté.

Sa voix la tira soudain de ses pensées.

— Bonjour, Audra.

Elle leva les yeux et étudia son visage avec anxiété. Elle n'y trouva ni les reproches ni l'irritation auxquels elle s'attendait. La compassion inattendue de Bryan lui donna brusquement envie de se jeter dans ses bras et de l'embrasser.

Mais elle se contint et se contenta de lui montrer les bagages.

— Tout est prêt. Mes affaires ainsi que les tiennes.

— Tu es une parfaite épouse, merci.

La fierté de Bryan accentua la culpabilité de la jeune femme.

— Veux-tu boire un peu de thé, Bry ? J'en ai gardé au chaud pour toi. Je voulais te l'amener sous ta tente, mais je n'ai pas osé…

— Tu aurais dû, pourtant. Je te remercie, Audra, mais je me passerai de thé. Il est temps de charger les bagages et de seller nos chevaux.

Il souleva une malle et sortit de la chambre, suivi par Audra qui, de son côté, portait une valise. Tous deux firent leurs adieux à l'aubergiste, puis rejoignirent le campement en silence.

Leurs affaires chargées, Bryan sella leurs chevaux.

— Avec qui vas-tu voyager ? lui demanda-t-il enfin.

— Avec l'infirmerie. J'aiderai Mme O'Malley à soigner les blessés et les convalescents.

— Tu seras en sécurité. Et ta présence sera la bienvenue. Le bruit court que tu es une excellente infirmière.

Audra s'empourpra.

— J'ai un peu d'expérience…

Elle n'ajouta pas que c'était grâce à Jeremy. Ce dernier revenait souvent blessé et amoché après ses nuits de beuverie.

Bryan souriait.

— En tout cas, Mme O'Malley ne tarit pas d'éloges sur toi. Elle dit que tu es la meilleure infirmière qu'elle ait jamais rencontrée. Non seulement tu sais soigner les blessures, mais en plus tu sais apaiser la souffrance de ces hommes. Tu n'en connais aucun pourtant, mais tu t'es déjà attiré leur sympathie.

La jeune femme haussa les épaules.

— A mes yeux, tous les soldats du monde se ressemblent. Ils souffrent de la même façon quand ils sont blessés, que je les connaisse ou non. J'aime bien m'occuper d'eux, j'ai l'impression d'être utile à quelque chose.

Si son mariage avec Jeremy avait été un désastre, il avait aussi eu du bon : en l'accompagnant en Europe, elle avait découvert qu'elle aimait soigner et soulager.

— Peu de femmes mettent autant de zèle à s'occuper des blessés et le font avec tant de dévouement. Ce sont les paroles de Mme O'Malley. Je suis vraiment fier de toi, Audra.

Il lui fit un petit salut avant de l'aider à monter à cheval.

Fière de son admiration, la jeune femme ne trouva rien à répondre. Bryan guida leurs montures vers le bout de la colonne.

— Je vais te laisser auprès de Mme O'Malley, dit-il en lui montrant la femme du sergent-major, une Irlandaise petite et vive, l'infirmière en chef des dragons. Je dois rester avec mon régiment, mais je reviendrai plus tard auprès de toi pour voir si tout va bien.

— Oh oui, s'il te plaît, et surtout, n'oublie pas de m'envoyer ton ordonnance, dit-elle alors qu'elle descendait de cheval et attachait sa jument au chariot. Nous nous occuperons du dîner, de la tente et de ton équipement.

Elle lui sourit humblement et ajouta :

— Je dois me rattraper. Je n'ai pas été une très bonne épouse, jusqu'à maintenant...

Il s'approcha et caressa sa joue de son doigt ganté.

— Ça n'est pas mon avis.

— Ce soir, tu dormiras sur le lit de camp. Et moi à la dure, par terre. Ça m'est égal, j'en ai l'habitude. Et puis, j'ai eu un bon lit ces derniers jours.

Elle attendit nerveusement la réaction de Bryan. Ce dernier l'étudiait avec attention.

— Tu es certaine de vouloir partager ma tente, Audra ? Si tu veux, je peux continuer à ...

— Non ! prononça-t-elle d'une voix ferme. Il est temps que tu reprennes une vie normale.

Puis elle ajouta d'un ton fier :

— Et moi, il est temps que je surmonte mes faiblesses. Je ne veux plus que tu subisses mes accès de colère ou de peur. Jer appartient au passé !

Bryan la remercia d'un sourire si reconnaissant qu'elle eut le souffle coupé par l'émotion.

— Je peux bien te le dire, maintenant, mais ta décision me soulage. Je me sentirai plus tranquille si je suis près de toi pour te protéger. Les chances d'une attaque surprise sont minces, car les sentinelles montent toujours la garde, mais on n'est jamais sûr de rien... Quoi qu'il en soit, ce sera toi qui dormiras sur le lit de camp.

— Je refuse ! J'ai bénéficié d'un lit pendant plusieurs nuits.

— Peut-être, mais j'ai plus l'habitude que toi de dormir à la dure !

Audra se mit à rire.

— Nous en reparlerons ce soir.

L'expression de Bryan s'adoucit.

— Tu as un très beau rire, Audra, je ne l'avais pas entendu depuis bien longtemps. J'espère bien l'entendre le plus souvent possible, dorénavant.

Il sourit et reprit :

— Tu sais sans doute que le rire et l'humour permettent de surmonter les vicissitudes de l'armée... Je te laisse, maintenant, je dois rassembler mes hommes. A plus tard !

Il la salua, puis dirigea sa monture vers ses troupes.

Audra le regarda s'éloigner, rêveuse.

Une bouffée de tendresse l'envahit. L'affection qu'elle avait toujours vouée à Bryan s'accrut. A cause de la gratitude qu'elle éprouvait envers lui ? De sa gentillesse et de sa bonne humeur inaltérable ? Il avait été témoin de ses faiblesses, il connaissait son secret, mais il voulait la protéger et l'entendre rire. Il ne l'avait pas jugée et ne lui avait fait aucun reproche...

Pour la première fois depuis la mort de Jeremy, Audra se sentit apaisée et presque détendue.

De façon inattendue, elle essaya de s'imaginer quelle serait sa vie avec Bryan, si elle restait mariée avec lui.

Puis elle hocha la tête, tout interdite d'avoir eu cette pensée.

Parce que cette solution était impossible.

Bryan la rendrait peut-être heureuse pendant un temps, mais ensuite la situation se dégraderait. Audra le savait d'expérience, il en avait été ainsi de son propre mariage. Le bonheur ne durait jamais. Passé l'éblouissement des premiers temps, il s'étiolait et pâlissait comme une étoile dans un ciel matinal pour enfin disparaître.

Certes, elle se sentait bien avec Bryan. Son anxiété des premiers jours cédait la place au calme. Mais le mariage n'était pas seulement basé sur l'amitié... Encore marquée par son passé, Audra redoutait une union plus intime avec un homme. La scène qui s'était déroulée au bord de la rivière, hier, lui prouvait qu'elle n'était pas guérie des peurs et de l'humiliation que lui avait infligées Jeremy en la considérant comme une catin à son service.

Elle n'accepterait plus jamais qu'un homme la touche. Et quel homme méritait une épouse dont l'esprit et le corps étaient possédés par un passé exécré, qui redoutait sa propre sensualité et le plaisir qui l'accompagnait ? Audra ne pourrait plus jamais faire confiance à un homme. Qui sait si Bryan ne ferait pas un jour un faux pas et la tromperait ? Comme Jeremy...

En proie à ses pensées, elle regardait Bryan s'éloigner avec nostalgie. Elle ne le reverrait pas avant ce soir. La journée lui semblerait bien longue sans lui... Ils étaient mariés depuis deux semaines, et elle appréciait de plus en plus les instants qu'ils passaient ensemble.

Quand elle détourna les yeux, Audra vit Mme O'Malley qui lui souriait.

— Votre mari est un beau garçon, madame Langford. Je comprends que vous ayez du mal à le voir partir ! Il sera de retour bien assez tôt, allez ! Comme il doit vous aimer pour être aussi attentionné...

— Bryan a toujours été généreux.

— C'est vraiment quelqu'un de bien, croyez-moi. Je connais le lieutenant Langford depuis qu'Andy commande le régiment. Il ne boit pas, il est respectueux et calme. Mais jusqu'à votre mariage, le lieutenant Langford était un véritable mystère à mes yeux…

— Que voulez-vous dire ?

— Je pensais qu'il avait une fiancée qui l'attendait en Angleterre ou qu'une demoiselle lui avait brisé le cœur. Il était parfois si mélancolique. Je comprends maintenant que c'est vous qu'il désirait si ardemment. J'en suis aussi certaine que les collines d'Irlande sont vertes ! Depuis votre mariage, il est transfiguré. Quand il vous contemple, on dirait qu'il est au paradis.

Bryan, la désirer ardemment ?

Audra ouvrait la bouche pour protester, puis la referma, consciente qu'il valait mieux garder le silence.

— Oh, oh, voilà maintenant que je vous fais rougir ! Pas de cela, sinon, je vous laisse, s'exclama Mme O'Malley avec un petit rire. En tout cas, vous avez de la chance, madame Langford, surtout ne l'oubliez jamais ! Venez, maintenant, nous avons beaucoup de travail.

Elle s'éloigna, mais Audra restait immobile, frappée par ces propos.

Mme O'Malley devait se tromper. Mais elle se sentit néanmoins envahie par une étrange fierté à la pensée d'être au centre des pensées et des désirs de Bryan.

Et si l'amour secret que Bryan lui portait expliquait sa hâte à vouloir l'épouser, après les funérailles de Jeremy ? se demanda-t-elle.

Non ! se ravisa-t-elle aussitôt. Bryan l'avait épousée parce que c'était la seule solution pour garder son honneur sauf. S'il l'avait aimée ou chérie, il lui aurait fait une cour assidue, autrefois, tout comme Jeremy ! Non, Bryan n'avait jamais éprouvé que de l'amitié à son égard, sinon, il n'aurait pas hésité à être le rival de Jer. Si vraiment il avait un amour secret, comme le pensait Mme O'Malley, il ne s'agissait en aucun cas d'elle.

Audra ressentit tout à coup une violente jalousie contre l'inconnue qui avait pris le cœur de Bryan. L'avait-elle rejeté ? Mais quelle femme dédaignerait l'amour d'un homme tel que Bryan Langford ?

Au même instant, Audra se souvint que Bryan lui avait avoué n'avoir aucune femme dans sa vie. Alors celle qu'il aimait en secret était peut-être morte ?

Bryan aurait donc perdu l'amour de sa vie ? Audra soupira. Alors, comme elle, il avait souffert par amour… Si elle n'avait été si faible et si perdue, peut-être auraitelle pu lui apporter soutien et réconfort. Peut-être auraient-ils pu être heureux, tous les deux…

Et soudain, Audra n'eut plus envie de rentrer en Angleterre.

Quand Bryan vint la rejoindre, dans la soirée, elle n'avait pas le cœur à rire. La journée à l'infirmerie avait été difficile.

Audra ne parvenait pas à s'endurcir devant les horreurs de la guerre, même si, au cours de la campagne d'Espagne, elle avait eu maintes occasions de constater les atrocités commises.

Lors de son arrivée en Europe, à sa première visite à l'infirmerie, elle avait été obligée de quitter la tente une demi-heure après y être entrée. Elle avait vomi contre un arbre, révoltée par les affreuses blessures, affolée par les gémissements des blessés et leur état parfois à la limite du supportable.

Maintenant, elle ne prêtait plus guère attention aux odeurs. Elle réservait un regard professionnel aux blessures et cherchait en priorité à les soulager et garantir ainsi aux soldats des chances de survie. Mais elle ne s'habituait pas à la souffrance humaine…

Ses efforts pour soutenir et aider les blessés lui permettaient de surmonter la mort de Jeremy et à y voir plus clair en elle. Ses épreuves morales lui semblaient bien peu de chose face à la souffrance physique.

Aujourd'hui, la vue d'un soldat gravement blessé l'avait profondément remuée. Elle ne l'avait pas quitté de la journée. Les chances de survie du jeune homme était incertaines, et son état la préoccupa longtemps après qu'elle l'eut quitté. Elle y songea pendant qu'elle préparait le campement et un dîner frugal avec Hastings, l'ordonnance de Bryan. Plus tard, l'esprit toujours distrait par le soldat blessé, elle dîna en silence. Elle était tellement perdue dans ses pensées qu'elle ne remarqua pas que Hastings se retirait pour se coucher. Longtemps après, elle se rendit compte que Bryan semblait lui aussi soucieux.

Il se tourna vers elle.

— Tu es préoccupée, ce soir ? Préfères-tu que je dorme dans la tente de l'état-major, cette nuit ?

Elle le regarda sans comprendre, puis se troubla en comprenant les raisons de sa subite décision.

— Non, je t'en prie, Bryan, reste. Je ne suis pas inquiète à la perspective de passer la nuit à ton côté sous la tente, mais à cause d'un blessé.

Bryan soupira et se détendit.

— Tu es certaine que...

— Je me sentirai mieux si tu restes auprès de moi.

Son regard se mit à briller.

— Merci de me faire confiance. Maintenant, parle-moi de ce soldat qui occupe toutes tes pensées. Il t'a sans doute gravement compromise ? Dois-je le provoquer en duel pour sauver ton honneur ?

Audra essaya de sourire sous ses larmes, touchée par ses tentatives pour la dérider.

Quand il vint s'asseoir près d'elle, elle lui fit un peu de place en dépit de l'appréhension qui montait doucement en elle. Malgré sa bravoure, elle avait peur de dormir sous la même tente que Bryan, cette nuit.

Elle soupira et reprit :

— Il est si jeune, Bry... Il a à peine dix-huit ans. Il a reçu des coups de lance dans le bras et dans la poitrine. Il se remet à peine... Il espère pouvoir tenir jusqu'à Lisbonne où il sera soigné pour ensuite regagner l'Angleterre.

Bryan lui serra la main, compatissant.

— Je suis désolé, Audra. Nous avons perdu tant de bons camarades, tant de vaillants soldats au cours de cette guerre...

— Il m'a demandé d'écrire à sa mère et à sa fiancée… Je n'ai pas cessé de pleurer en le faisant.

Bryan fronça les sourcils.

— Où était Mme O'Malley ? Comme tu viens de subir un deuil, elle aurait pu confier ce blessé à…

— Ça n'est pas grave, Bry. Tout le monde était très occupé à l'infirmerie, aujourd'hui. Mais la pureté des émotions qu'il a exprimées, sa dévotion, son amour pour sa fiancée, son regret à la pensée qu'il ne la reverrait peut-être pas m'ont tellement remuée…

Audra prit une grande inspiration.

— Tu vois, je ne savais pas que l'amour pouvait être si pur… si parfait.

Bryan caressa la paume de sa main avec le pouce.

— Tous les hommes ne sont pas comme Jeremy, Audra.

Il avait touché une corde sensible.

Elle tressaillit. Son cœur chargé de douleur et de détresse débordait. Comme elle craignait de ne pouvoir contenir longtemps cet afflux d'émotions, elle se leva, la vue brouillée.

— Désolé, Bry, mais je crois que je vais me remettre à pleurer….

Il se leva à son tour. Audra tourna vers lui un visage déjà baigné par les larmes.

— Ma douce Audra. Pleure si cela te fait du bien…

Bryan la serra contre lui en douceur, lui laissant la possibilité de se dégager si elle ne supportait pas son étreinte. Puis il la souleva dans ses bras et s'assit sur le lit de camp. Il la garda sur ses genoux, lui murmurant des paroles inaudibles et incohérentes pendant qu'elle sanglotait contre son épaule.

Epuisée par cette journée éprouvante, Audra se laissa aller contre lui jusqu'à ce qu'elle n'ait plus de larmes, jusqu'à ce qu'elle se sente vidée et faible, jusqu'à ce qu'elle s'endorme, le visage niché dans son cou. Quelques instants plus tard, elle sentit que Bryan l'allongeait sur le lit de camp. Et puis il posa légèrement ses lèvres sur les siennes. Mais ce devait déjà être un rêve...

Bryan dormit mal, mais il commença la journée fortifié par un tel espoir qu'aucun des désagréments qui accompagnent toute expédition militaire, chamailleries dans les troupes, matériel perdu ou cheval rétif, n'eut raison de son excellente humeur.

Audra lui avait demandé de rester auprès d'elle. Elle avait accepté son étreinte.

Il aurait voulu s'allonger avec elle et la garder dans ses bras jusqu'au lendemain matin. Mais il ne fallait pas tenter le diable. S'il s'était réveillé au beau milieu de la nuit, avec Audra à son côté, détendue et toute rose de sommeil, il n'aurait pu résister à l'envie de lui faire l'amour sans son consentement.

Déjà, son baiser fraternel sur ses lèvres, plus léger qu'un souffle pour ne pas la réveiller, avait fait couler un feu brûlant dans ses veines.

Il n'avait pu s'empêcher de l'embrasser, malgré le risque qu'il prenait. Si Audra s'était réveillée à cet instant, elle aurait pris peur. Il aurait perdu sa confiance, donc toutes ses chances de la reconquérir.

Il devait rester prudent… Mais résisterait-il encore longtemps si elle dormait près de lui pendant toute l'expédition ? Peut-être ferait-il mieux de lui donner son pistolet ?

Vers l'heure du déjeuner, le même jour, Bryan s'échappa de ses troupes pour passer quelques instants avec Audra. Il était fou de joie à l'idée de la revoir.

En arrivant, il remarqua immédiatement que quelque chose n'allait pas.

Audra et Mme O'Malley discutaient avec de grands gestes et semblaient en désaccord. Il s'approcha, un peu inquiet.

— Je suis désolée pour ce jeune homme, mais les ordres sont les ordres ! Vous ne pouvez pas rester seule avec un blessé à l'arrière de la colonne. C'est trop dangereux. Vous serez la proie des pilleurs, ou pire des *bandidos* qui se cachent dans les montagnes. Ils couperont votre jolie gorge pour voler votre bague sans le moindre scrupule !

— Il y a un problème ? interrogea Bryan en descendant de sa monture.

— Votre femme a bon cœur, et j'en remercie le ciel, mais elle n'est pas raisonnable ! s'exclama Mme O'Malley. Si ce jeune homme ne peut suivre la colonne, on ne peut plus rien faire pour lui. Faites-lui entendre raison, vous.

Audra prit la main de Bryan dans la sienne. Un geste fervent qui le toucha.

— Il s'agit du jeune soldat dont je t'ai parlé. Ses blessures sont infectées et il souffre tant qu'il ne peut tenir en selle. Il va mourir, mais nous ne pouvons pas le laisser derrière nous…

Elle se tourna vers la femme du sergent-major.

— Il n'a plus que quelques heures à vivre. L'infection gagne du terrain, il s'affaiblit. Laissez-moi avec lui jusqu'à sa mort. S'il s'agissait de votre mari, le laisseriez-vous mourir seul ?

Mme O'Malley la dévisagea, les larmes aux yeux.

— Mon Dieu, Audra, ce ne sera pas le premier soldat que nous abandonnerons en route. Nous devons continuer…

— Fabriquons une civière de fortune, insista la jeune femme. Je resterai avec lui jusqu'à sa mort. Il n'en a plus pour longtemps. Mais au moins, il mourra à l'abri des feuillages, paisiblement, au lieu de tomber de selle en chemin pour mourir sur la route…

— Par tous les saints du paradis, je vous répète que je ne peux pas vous laisser à l'arrière avec lui !

Bryan écoutait à peine tant il était ému par la détresse d'Audra. Certes, elle avait vu beaucoup d'hommes abandonnés en route, parce qu'ils n'avaient plus la force de tenir à cheval et de suivre l'expédition. Mais pour ce jeune soldat, c'était différent.

Ce blessé ressentait pour sa jeune fiancée restée en Angleterre ce que Jeremy n'avait jamais ressenti pour elle. Un amour authentique. Abandonner cet homme et le laisser mourir seul sur une piste poussiéreuse équivalait à nier ou à galvauder un tel sentiment.

Bryan l'aimait avec cette même intensité. Il était prêt à tout pour lui prouver qu'un amour aussi pur existait vraiment. Et qu'elle le trouverait en lui.

— Je resterai avec Audra, dit-il tout à coup.

Mme O'Malley le dévisagea, stupéfaite.

— Mais enfin, lieutenant...

— Vous avez fort bien décrit les dangers qui guettent ceux qui restent à l'arrière, madame O'Malley. Mais je pense que mon pistolet suffira à écarter les pilleurs et les *bandidos*. Il ne nous arrivera rien. Et si j'ai bien compris, ce jeune soldat va bientôt mourir. Je l'enterrerai dignement pendant que Mme Langford fera le guet. Ensuite, nous rejoindrons la colonne avant la nuit tombée.

Le regard de gratitude que lui lança Audra valait tout l'or du monde. Il valait aussi les risques qu'il encourrait, les reproches de son colonel, si jamais ce dernier entendait parler de cette folle décision. Il valait enfin la mise à l'épreuve de ses nerfs, tout le temps il ferait le guet, jusqu'à la mort du petit soldat. Parce que tout pouvait arriver, en fait...

— Merci, Bryan, murmura Audra.

— Je devrais refuser, mais vous êtes plus têtue qu'une mule. En tout cas, c'est de la folie, déclara Mme O'Malley. Si jamais il vous arrive quelque chose, je n'y survivrai pas !

— Merci, madame O'Malley. Vous parviendrez à vous débrouiller sans moi ? demanda Audra.

— Ce n'est pas moi qui ai besoin d'aide..., coupa la femme du sergent-major. Je ne vous demande qu'une chose : revenez le plus vite possible. Et surtout, soyez très prudents.

Tout alla ensuite très vite.

Audra empila des couvertures tandis que Bryan attachait leurs chevaux. Il tira ensuite quelques salves pour vérifier l'état de ses armes. Enfin, ils transportèrent le soldat inconscient sur son grabat de fortune.

L'armée se remit en marche, et Bryan effectua une rapide reconnaissance des lieux.

Quand il revint auprès d'Audra, elle venait de puiser un peu d'eau à la rivière et s'asseyait auprès du mourant. Elle chantonnait doucement en baignant son front brûlant de fièvre.

Bryan sentit alors un immense élan d'amour le porter vers la fière et passionnée Audra. Elle était prête à risquer sa vie pour qu'un jeune soldat meure en paix. Certes, il risquait aussi sa vie, du coup. Mais comme il l'avait dit à Mme O'Malley, il ne redoutait guère une attaque.

Les pilleurs et les *bandidos* opéraient de nuit en général. Mais ce soir, ils auraient rejoint le contingent et seraient en sûreté.

Cependant, l'inquiétude de Bryan s'accrut pendant tout l'après-midi. Le jeune soldat s'affaiblissait au fil des heures, mais il respirait encore. Enfin, quand le soleil se coucha sur un ciel de pourpre et d'or, Bryan dut se rendre à l'évidence.

Ils devaient se préparer à passer la nuit sur place…

Un mourant, une infirmière et un dragon trop zélé, seuls dans la nuit, sous un ciel brillant d'étoiles, face à l'inattendu, au prévisible et à l'imprévisible, quelque part sur la route de Badajoz…

7.

Bryan était inquiet. Cela faisait plusieurs heures qu'il faisait le guet sur un gros rocher qui surplombait la gorge. Laisser Audra et le mourant sur le site trop exposé de la rivière était dangereux. Il fallait trouver un endroit sûr pour la nuit.

Il redescendit auprès de la jeune femme et du moribond.

D'un regard, Audra comprit ce qu'il allait lui proposer. Elle avait trop l'habitude des campagnes militaires pour ne pas deviner ses préoccupations.

— Je suis désolée, Bryan, dit-elle avec un soupir. Je pensais que la fin était proche… Je ne sais pas quoi dire…

Il ne pouvait lui en vouloir, d'autant qu'il était en partie responsable de la situation dans laquelle ils se trouvaient maintenant.

— J'espère que ce soldat apprécie tout le mal que tu te donnes pour lui, murmura-t-il avec un sourire.

Elle soupira.

— Je ne crois pas, non. Depuis une heure, il est tout à fait inconscient.

— Il a paisiblement sombré dans le coma, rassuré par ta présence à ses côtés, expliqua Bryan. Nous ne pouvons rester ici, c'est trop dangereux. Je vais essayer de trouver un abri pour la nuit, ensuite, je reviendrai auprès de toi. En attendant, rassemble toutes nos affaires et fais en sorte d'effacer les traces de notre passage ici.

Bryan s'occupa d'abord des chevaux qu'il cacha et attacha, puis il découvrit une avancée qui surplombait la gorge et il y disposa leurs couvertures.

Son choix était excellent. Un seul sentier y accédait qu'il pouvait aisément surveiller, du moins tant qu'il faisait jour, car il était à découvert. L'avancée était escarpée et les autres pans si raides que même une chèvre n'aurait pu les gravir. Une fois qu'il eut préparé le campement, Bryan revint chercher Audra et le mourant. Il prit le soldat sur son dos et monta, suivi par Audra chargée du havresac et de deux cantines d'eau. Ils ne dirent mot pendant la montée. Le mourant était quant à lui inconscient et complètement silencieux.

Quand ils atteignirent leur but, Bryan était épuisé, en sueur et surtout très inquiet. Il faisait presque nuit, maintenant. Les avait-on épiés pendant qu'ils gravissaient le sentier pour gagner le sommet de la saillie rocheuse ? Il n'en savait rien… Il n'avait pu surveiller les alentours durant leur ascension.

Soudain, la voix d'Audra, à peine un murmure, le tira de ses pensées.

— Il est mort, Bry.

Mon Dieu, si seulement il avait eu la bonne idée de mourir avant qu'il ne le porte jusqu'à ce sommet, il se serait épargné l'effort de le monter, ne put s'empêcher de penser Bryan, pris d'un humour morbide. Mais c'était peut-être mieux ainsi. L'enterrer en bas aurait pris trop de temps et les aurait mis en danger. Et Bryan n'aurait jamais pu abandonner un camarade mort derrière lui aux pilleurs ou aux bêtes sauvages.

Il soupira et prit la pelle pour creuser une tombe au jeune homme, un peu à l'écart de leur campement de fortune.

— Enterrons-le avant qu'il ne fasse nuit noire, murmura-t-il à la jeune femme.

Quand il eut terminé sa triste tâche, Audra et lui récitèrent la prière des morts qu'ils avaient entendue si souvent et qu'ils connaissaient par cœur. Le cœur serré, Audra songea au jeune homme et à la peine qu'éprouveraient les siens quand ils sauraient qu'il était enterré sur une colline en Espagne, loin de tout... Elle pensait aussi à la peine de sa fiancée.

Quand tout fut fini, Bryan l'entraîna vers leur campement et se laissa tomber sur les couvertures. Pendant un instant, tous deux restèrent silencieux, trop désemparés pour parler. Soudain, un sinistre hurlement s'éleva dans le lointain et rompit l'épais silence de la nuit.

Un signal ?

Bryan scruta le paysage plongé dans l'obscurité avec un frémissement d'horreur.

Audra lui serra la main.

— Peut-être devons-nous essayer de regagner l'expédition ?

— Non, pas de nuit, c'est trop dangereux. De plus, je ne connais pas la route. Dans tous les cas, nous serions une cible trop facile pour les pilleurs ou les *bandidos*.

— Tu crois qu'il y a quelqu'un ? demanda-t-elle dans un soupir.

Bryan soupira. Lui mentirait-il pour la rassurer ? Ou lui dirait-il la vérité au risque de l'effrayer ? Il n'avait jamais menti.

— C'est certain, Audra... Le départ de nos troupes a dû se répandre comme une traînée de poudre. Les pilleurs vont venir les premiers récupérer ce que nous avons laissé... Les *bandidos* viendront les relayer.

« Bravo pour tes paroles rassurantes, Langford ! songea-t-il une fois qu'il se tut. Tu n'as rien trouvé de mieux pour conquérir le cœur de la femme que tu aimes ? Déjà, tu la mets délibérément en danger, puis tu la terrifies en lui racontant des histoires de meurtre et d'attaque. Si jamais nous nous en tirons, elle va faire le trajet jusqu'à Lisbonne d'une traite sans ménager sa monture. Et tu ne la reverras plus jamais... »

Il regrettait sa franchise brutale, quand, contre toute attente, Audra éclata de rire.

— Oh, Bry, tu es incroyable ! Tu n'aurais pas pu me mentir pour une fois ?

Elle secoua la tête, incrédule, et lui serra la main affectueusement.

En dépit de leur situation désespérée, un courant de compréhension les unit.

— Mon Dieu, Audra, j'en suis incapable... En tout cas, il vaut mieux rester ici. Ce piton rocheux est imprenable.

— Du moins, tant qu'il n'y aura pas beaucoup d'assaillants, fit-elle observer fort raisonnablement.

Audra avait passé trop de temps en campagne pour ne pas comprendre parfaitement la situation.

— Tu as raison..., laissa-t-il tomber à contrecœur.

Elle lui tendit la main d'un geste déterminé.

— Donne-moi un pistolet.

— Tu sais tirer ?

— Comment crois-tu que je trouve de la viande pour nos repas ? En chassant, pardi !

Bryan n'hésita pas. Il prit son holster et lui tendit un pistolet, le même qu'il lui avait donné le soir de leur mariage pour qu'elle se défende contre ses éventuelles entreprises de séduction.

— Ne tire pas avant que je t'en donne le signal. Je vais aussi te donner mon autre pistolet, pour plus de sûreté. Moi, j'utiliserai mon fusil. Je ferai feu, j'essaierai de repousser nos éventuels assaillants tout seul. Au cas où je serais touché, n'hésite pas à te servir des pistolets pour te défendre et garder la vie sauve.

Tous deux savaient pertinemment le sort qui attendait Audra si les *bandidos* la capturaient vivante, mais ils n'en dirent mot.

— Je vais faire le guet aussi longtemps qu'il le faudra, reprit Bryan. Par chance, personne ne peut s'approcher de nous sans qu'on l'entende.

Audra frissonna, saisie par le froid glacial qui tombait avec la nuit. Un contraste frappant avec la chaleur écrasante de la journée.

Bryan posa la couverture sur ses épaules pour la réchauffer, puis lui demanda de s'asseoir derrière lui. Il resta aux aguets, son fusil à la main, essayant en vain de percer la nuit.

Tous ses sens en alerte, il entendait le moindre bruit : le cri d'un chat sauvage, les mouvements imperceptibles et inquiétants de bêtes sauvages impossibles à identifier dans la nuit.

A un moment donné, Audra lui causa une peur panique quand elle sursauta en poussant un cri étouffé. D'instinct, Bryan lui donna un bref baiser et l'enlaça avant de reprendre son guet.

La nuit fut interminable. Puis elle bleuit. L'aube allait poindre. Bryan allait se féliciter de leur incroyable chance, quand il entendit des bruits de voix et de harnais, bien audibles dans le pur silence matinal.

Audra s'était assoupie, la tête pressée contre son épaule. Mais les éclats de voix la tirèrent aussitôt de son sommeil. Elle se redressa et serra nerveusement le bras de Bryan sans parler. Il étreignit sa main d'un geste bref, puis lui montra le sentier qu'ils avaient emprunté la veille pour rejoindre le sommet du piton rocheux, masqué en partie par une avancée. Lentement, en s'efforçant de ne faire rouler aucun caillou afin de ne pas trahir sa présence, Bryan s'avança tout au bord.

A travers la pénombre, il aperçut plusieurs hommes qui gravissaient le sentier. Avec un peu de chance, ces maraudeurs ne monteraient pas jusqu'au sommet, mais ils emprunteraient l'une des multiples pistes de ce canyon et passeraient leur chemin sans les remarquer.

Au même instant, l'un des hommes de la bande s'immobilisa et fit un geste à ses compagnons.

Avait-il repéré leurs traces ?

En tout cas, les hommes reprirent leur chemin avec plus de prudence.

Bryan raisonna froidement et logiquement. Il s'attendait à une confrontation. Il leva son fusil et le mit en joue. Il gardait le faible espoir que les *bandidos* continueraient leur chemin, sans rien remarquer. Mais dans le cas contraire, il était prêt à tirer.

Soudain, il entendit un cri étouffé, non loin de l'endroit où les chevaux avaient été cachés. Cette fois, il comprit qu'il ne pourrait éviter plus longtemps une offensive. Si jamais les *bandidos* découvraient leurs chevaux et s'en emparaient, ils les condamnaient à mourir dans ces canyons desséchés. Jamais ils ne rejoindraient l'expédition sans cheval.

Mais combien étaient les maraudeurs ? se demanda Bryan avec inquiétude. Deux, trois, peut-être quatre ? Il devait jouer sur l'effet de surprise et attaquer très vite et surtout, avant qu'ils ne détachent et volent leurs montures. Il prit une grande inspiration, puis il repéra l'homme le plus proche des chevaux. Il leva son fusil, l'arma et tira.

L'homme poussa un cri et tomba. Ses deux compagnons se cachèrent aussitôt derrière des rochers. L'un des deux se leva, visa et tira.

Le bruit de la détonation se répercuta à travers les canyons de ce paysage désolé et aride. Bryan rechargea et tira de nouveau. L'homme qui venait de tirer fut touché. Il tomba avec un cri. D'autres hommes surgirent de la gorge où ils étaient sans doute restés cachés. L'un d'entre eux se dirigea vers l'endroit où se trouvaient les chevaux.

Audra surgit à cet instant à son côté avec ses pistolets.

— Les chevaux sont les plus importants ! dit Bryan. Il faut les protéger !

La jeune femme opina du chef.

Avant qu'il n'ait le temps de lui ordonner de se replier pour se mettre à l'abri, Audra se mit à plat ventre, arma son pistolet et visa l'homme le plus près de leur monture, clairement visible maintenant que le soleil se levait. Elle tira sans l'ombre d'une hésitation. L'homme porta la main à sa poitrine et s'écroula.

Bryan revenait à peine de sa surprise et de son admiration que de nombreux coups de feu s'élevèrent. Il poussa Audra derrière le rocher et se remit à tirer.

Les hommes continuaient de tirer, tout en se repliant avec leur camarade blessé.

Méthodiquement, Bryan rechargeait et tirait. Enfin, sans plus se soucier des deux blessés qu'ils abandonnaient derrière eux, les pilleurs remontèrent à cheval, traversèrent la rivière et s'enfuirent.

L'attaque avait duré en tout et pour tout quelques minutes.

Le souffle court, Bryan gardait son fusil pointé sur les deux hommes blessés. Mais quand il se rendit compte que ni l'un ni l'autre ne bougeait, il le baissa. Ils étaient morts. Ou grièvement blessés. En tout cas, hors d'état de nuire.

Bryan se tourna vers Audra.

— Tu es une excellente tireuse, mon ange.

Audra était toute décoiffée. Un peu de terre maculait sa joue. Mais son sourire était éblouissant.

— Toi aussi, Bry, dit-elle simplement.

Bryan éclata de rire. Ils étaient vivants. Ils avaient eu une chance extraordinaire !

Il posa son fusil. Audra se jeta dans ses bras et l'embrassa à perdre haleine.

Elle approfondit son baiser, tenant sa tête des deux mains pour mieux l'embrasser. Puis elle entrouvrit la bouche, vaincue par la passion, et en taquina ses lèvres pendant que sa langue cherchait la sienne.

Bran perdit alors toute notion du temps et de l'espace. Sa vie se réduisait à la saveur de la bouche d'Audra et à leurs souffles mêlés. Son cœur battait si fort qu'il allait exploser…

Gémissant, il l'accula contre les rochers. Ses mains erraient sur le corps de la jeune femme, il enfermait les courbes délicieuses de son buste dans ses paumes et cherchait à la serrer toujours plus fort contre lui. Il était emporté par une telle ardeur qu'il lui fallut un temps avant de prendre conscience qu'Audra ne répondait ni n'encourageait plus ses caresses. Elle se débattait et martelait son torse des deux poings.

Le cœur battant avec violence, refrénant son excitation au prix d'un gros effort, Bryan la libéra de son étreinte et recula.

Audra recula aussitôt.

— Je suis désolée, Bryan. Je ne peux pas…

Elle se tut et répéta plus bas :

— Je ne peux pas.

Bryan secoua la tête, essayant de dissiper les brumes de la passion qui l'engourdissaient et de surmonter la frustration qui l'envahissait.

La réalité le happa.

L'attaque était terminée. Il devait s'assurer que les hommes sur place étaient morts, que les chevaux étaient sains et saufs. Ils devaient ensuite partir et regagner le campement, avant que les hommes ne reviennent à l'assaut, en nombre et mieux armés.

— Ce n'est pas grave, dit-il d'une voix brusque. Rassemble les couvertures et les cantines. Je dois m'assurer que ces deux hommes sont hors d'état de nous nuire avant de seller les chevaux. Nous avons eu beaucoup de chance… Ce devaient être des pilleurs, les *bandidos* auraient mieux résisté. Ne traînons pas, nous devons rejoindre la colonne le plus vite possible.

Audra opina du chef, ramassa les pistolets. Les mains tremblantes, Bryan prit les munitions et son fusil et s'approcha des pilleurs prudemment.

Tous deux étaient morts. Bryan se rendit ensuite auprès des chevaux, les calma, puis les sella. Quand il eut terminé, Audra s'approcha avec leurs armes et leurs havresacs.

Sans un mot, il lui donna la main pour l'aider à monter, puis enfourcha son cheval. Enfin, ils redescendirent vers la rivière. Ils firent boire leurs montures et suivirent la route que l'armée avait empruntée, la veille.

Ils galopèrent sans échanger une seule parole. Ils mettaient leur baiser entre parenthèses et concentraient toute leur énergie pour atteindre l'expédition le plus vite possible.

Bryan essaya de se vider l'esprit tout le temps de la chevauchée. Il ne voulait pas, il s'interdisait même de penser à leur étreinte, aux poings d'Audra sur son torse et à ses difficultés pour la relâcher. La pensée qu'il aurait pu, dans son aveuglement, détruire la confiance qu'il avait instaurée dans leurs rapports avec tant de difficulté l'épouvantait…

Ils menèrent leurs montures à un train d'enfer pour rattraper la colonne qui marchait lentement et n'avait qu'une demi-journée d'avance sur eux. Vers midi, ils aperçurent un nuage de poussière qui signalait sa présence.

Un immense soulagement s'empara de Bryan. L'anxiété qui l'étouffait depuis la veille au soir et qui avait duré pendant toute cette affreuse nuit — une éternité — s'apaisa.

Ils avaient réussi. Audra était saine et sauve.

Bryan fit signe à la jeune femme de ralentir.

— Nous avons réussi ! dit-elle, faisant écho à ses pensées. Dieu merci, nous sommes sauvés. Bryan, je suis désolée…

— C'est inutile, coupa-t-il brusquement.

Il n'aurait pas été capable de l'entendre dire qu'elle regrettait leur baiser.

— Allons tout de suite voir Mme O'Malley, reprit-il d'une voix blanche. Elle doit être dans tous ses états, depuis hier soir.

Audra se contenta de hocher la tête en signe d'assentiment.

Vingt minutes plus tard, ils étaient salués par les cris et les vivats des soldats qui encadraient la colonne.

— Je vais me faire passer un savon par le colonel..., prédit Bryan après l'accueil de Mme O'Malley. Va te reposer, maintenant, Audra. Nous nous verrons ce soir.

Bryan subit les reproches du colonel Richardson avec une humilité si inhabituelle que ce dernier en resta pantois. Il leva sa sanction et autorisa même Bryan à accompagner Audra à Lisbonne. Bryan l'avait échappé belle, mais il remercia à peine son supérieur. A la fin, irrité par sa propre indulgence et par l'indifférence de Bryan, le colonel lui intima l'ordre de disparaître de sa vue et d'aller prendre du repos.

Bryan était épuisé, mais il ne pourrait pas se reposer avant la nuit. Comment Audra allait-elle le recevoir, ce soir ? Avec compréhension, avec irritation ? Lui pardonnerait-elle ou lui ferait-elle des reproches ?

Priant le ciel de n'avoir pas gâché toutes ses chances de la conquérir, il remonta sur sa monture et rongea son frein jusqu'à ce que la colonne s'arrête pour la nuit.

Sur l'insistance de Mme O'Malley, Audra se reposa dans l'un des chariots. Elle avait besoin de retrouver son énergie pour s'occuper de l'équipement et du repas de Bryan, une fois que la colonne s'arrêterait pour la nuit.

Il serait exténué, ce soir. Il ne protesterait pas quand elle lui proposerait de prendre le lit de camp pour dormir. La jeune femme était pour l'instant trop fatiguée pour s'interroger sur ce qui s'était passé entre eux après l'attaque des pilleurs. Quoi qu'il se soit passé, d'ailleurs, elle en était seule responsable. Bryan avait répondu à son baiser dans l'euphorie qui avait suivi le soulagement. Audra n'avait aucun doute là-dessus.

Un flot d'émotions contradictoires la submergea quand elle revit la scène dans ses moindres détails. La brève attaque couronnée de succès, puis leur baiser, qu'elle avait d'abord accueilli avec joie, où elle s'était oubliée, puis auquel elle s'était arrachée avec violence...

Qu'allait penser Bryan d'elle, maintenant ? Qu'elle n'était qu'une aguicheuse qui se dérobait après l'avoir charmé et séduit ?

Elle lui devait des excuses. Ensuite, le sujet serait clos. De toute façon, ils seraient trop fatigués pour en débattre, ce soir. Et demain était un autre jour.

En vérité, à la nuit tombée, Bryan était tellement fatigué qu'il pouvait à peine mettre un pied devant l'autre. Ainsi, il engloutit ce qu'il y avait dans son assiette avec des gestes d'automate, se laissa tomber sur le lit sans se faire prier et sombra dans un profond sommeil. Egalement fatiguée, Audra se coucha peu après.

Au petit jour, elle se réveilla tout à coup. Elle regarda autour d'elle et s'aperçut que le lit de Bryan était vide. Il était dehors, assis devant le feu de camp.

Mue par un désir qu'elle ne pouvait s'expliquer, et contre lequel elle ne pouvait lutter, Audra se leva, prit une cape dont elle s'emmitoufla et le rejoignit.

Il leva les yeux à son approche et lui tendit la main.

— Tu n'es plus fâché contre moi ? demanda-t-elle d'une voix douce.

Il baisa sa main et lui lança un regard stupéfait.

— Moi fâché ? Mais quand ai-je été fâché contre toi ?

— Quand je t'ai repoussé, après l'offensive... Tu étais si distant, si silencieux, alors j'ai pensé...

— Nous avions un accord, Audra, l'interrompit-il. Je ne l'ai pas respecté et je suis furieux... Je ne suis pas fâché contre toi, seulement contre moi.

— Mais c'est moi qui me suis jetée à ton cou. Je suis désolée, c'est ma faute... Oh, Bryan, j'aurais tant aimé pouvoir répondre à tes baisers, mais je ne peux pas...

— Trop de mauvais souvenirs ?

Elle frissonna, incapable de se contenir.

— Oui.

— A cause de Jer ? Noceur et cavaleur, impudent et indécent...

— Je ne pouvais pas lui résister, avoua Audra. Il semblait toujours si sincère quand il s'excusait, après ses écarts. Au début, j'étais trop faible à cause du bébé que j'avais perdu et de ma longue convalescence. Il me trompait déjà, mais j'espérais qu'il changerait. Il me jurait qu'il ne recommencerait pas. Il était si sincère, répéta-t-elle d'une voix désolée.

Un rire amer lui échappa.

— Quelle idiote j'ai été !

— Non, tu n'as rien à te reprocher. Jer a toujours voulu être le premier en tout et tout diriger. Il a toujours fait ce qu'il voulait de sa vie et des autres... Il pensait qu'il continuerait à vivre de la sorte, une fois qu'il serait marié. Quelle erreur de sa part... Ce n'est pas ta faute. Ne te reproche pas ta mansuétude ou ta naïveté...

— Mais ma faiblesse l'excitait... Un jour, alors qu'il était complètement ivre, il a été cruellement sincère... Il m'a dit que c'était ma faute s'il séduisait les autres femmes. Si j'avais été indifférente, si je l'avais repoussé chaque fois qu'il me touchait, il aurait cessé de les poursuivre de ses assiduités. Mais l'idée que j'avais surmonté ma répugnance et que j'accepte ses aventures extraconjugales était pour lui un jeu trop délicieux pour qu'il résiste.

— C'est le raisonnement d'un homme égoïste et faible. Ecoute-moi bien maintenant. Jer était le seul responsable de ses actes. Il a joué de ta détresse pour te culpabiliser. Il t'a salie et il a sali le désir que tu éprouvais ainsi que les réactions incontrôlées de ton corps. Ce n'est pas parce que tu éprouvais du désir pour l'homme que tu méprisais que tu étais aussi méprisable, Audra.

Les paroles de Bryan ne changeaient pas le passé, mais elles eurent comme vertu d'alléger le poids sur les épaules d'Audra.

— Merci, Bryan.

— Encore une chose. Si j'étais fâché ce matin, c'est parce que je t'ai fais courir un danger. J'ai craint pour ta vie. Je n'ai pas su te protéger...

— Tu as fait tout ce qui était en ton pouvoir, Bry. Sans toi, je n'aurais pu assister ce soldat dans ses derniers moments. Si j'avais été seule, je n'aurais pas survécu à une attaque.

— Mais j'aurais dû me rallier à l'avis de Mme O'Malley et insister pour te faire entendre raison. Nous avons agi comme deux imbéciles.

— Peut-être… Mais je ne pense pas que le porte-étendard Whetherford serait d'accord. De plus, nous avons fait une bonne équipe, tu ne penses pas ?

Il sourit.

— C'est vrai. Alors reste avec moi, Audra. Et après la guerre, nous pourrons nous faire embaucher comme tireurs d'élite à Astley !

— Et tirer dans les as des cartes à jouer tout en galopant !

— Pourquoi pas ?

— Mais le ciel n'est pas aussi beau à Astley… Il n'y a pas la chaleur du soleil qui tape sur ton dos ou le vent qui te fouette le visage alors que tu galopes dans un arroyo. Il n'y a pas non plus de feux de camp, des soldats qui chantent dans la nuit et un ciel avec des étoiles aussi brillantes. En dépit des horreurs de cette guerre, quand je me souviendrai des jours que j'ai passés en Espagne ou au Portugal, ce seront ces images qui me reviendront. Je n'oublierai pas non plus l'amitié de Mme O'Malley et la mort du porte-étendard Wetherford. De telles expériences sont un trésor.

Bryan sourit.

— Je ressens la même chose… Tu ne veux vraiment pas rester avec moi ? Je sais qu'il te faudra du temps pour oublier ce qui s'est passé avec Jer, plus de temps qu'il ne nous en faudra pour arriver à Lisbonne… Mais notre amitié est assez forte pour que nous puissions surmonter le passé. De notre affection pourra naître quelque chose de beau et de durable. J'en suis certain... J'attendrai le temps qu'il faudra...

Rester avec Bryan dans ce beau pays qu'elle aimait...

Audra était partagée entre le désir d'un mariage durable et le retour en Angleterre. L'amitié de Bryan était sincère, il était un homme d'honneur... La voix de la raison fut la plus forte. Son expérience et ses souvenirs l'empêchaient d'accepter la proposition de Bryan. Elle avait trop peur d'être de nouveau à la merci d'un homme et de sa volonté.

Elle aurait peur d'être allongée à son côté, la nuit, désirant et redoutant tout à la fois qu'il la touche, l'étreigne et lui fasse l'amour. Elle aurait aussi peur à la pensée que leur paisible amitié soit un jour supplantée par les rancœurs et la colère. Combien de temps faudrait-il avant que les querelles ne troublent l'harmonie de leurs relations, avant qu'elle ne prenne ses repas seule, sous prétexte que Bryan aurait à faire, ailleurs ? Combien de temps faudrait-il avant qu'elle comprenne qu'il lui mentait et qu'il passait en fait ses soirées avec d'autres femmes ? Comme Jer, il reviendrait au petit jour. L'odeur du savon ne couvrirait pas le parfum de ses maîtresses.

Revivre ce cauchemar ? C'était impossible... Elle avait déjà donné son cœur à un homme qu'elle connaissait depuis l'enfance et qu'elle aimait. Un nouvel échec détruirait le peu d'estime et de respect qui lui restaient.

Audra poussa un gros soupir.

— Je suis désolée, Bryan, mais je ne peux pas. N'en parle plus. Maintenant, je vais retourner me coucher.

Elle s'éloigna, vacillante. Elle avait refusé sa proposition, mais elle découvrait soudain qu'elle était tombée amoureuse de Bryan Langford. Une certitude qui lui donnait froid dans le dos, mais qui ravivait l'espoir, en dépit de tout ce qu'elle avait vécu.

8.

Quelques jours plus tard, Bryan et Audra abandonnèrent la colonne à Bajadoz et se mirent en route pour Lisbonne avec quelques convalescents et plusieurs officiers en permission.

Un matin, environ dix jours après leur départ de Bajadoz, la capitale portugaise fut en vue.

Le voyage tirait à sa fin… Bryan avait du mal à respirer, sa gorge le serrait. Un nœud invisible s'y était coulé depuis que Audra avait posé son ultimatum, la veille de leur mariage. Chaque jour qui passait resserrait un peu plus la corde. Maintenant, elle l'étranglait.

Ces derniers temps, Audra était détendue. Elle éclairait ses soirées avec son humour et ses rires, mais elle n'en gardait pas moins ses distances et évitait une trop grande intimité dans leurs rapports.

Cela voulait tout dire. Audra ne resterait pas avec lui.

Bryan tentait pourtant désespérément de lui prouver combien il la chérissait. Avec des actes, pas par de grands discours. Les mots n'avaient pas le pouvoir de la convaincre.

Mais le temps passait si vite. Le temps venait de le rattraper à Lisbonne.

Ce soir, un logement leur serait attribué dans l'enceinte de la ville. Demain, il organiserait le retour d'Audra en Angleterre, comme il le lui avait promis. Il trouverait un chapelain pour annuler leur mariage.

Mais Bryan ne désespérait pas. Il ferait tout pour qu'Audra reste. Même en la forçant à consommer leur mariage afin de rendre son annulation impossible ?

S'il avait eu plus de temps devant lui, il avait l'intime conviction qu'Audra aurait fini par l'aimer, A chaque jour qui passait, elle allait mieux et oubliait peu à peu ses souffrances du passé. Elle devenait plus forte et plus confiante. Mieux, malgré sa réserve, elle lui vouait une affection croissante. Bryan savait qu'il la rendrait heureuse, mais il lui restait trop peu de temps pour le lui prouver et la convaincre.

Si jamais leur mariage était annulé, si jamais Audra rentrait en Angleterre, il la perdrait pour toujours. Certes, il pourrait lui arracher des promesses pour qu'elle l'attende jusqu'à son retour, mais il savait que ses promesses resteraient lettre morte. De retour en Angleterre, Audra, qui ne possédait ni biens ni argent, tomberait sous la coupe de sa belle-sœur Amelia. Cette dernière lui trouverait un parti pour se débarrasser de la jeune femme qu'elle détestait, qu'elle considérerait comme un fardeau inutile mais qu'elle était obligée de recueillir.

Bryan tournait et retournait le problème dans sa tête. Il y avait deux possibilités. Retenir Audra de force en consommant leur union. Ou lui laisser la liberté de partir, sachant qu'elle serait prisonnière de sa belle-sœur et de sa famille en Angleterre.

S'il choisissait la première possibilité, Audra resterait sa femme, mais il aurait perdu toutes ses chances de gagner son cœur et sa confiance. En revanche, il l'aurait préservée d'un triste avenir en Angleterre.

Bryan ne doutait pas qu'Audra serait restée avec lui, une fois libérée de ses démons. Mais il ne se sentait pas le droit de choisir le destin d'Audra, et de lui voler ses choix. En la contraignant à se plier à ses désirs, il serait aussi méprisable que Jeremy dont les machiavéliques manipulations hantaient encore les rêves de la jeune femme.

Désespéré, il hocha la tête. Pendant encore deux jours, Audra serait avec lui. Il devait faire en sorte qu'elle n'oublie jamais leurs derniers instants ensemble.

Une journée à peine suffit à tout organiser. Il donna d'abord un généreux pourboire au concierge de l'hôtel pour qu'il leur attribue la plus belle suite de son établissement. Il commanda ensuite un somptueux dîner. La mort dans l'âme, il se procura un billet pour le voyage de retour de la jeune femme et organisa un rendez-vous avec un pasteur anglican de Lisbonne. Leur mariage serait annulé le lendemain matin.

Bryan avait les nerfs à vif. Il espérait de tout cœur qu'ils ne se rendraient pas à ce rendez-vous fatidique qui mettrait fin à tous ses espoirs de vie commune avec Audra. Il espérait un miracle… Après-demain, elle serait partie…

La jeune femme, quant à elle, avait passé cette journée à l'hôpital de Bellam pour faire des visites à de nombreux convalescents. Consciente du peu de temps qui lui restait à passer à Lisbonne et en Europe, elle revint à l'hôtel, le cœur battant d'une étrange appréhension.

— J'ai dit au senior Lilva que tu prendrais sans doute un bain, l'informa Bryan dès qu'elle entra dans leur suite. Sonne quand tu seras prête.

— Tu es adorable, Bryan. J'en rêvais justement.

Elle fronça le nez en le frôlant.

— Mm, en tout cas je constate que tu as déjà profité de l'opportunité. Tu sens bon…

Bryan aurait aimé avoir assez d'audace pour lui proposer de prendre un bain avec elle, ou même de la suivre dans sa chambre pour l'aider à se déshabiller, mais il n'osa pas et se tint coi.

Plus tard…, se promit-il. Patience.

— Nous dînerons une fois que tu seras prête.

— Alors nous ne sortons pas, ce soir ? Tant mieux ! Bry ? Peux-tu demander que l'on apporte l'eau maintenant ? Je serai prête dans un petit instant.

Et avec un sourire, Audra disparut dans sa chambre.

— Je t'ai laissé un petit cadeau sur ton lit, jeta Bryan. Je pensais que tu pouvais peut-être porter cette toilette pour notre dîner de ce soir ? Je me suis dit que tu étais lasse de ces robes de toile que tu portais depuis trois semaines…

Audra sortit de sa chambre un instant plus tard, tenant une robe de satin couleur pêche.

— Elle est magnifique. Je n'en ai pas porté d'aussi belle depuis des années. Je serai ravie de la porter ce soir, en l'honneur de notre dîner.

Pendant qu'elle se baignait, Bryan mit la dernière main aux préparatifs pour le dîner. Enfin, il se recula, satisfait. Vases remplis de roses de serre, chandelles, porcelaine fine et argenterie, desserte chargée de mets succulents, paella et agneau, légumes et pâtisseries, rioja, rien ne manquait...

Audra sortit de sa chambre une petite heure plus tard. Par chance, Bryan venait de reposer la bouteille de vin sur la table, sinon il l'aurait laissée tomber de saisissement. Audra n'avait jamais été aussi belle...

La couleur pêche du satin rehaussait son hâle et ses cheveux sombres. Le décolleté se découpait délicatement sur ses seins. Bryan avait eu l'eau à la bouche à la pensée de leur festin, mais en voyant Audra devant lui, il était prêt à y renoncer pour la prendre dans ses bras, l'emporter dans sa chambre et laisser libre cours à son appétit sensuel.

Mais il se reprit.

— Tu es magnifique, prononça-t-il d'une voix voilée.

— Toi aussi...

Il portait son plus bel uniforme. Ses décorations étincelaient, sa cravate avait été fraîchement repassée. Profondément ému, il s'inclina devant elle avec galanterie.

Audra lui sourit, puis contempla la table.

— Oh, Bryan, c'est magnifique...

— Toi seule es magnifique..., murmura-t-il.

Il tira sa chaise et l'invita à s'asseoir. Puis il leva son verre.

— A la plus jolie tireuse de tout le Portugal !

Durant le dîner, Bryan amusa la jeune femme avec des anecdotes de sa longue vie d'officier tout en étant attentif à ses moindres désirs.

Plus tard, alors qu'il pelait une orange pour Audra, les accords d'une sérénade montèrent de la rue jusqu'à leur fenêtre. Pendant que la mandoline jouait une balade mélancolique, il lui donna des quartiers d'orange, effleurant légèrement ses lèvres du doigt. Un peu de jus coula sur son menton qu'il essuya lentement avec sa serviette. Il caressa ensuite brièvement sa joue avec le délicat carré de batiste.

A la fin, les badauds lancèrent un peu d'argent aux musiciens qui s'éloignèrent. Dans le silence revenu, Bryan se leva de table.

— Il est temps d'aller au lit, ma chère petite femme.

Il prit un chandelier et lui offrit son bras.

Audra poussa un gros soupir.

— C'était une soirée merveilleuse, Bryan.

Le vin coulait dans ses veines et échauffait son sang, mais la resplendissante beauté d'Audra et sa proximité allumèrent en lui un puissant brasier.

Il l'accompagna dans sa chambre, frôlant ses hanches, ses cuisses alors qu'ils passaient la porte. Puis il posa le chandelier sur la table de nuit.

Le regard doux et brillant, Audra lui souriait. Ses lèvres étaient tentatrices comme un fruit gorgé de soleil. Sa bouche devait avoir le goût du vin et de l'orange. Elles devaient être douces comme la pulpe d'un fruit exotique.

Bryan mit doucement ses mains sur ses épaules, goûtant leur douceur du bout des doigts, et posa sa bouche sur la sienne. Pour commencer, il effleura ses lèvres, comme le soir où il lui avait donné son premier baiser sous leur tente. Quand elle plaça ses mains sur ses épaules et entrouvrit les lèvres avec un soupir, il approfondit son baiser.

Mais prudent, il épousa les contours de sa bouche tout en douceur. Sa lèvre supérieure joua contre ses petites dents jusqu'à ce qu'Audra introduise sa langue dans sa bouche et lui donne un vrai baiser passionné.

Bryan l'attira aussitôt à lui, mais il tenta de maîtriser sa fougue. Il voulait d'abord la séduire et tourmenter ses sens avant d'aller plus loin. Une légère sueur perla à son front et entre ses omoplates. Son instinct lui commandait de l'entraîner vers son lit, pour la posséder sur-le-champ. Il se contrôla au prix d'un immense effort.

Le baiser d'Audra devenait plus exigeant. Il avait l'impression qu'elle lui reprochait presque la tiédeur du sien. Alors Bryan déclara forfait et laissa la passion et l'amour le diriger.

Elle poussa un gémissement sourd, ses mains vinrent enserrer sa nuque. Elle enfouit ses doigts dans sa chevelure noire et pressa son corps contre le sien.

Bryan devint plus impérieux, plus audacieux aussi. Il prit possession de sa bouche, taquinant ses dents, ses lèvres du bout de la langue alors qu'il la soulevait et l'acculait contre les oreillers. Pour finir, il pressa son bas-ventre en feu contre ses jupes de satin.

Sans quitter la douceur de sa bouche, il introduisit une main sous ses jupons, frémissant au contact de son bas de soie et du ruban qui le retenait.

« Lui retirer ses bas de soie, puis sa jupe et ses jupons, se défaire de son pantalon sans cesser de l'embrasser… »

Dans quelques minutes, Audra, sa bien-aimée, serait à lui.

Mais alors que tout son corps n'attendait que l'union ultime, alors qu'il mourait d'envie d'embrasser son visage, son buste, son ventre et les merveilles entre ses cuisses, il recula. Il contint un gémissement et se mordit les lèvres au sang.

Il ne lui ferait pas l'amour. Aussi désespérément qu'il la désirât, il ne pouvait nier les choix d'Audra en lui imposant les siens. Il lui avait donné sa parole. Il la respecterait.

Demain matin, il regretterait sa grandeur d'âme… Il ne voulait même pas y penser. Il s'éloigna.

— Bonne nuit, Audra, balbutia-t-il.

Il lui fit un petit salut, puis quitta la chambre sans autre forme de procès.

La sortie de Bryan fut comme une douche froide. Etourdie par le choc de la séparation, Audra passa la main sur son front, les joues en feu. Son cœur battait avec violence.

Puis elle s'assit sur son lit, désorientée. Si Bryan ne l'avait pas repoussée, elle se serait peut-être donnée à lui, elle aurait accepté qu'il lui fasse l'amour. Elle ne doutait pas de son désir pour elle, sa virilité érigée contre son bas-ventre en avait été la preuve.

Mais Bryan avait recouvré ses sens avant qu'elle ne le rejette, envahie par les souvenirs de ses amours avec Jeremy. Elle aurait regretté toute sa vie d'avoir gâché la plus belle soirée de sa vie par un acte de rébellion.

Elle se rendait cependant compte qu'elle n'avait pas envie de se rebeller. En fait, elle était frustrée et folle de désir pour Bryan. Elle l'aimait…

Mais il méritait une meilleure épouse. Elle avait bien l'intention de lui redonner sa liberté pour qu'il choisisse la femme qui le rendrait vraiment heureux.

Mais avant de lui redonner sa liberté, ne pouvait-elle voler un instant de volupté au temps ? Le laisser lui faire l'amour avec cette tendresse et cette gentillesse qui l'émouvaient tant, le laisser effacer la laideur de ses souvenirs et lui donner l'illusion que le véritable amour était source de bonheur ? Bryan lui donnerait un beau souvenir…

Celui d'une nuit sensuelle, pure, tendre et voluptueuse, l'union parfaite entre deux êtres…

Audra se redressa et s'assit, l'esprit encore embrumé par le vin et le désir. Si vraiment elle voulait faire l'amour avec Bryan, elle aurait dû le retenir.

Elle se levait quand une dernière peur la cloua sur son lit. Que se passerait-il si elle allait rejoindre Bryan dans sa chambre, qu'elle lui demande de lui faire l'amour, mais que ses anciens démons ressurgissent, qu'elle se rebelle et le frappe ?

Elle hocha la tête. La passion de Bryan éloignerait les démons de son passé, transformerait ce qui avait été indigne et cruel en un acte d'amour et de tendresse.

Alors elle n'hésita plus. Elle se leva, retira sa belle robe de satin, ses bas de soie, puis ses épingles à cheveux, enfila une chemise de nuit transparente en soie. Enfin, avant qu'elle ne se ravise ou qu'elle ne se laisse submerger par de nouvelles terreurs, elle se rendit dans la chambre de Bryan.

Il était debout devant la fenêtre et observait le clair de lune, un verre de vin à la main. L'entendant, il se retourna.

— Audra ? Il y a un problème ?

La jeune femme réunit tout son courage. Elle s'approcha, posa ses mains sur ses épaules et l'embrassa sur la joue.

— Aime-moi, Bryan. Aide-moi à effacer ces terribles souvenirs. Rends-moi heureuse. Prouve-moi que l'amour est autre chose que des étreintes avilissantes. Prouve-moi que l'amour est sublime…

Il déglutit.

— Tu en es certaine, Audra ?

— Je t'en prie, Bryan…

Il leva son menton de la pointe du doigt.

— Dis-moi ce que tu veux. Tout ce que tu veux…

— Caresse-moi…

Elle prit sa main et la posa sur ses seins.

— Ici, et puis ici, continua-t-elle, la pressant plus bas, sur son ventre.

Audra la pressa ensuite entre ses jambes, sur sa féminité.

— Et ici… Ici, surtout…

Elle relâcha sa main et lui sourit.

Bryan répéta ses gestes. Il caressa ses seins, son ventre, son nombril, ses hanches, les cuisses jusqu'au centre de sa féminité, là où pulsait le désir de la jeune femme.

Pendant qu'il la caressait, l'effleurait, elle le dévêtait fiévreusement.

— Je veux sentir ton torse nu contre le mien, comme le jour où nous étions au bord de la rivière. Tu te souviens ?

Bryan cessa un instant de la caresser pour retirer sa cravate et son pantalon.

— Et maintenant, ma princesse ?

— Caresse-moi, mais sans ma chemise…

Il la lui retira lentement. D'abord, il se baissa pour saisir les pans de soie qui retombaient à ses chevilles, la fit glisser de ses genoux à ses hanches, puis sur ses seins. Il découvrit ses mamelons et les pointes de ses seins érigées qu'il effleura imperceptiblement, puis qu'il taquina du pouce et de l'index. Il cessa sa caresse à regret pour achever de lui retirer sa chemise. Enfin, le corps d'Audra fut nu et tout à lui.

Fou de désir, il le contempla.

La jeune femme tremblait alors que ses mains se remettaient à voyager sur son corps nu. Il la caressait en douceur. Ses gestes expérimentés l'enflammaient davantage, créant un sillon de feu sur sa peau. Pendant ce temps, elle explorait le corps de Bryan, s'attardant sur son torse musclé.

Et quand les mains de ce dernier atteignirent ses hanches, pour enfin parvenir au centre de sa féminité, elle n'y tint plus. Elle sentait ses jambes vaciller, elle n'avait plus de volonté. Elle n'était que désir.

— Emporte-moi sur le lit.

— A vos ordres, madame, dit-il d'une voix rauque, en la soulevant dans ses bras.

Il la déposa sur la courtepointe.

— Et maintenant, ma douce ?

— Aime-moi, totalement. Donne-moi de l'amour, fais-moi aimer l'amour…

Les doigts impatients d'Audra défaisaient les boutons de sa braguette. Le souffle court, Bryan l'aida à se débarrasser de son pantalon. Il se mit à genoux à côté d'elle sur le lit pour qu'elle le regarde, pour qu'elle s'habitue à son corps nu.

— Demande-moi tout ce que tu veux, Audra. Je ne ferai rien qui te déplaise.

— Je veux tout, Bry…

Elle s'allongea, l'attira à elle, mais il s'esquiva et reprit, de la bouche et de la pointe de la langue, l'itinéraire qu'il avait créé de ses mains. Il l'emmena ainsi sur les cimes du plaisir où il la retint, jusqu'à ce qu'elle revienne à elle, qu'elle soit de nouveau prête pour une nouvelle vague d'extase.

Allongée sous lui, elle quémandait l'union finale et accomplie… Alors Bryan la posséda et lui fit goûter la douce volupté de l'union jusqu'à ce qu'il s'enfonce en elle et qu'ils ne fassent plus qu'un.

A l'aube, ce fut le cri d'une mouette qui réveilla Bryan. Il tenait Audra nue entre ses bras. Elle était véritablement sa femme maintenant. Sa femme pour toujours.

Après cette nuit où elle s'était donnée à lui sans regret, où il l'avait fait chavirer de plaisir, elle accepterait de rester avec lui pour la vie.

Bryan se leva en silence et alla commander du café. En dépit de la satisfaction intense de ses sens, une joie inouïe l'exaltait.

Quand il revint, il pensait trouver Audra toujours endormie, mais elle était levée. Assise à la coiffeuse, elle démêlait ses longs cheveux.

— Bonjour, chérie, murmura Bryan en l'embrassant sur la tempe.

Elle se recula. Une profonde angoisse s'empara de lui.

— Bonjour, Bryan..., dit-elle d'une voix sans expression.

Elle continuait de lui tourner le dos et se peignait à grands mouvements nerveux et appliqués.

Une vague de désespoir envahit Bryan. Il allait la perdre...

— Tu te lèves tôt.

— Nous avons beaucoup de choses à faire. Préparer le voyage, rencontrer le chapelain.

Rencontrer le chapelain...

Des mots qui sonnaient le glas de ses espoirs.

Il voulut en avoir le cœur net en dépit de la douleur qui sourdait en lui et s'élevait en spirale pour mieux le torturer.

— Tu ne veux pas rester avec moi ?

Il crut voir sa main trembler, mais elle garda le dos tourné.

— Je crois que nous avons décidé de cela depuis longtemps.

Essayant d'ignorer les coups de couteau qui s'enfonçaient dans son cœur, Bryan se raidit. Si Audra était vraiment décidée, même après cette nuit, il n'y avait vraiment plus rien à faire ou à dire. Il n'y avait plus aucune raison d'espérer ou de différer son départ. Alors, sans un mot, il marcha vers le petit secrétaire, ouvrit le tiroir et en sortit un papier.

Audra s'efforçait de respirer régulièrement et de contrôler son émotion. Elle redoutait de perdre tout courage et de revenir sur sa décision.

Cette nuit avait été magnifique, mais elle ne pouvait rester avec Bryan. Elle souffrait terriblement de devoir le quitter, mais si elle restait, elle aurait encore plus mal. L'expérience lui avait enseigné que l'amour se dégradait, faiblissait, s'amoindrissait pour finalement devenir humiliation et douleur.

Bryan lui tendit un papier.

— Qu'est-ce que c'est ?

— Lis.

Elle obéit.

— Le *Merry Alice* part demain à 10 heures, lut-elle d'une voix mécanique. Tu m'as déjà acheté un billet ? Quand ? A moi, on m'a dit que le bateau était complet.

— Je me suis occupé de ton voyage, hier. Je voulais que tout soit organisé au plus tôt. C'est l'accord que nous avions passé. Mais j'espérais néanmoins te dissuader de partir…

Elle leva les yeux sur lui et fut surprise de lire la tristesse et la déception sur son visage. Elle lui manquerait vraiment ? Elle ne devait pas y penser, sinon elle allait faiblir et se raviser…

Bryan n'avait pas besoin d'elle. Il était victime d'une émotion temporaire. Il avait vécu seul pendant des années avant qu'elle n'accepte de devenir sa femme.

Enfin, en partie.

Jusqu'à la nuit dernière.

Elle ne voulait pas y penser. Cela lui faisait trop mal. Cette nuit avait été si belle…

— Merci, Bry, c'est gentil de ta part, prononça-t-elle avec difficulté.

Il sourit.

— Je suis vexé de penser que tu préfères la compagnie d'Amelia à la mienne.

— Tu sais bien que c'est faux. Mais au moins, quand je me réveillerai le matin et que je fixerai le plafond, je ne me demanderai pas dans quels bras tu auras passé la nuit.

Bryan donna un coup de poing sur la table. Elle tressaillit.

— Mais enfin, Audra, quand comprendras-tu que je ne suis pas Jer !

Désemparé, il passa sa main dans ses cheveux.

— Puisque c'est ainsi, je vais tout te dire… Tu ne me croiras sans doute pas et peut-être même que mon aveu te laissera indifférente, mais je dois parler. Je t'aime, Audra. Je t'ai toujours aimée. Tu peux penser que je dis cela pour te séduire, mais c'est faux. Je ne suis pas comme Jeremy, un beau parleur et un charmeur. Et même si j'étais comme lui, si tout ce que nous avons partagé jusqu'à Lisbonne, si tout ce que nous avons partagé, la nuit dernière, ne t'a pas convaincue que nous étions faits l'un pour l'autre, aucune parole ne pourra jamais le faire.

— Tu m'aimes ?

Les insinuations de Mme O'Malley lui revenaient. En dépit de la vive tendresse qui faisait briller les yeux de Bryan, elle n'y croyait pas encore.

— Mais si tu m'aimes, pourquoi n'as-tu jamais rien dit ?

— Parce que tu n'as toujours eu d'yeux que pour Jeremy ! M'aurais-tu remarqué si je t'avais fait des avances ?

— Je ne sais pas…

— Je ne voulais pas te mettre face à un choix impossible. Choisir entre moi et Jeremy… Cela aurait gâché notre amitié.

Il eut un sourire amer.

— En vérité, si j'avais été certain que tu me choisisses, j'aurais sacrifié mon amitié pour Jeremy. Maintenant, sachant la façon dont il t'a traitée, je ne l'aurais pas regretté.

— Il avait changé, Bry. A cause de la guerre…

Elle se mordit la lèvre. Puis soudain, elle ne pensa plus à Jer, elle remonta le temps jusqu'à son mariage avec Bryan. Rien que de bons moments : leur agréable voyage jusqu'à Lisbonne, la tendresse, les rires et la camaraderie. Ils étaient amis. Ils étaient maintenant amants.

Leur entente physique avait été exceptionnelle. Mais plus tard, quand l'attrait de la nouveauté aurait disparu, que resterait-il de leurs amours ? Pouvait-elle lui faire confiance ?

Jeremy avait-il été aussi attentionné avec elle ? Elle ne s'en souvenait pas, parce que seul Bryan occupait tout son esprit, maintenant. Elle l'aimait tant qu'elle ne pouvait risquer de subir un nouvel échec. Et il ne méritait pas une femme déjà brisée par la vie, qui pouvait, avec ses doutes et ses récriminations, provoquer la destruction dont elle avait si peur.

Mais il l'aimait vraiment… Elle le ferait souffrir en le quittant. Jusque-là, elle pensait qu'il serait seulement déçu de sa décision de rentrer en Angleterre.

— Mon départ est donc si pénible pour toi ? demanda-t-elle.

— Pénible ! Que veux-tu me faire dire, Audra ? Que le temps guérira la blessure, que je continuerai à vivre sans toi ? Tu veux que je te dise ce genre de bêtises…

Il prit une grande inspiration.

— Quand ce bateau partira, il emmènera mon cœur. Il est à toi depuis tes seize ans.

Audra fut étourdie par ce nouvel aveu.

Bryan l'aimait. Bryan ne supportait pas l'idée qu'elle parte pour toujours. Si elle partait, elle le condamnerait à la solitude. Et s'y condamnerait aussi par la même occasion. Alors qu'ils étaient faits l'un pour l'autre.

Comme elle restait silencieuse, Bryan prit sa veste d'uniforme sur le dossier de sa chaise.

— Je suppose qu'il n'y a plus rien à faire, sauf agir contre mon âme et ma conscience, c'est-à-dire mentir au chapelain et lui dire que notre mariage n'a pas été consommé.

Ces mots la figèrent.

— Nous devons vraiment faire cela ?

— Ma chère petite future ex-femme, ton remariage a été hâtif, mais il est tout à fait légal. La seule façon d'en obtenir l'annulation, c'est de dire qu'il n'a pas été consommé. Si tu n'avais été déjà veuve, tu aurais subi un examen médical.

Audra connaissait la répugnance de Bryan à mentir. C'est par amour de la vérité qu'il avait choisi de servir dans les dragons de Dunbar dont la devise « Vérité et bravoure » lui avait plu.

— Bryan, tu te souviens quand j'avais huit ans et que mes parents venaient d'emménager dans le voisinage des tiens. Nous nous étions battus dans le verger de notre voisin.

Bryan cessa un instant de boutonner sa tunique. Il leva les yeux sur elle avec curiosité.

— Oui, tu lui as dit que je m'étais moqué de toi, que c'était ma faute si tu lançais ses pommes.

— J'ai pensé que tu allais nier et mentir, que ce serait ta parole contre la mienne.

— Et le voisin a dit que ce n'était pas digne d'un gentleman de se moquer d'une jeune fille. Mon père m'a donné quelques coups de canne, après cela, je m'en souviens bien.

— Moi aussi. J'ai eu honte… Mais tu n'as pas menti pour éviter les coups de canne. Tu n'as jamais menti, Bryan.

Il eut un sourire lugubre et se remit à boutonner sa tunique.

— Pas même sur nos chances de se faire attaquer par des *bandidos*...

— Et tu serais capable de jurer devant Dieu que nous n'avons pas consommé notre mariage ? Tu le ferais pour moi ?

Bryan soupira.

— Je ferais n'importe quoi pour toi, Audra.

Ces mots la touchèrent. Et du plus profond de son être monta un flot d'émotions impossible à maîtriser, en dépit de ses efforts, de ses appels à la raison et à la logique pour les refouler.

Elle ne pouvait pas rentrer en Angleterre et quitter Bryan sachant qu'il l'aimait. Tous deux souffriraient d'être séparés. Elle allait lui donner sa chance. Peut-être serait-elle vraiment heureuse avec Bryan ? Pour le savoir, elle devait rester avec lui et croire en un avenir meilleur.

Audra était encore pétrifiée et terrifiée par ce nouveau risque qu'elle prenait. Elle ouvrit la bouche, mais ne put prononcer un seul mot.

Pendant ce temps, Bryan avait terminé de boutonner sa tunique.

— Tu vas avoir besoin de provisions pendant le voyage.

Il ne la regardait pas.

— Et puis...

Sa voix faiblit et il s'éclaircit la voix.

— Quand la guerre sera terminée, quand nous aurons battu Napoléon et que Wellington nous renverra en

Angleterre, et si je survis, j'aimerais te rendre visite. Tu veux bien ?

Bryan était toujours si brave et si courageux devant l'adversité que l'idée qu'il puisse être tué ou blessé ne l'avait jamais effleurée.

— Non ! cria-t-elle, saisie d'horreur.

Il leva les yeux, blessé.

— Je pensais pourtant que nous étions amis pour la vie… Tu me détestes donc tant après la nuit que nous avons passée ensemble ?

Audra secoua la tête et essaya de trouver les mots, en dépit de la terreur qui la faisait trembler des pieds à la tête, de son cœur qui battait si fort qu'elle craignait de ne pouvoir parler.

— Bryan, j'ai peur de te le demander, mais il le faut. Penses-tu que tu m'aimeras jusqu'à la fin de ta vie ?

Bryan lâcha sa ceinture. Il leva les yeux sur elle. Son regard fouilla le sien.

Audra déglutit. Elle était certaine qu'il entendait les martèlements de son cœur.

Sans la quitter des yeux, il s'approcha. Il prit sa main et la baisa.

— Je t'aimerai jusqu'à mon dernier souffle.

Elle s'aperçut alors qu'elle avait suspendu sa respiration dans l'attente de sa réponse. Elle expira profondément.

— Je comprends tes craintes, Audra, mais je veux que tu sois ma femme, mon amie, ma confidente, mon amante. Je veux te séduire pour toujours, jour et nuit.

— Pour toujours, jour et nuit, répéta-t-elle. Et maintenant… Et comme nous n'avons pas besoin de nous rendre auprès du chapelain, pourquoi ne pas commencer dès maintenant à me séduire ?

Bryan sourit.

— Maintenant ? A vos ordres, madame Langford.

BEST SELLERS

Les Best-Sellers Harlequin, c'est la promesse d'une lecture intense : romans policiers, thrillers médicaux, drames psychologiques, sagas, ce programme est riche d'émotions.

Ne manquez pas, ce mois-ci :

Risque et péril, *de Christiane Heggan • N° 175*
Journaliste d'investigation, Kelly Robolo croyait avoir tout vu au cours de sa carrière, jusqu'au jour où l'appel affolé de son amie Victoria Bowman la lance sur une piste inédite : sur les traces d'un mari disparu sans explications. Assassiné, Jonathan Bowman ? L'hypothèse est avancée lorsque l'on retrouve un corps carbonisé dans la chambre d'hôtel réservée à son nom. Mais Kelly n'y croit pas. Et elle n'est pas la seule. Un flic de Philadelphie partage ses vues, même si c'est pour des raisons toutes personnelles. Et puis il y a cet ennemi, dans l'ombre, qui lui envoie des lettres de menaces. Dans quel engrenage a-t-elle mis le doigt ? Par amitié pour Victoria, ne risque-t-elle pas sa propre vie ?

Destins et sentiments, *de Rona Jaffe • N° 176*
Au commencement de cette passionnante épopée familiale, il y a Rose Smith, une femme indépendante, à l'esprit grand ouvert sur la vie. Une femme exceptionnelle engagée dans un XXe siècle mouvementé, et qui en épouse les drames, les défis, les changements imprévus, les progrès et les idéaux. Elle y entraîne aussi ses trois filles, Peggy, Joan et Ginger. Chacune suivra sa voie, faisant parfois des choix téméraires...
De la Première Guerre mondiale à la chute du mur de Berlin, en passant par Hiroshima, la mort de Kennedy et la révolution sexuelle, Destins et sentiments est une formidable fresque romanesque, signée par un auteur que le New York Times Book Review *a qualifié de «petit génie»* .

L'ASTROLOGIE EN DIRECT
TOUT AU LONG
DE L'ANNÉE.

Composé et édité
PAR LES ÉDITIONS HARLEQUIN
Achevé d'imprimer en juin 2003

BUSSIÈRE
GROUPE CPI

à Saint-Amand-Montrond (Cher)
Dépôt légal : juillet 2003
N° d'imprimeur : 33065 — N° d'éditeur : 9952

Imprimé en France